Rogue Empires

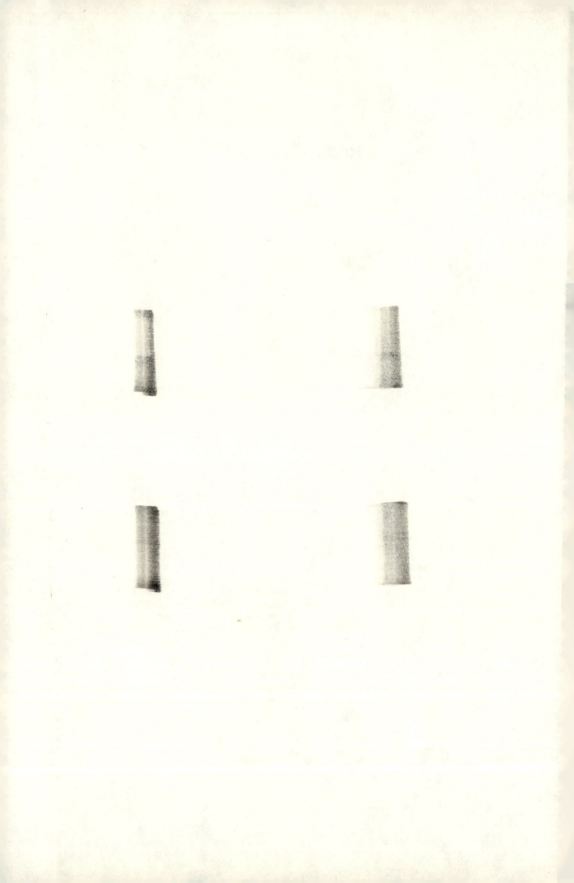

奎文萃珍

怡春錦曲

下册

[明]冲和居士 選編

文物出版社

新鐫出像點板怡春錦曲絃索元音御集

冲和居士選

紅拂記

航海

【外同賺上】枉自勞心十載餘。功名到手却成虛。如今且作任公子。青海灘頭學釣魚。自家一天好事。漸漸成來。不道太原有一眞主。難與爭衡。娘子。豈不聞古人有言。識時務者。在乎俊傑。我如今把這些行徑。都付與李郎。成就得他。也不枉了我這一片心了。我和

你與他分別。不覺又行了數程。你看好風景也呵。好
悶人也呵。

【新水令】一鞭殘角斗橫斜。猛回頭壯心猶楚。帝星明復隱。王氣見還滅。漫自評騭。打疊起經綸手。霸王業

【步步嬌】（貼）逶迤山徑飄黃葉、鴈外流霜月、迢迢去路賒、地比天南、夢魂難越、無端車馬歎馳驅、從征又與家鄉別、

【折桂令】（外）坐譚間早辨龍蛇、把袖裏乾坤、做夢裏蝴蝶、狠的人海沸山裂、不禁支髮空跌、雙靴祗因爲自

認做豐沛豪傑，因此上小覷了韓彭功烈。我想起那李公子呵，所事撐達，與他爭甚麼鳳食鸞棲。我自向碧梧中別尋一支節。

江兒水【貼】搖落長途裡，西風分外冽。秦娥夢斷秦樓月，樂遊原上清秋節，咸陽古道音塵絕。柳色年年傷別，西望長安，那裡是雲中宮闕。

鴈兒落帶得勝令【外】空打熬的計團圞，把我機關設；空磨礱的事完成，把我心腸竭。我當初的意兒呵，奴不戀也。誰知道遇敵劫，把利名韁收不迭，怎肯造赤眉

累怎肯蹈烏江轍（貼）勝負兵家不可期。你爲何就要
丟手。（外）休謊早覷了上場頭一盤兒拆輿滅咱若是
不識時幾送了也
僥僥令（貼）裙釵應有恨豪傑漫咨嗟偌大江山都拋
捨又何必絮叨叨多話說
收江南（外）呀到頭來未免受顛蹶笑不如早明决早
知拿雲握霧手嘆摧折待學東陵種瓜却教人垂頭
無語自悲咽
園林好（貼）車盤桓雙輪似遮馬迍邅雕鞍汚沙成都

市空勞占卦愁心緒亂如麻堆鴉鬢點霜華
沽美酒帶太平令（外）行過處鬼門涉巴前路九嶷遮
你看大海將近了也隱隱波濤似捲雪望洋心空切
我想起這大海知道他磨過了多少英雄也呵變桑
田幾多歲月祖龍橋舊基磨滅可惜這片無窮的大
水也澗不淨我心性薄劣洗不清我面皮紅熱傷嗟
痛嗟若不自寧貼呀那紛爭幾時休歇
尾聲（貼）層層蜃市成宮闕仔細看來都幻也空使心
機催鬢雪

（外）十年俠劍漫勞神（貼）千里風烟自苦辛

（合）蕭虎未成君莫笑　安排牙爪始驚人

歌風記

困羽

淨急跑馬上力拔山兮氣蓋世。時不利兮騅不逝。騅不逝兮可奈何。虞兮虞兮奈若何。寡人自起兵以來。至今八載。身經七十餘戰。所當者破。所擊者服。未嘗敗北。遂霸有天下。然今卒困于此。此天之亡我。非戰之罪也。適纔潰圍出奔。隨行止有二十八騎。猶斬一將。一都尉。殺數百十人。以明非戰之罪。遂迤邐行來。兩條去路。不知從那裡去好。遠遠一箇田父。不免問他則箇哎。田父過來。(丑扮田父上)什麼人。叫我做甚。(見淨驚跌倒介)(淨)不要慌張。我是問路的。這裡叫做什麼地方。(丑)是陰陵。(淨)兩條路。那邊去好。(丑)是左邊去好。(淨)果是左邊是條大路。(策馬下)(丑)我雖是箇田父。也要有些禮貌。這黑臉將軍。騎在馬上。大模大樣。呼呼喝喝。誰人肯說真話。被我哄他。一派大澤。那裡去得。恐怕他回來尋我。不免躲罷。雙手劈開生死路。一身跳出是非門。(下)(外扮亭長上)勝敗兵家不可期。包羞忍恥是男兒。江東子弟多豪俊。捲土重來未可知自家烏江亭長是也。聞得我項王被漢兵圍困。或者要逃回江東。亦未可知。不免把船停泊江口。且待他來。呀。遠遠一騎馬。飛奔來了。（淨策馬上）咦。罷了也。罷了也。適纔田父叫我左邊去。不想陷在大澤之中。茫茫一片水窟。追兵又近。怎生是好。（外哭介）大王爺爺。小人是烏江亭長。等候多時了。江東雖小。地方千里。衆數十萬人。亦足王也。願大王急渡。今獨臣有船。漢軍至。無以渡。（淨大笑介）天之亾我。我何渡爲。且籍與江東子弟八千人。渡江而西。今無一人還。縱江東父兒。憐而王我。我何面目見之。縱彼不言。籍獨不愧于心乎。罷罷罷。老天天。老天。

一枝花 可憐我歷數百戰勞，辛苦沙場草，匣裡風雷長夜吼，只見這三尺寶環刀，血染征袍，今日裡呵總然是四海傳名號，也不免英雄一旦拋，問將軍戰馬何存，問將軍戰馬何存，止有那滿地愁的閑花野草

如今的人。都是以成敗論英雄哩。我死之後。便就道漢王怎生威風。怎生度量。俺項羽怎生不如哩。待俺慢慢的細說一番。與亭長聽者。外 大王爺。小臣願開

也。

梁州第七〔净〕恁若問楚霸王的威風兒暴破強秦的事業雄豪我我我。把會稽太守頭兒掉因此上提兵起義因此上西渡江濤因此上重扶六國因此上壓滅秦朝我我我屠幾方戮虺生靈把咸陽一火焚燒我我我。送得箇秦嬰血飲青鋒秦嬰血飲青鋒害得箇義帝冤迷江棹嚇得箇劉邦背紀信而逃看幾度相饒行成哀告割鴻溝彼此無爭鬧誰料他卧榻下嗔人覺猝地渝盟背義着覆卵危巢

〔外〕大王爺起兵以來。有那場大戰。那處功勞。最爲得意。小臣不知。試說一番。

〔牧羊關〕〔淨〕酣戰在燕齊地。觀兵向秦隴遥。更有那困彭城膽顫心勞。敗睢水屍滿荒郊。今日裡蒼天不弔。兀自猛烈烈的將軍膏野草。勇赳赳的都尉潤金刀。況兼他數百人都摧倒。今日到此呵。只爭奈天亾不可逃

〔外〕原來如此。大王爺兀自好逃去哩。爲何陷于大澤之內。

【四塊玉】〔淨〕恨恨恨。倉皇轉、戰忪、迷失那田、間道、無情田父禍根苗、路岐間送入黃泉早、那裡管帝王亾、那裡管追兵到、那裡管楚重瞳義氣高、

〔外〕大王爺。如今渡往江東。捲土重來。未知鹿死誰手。不如同小臣歸去者。〔淨〕我不去也。我不去也。

【哭皇天】你你你。道是歸去也江東好、怎知道煞羞慚面頳難消、總然是江東父老無相誚、怎忍見八千子弟盡輕拋、可憐我寬夢來家山雲嶠、總然有垂天雙翅縮地神勞、靈飛妙術御氣仙遊、也難返去臨淮相

水遥只落得鵑啼去蜀鶴怨歸遼

末扮呂馬通貼扮王翳領兵上末自家呂馬通是也。貼自家王翳是也。我等奉韓元帥之命。追擒項王。此間已是烏江了。大小三軍。小心圍住者。淨見末指介呀。遠遠來的。不是吾故人麼。末回頭向貼指淨介此項王也。淨吾聞漢王購我之頭。賞賜千金。官封萬戶。罷。罷。罷。你是我故人。送與你罷。那亭長過來。吾知公長者。吾騎此馬五載。所當無敵。嘗一日行千里。不忍殺之。將來賜你罷了。外大王爺。只是下船去好。哭介烏夜啼［淨］從今後棄撇了江東城社永辭了項氏宗祧我遊魂一似他往來潮頭顛那裡去還尋討到頭來戟折沙消磨洗前朝那其間興亾一任史書標興亾一任史書標應訛道霸王仁義全盟好咳沛公沛公我待要殺你何難也悔鴻門多輕縱你圖僥倖彭越道今日呵噬臍何及覆水難撈

［末貼］韓元帥有命要大王早早自裁小將回話者［淨］不消催逼我自盡也［外哭介］呀大王爺還下船去罷

［煞尾］［淨］人生到此也難支調修短多應命所招盜跖

顏淵是誰天笑輕生如羽毛富貴難長保試看江上波濤幾消耗

擲劍下 末貼 左右的。把項王首級取了。去回覆韓元帥者。 末貼衆先下 外 呀。大王爺。可憐也。不免把他骸骨。權且收斂。待日後以禮安葬。我且唱箇吳歌兒。掉船去罷 歌介 自古英雄幾箇得到頭。相持鷸蚌戰蝸牛。勸君莫學扛鼎拔山使盡子箇力。弗到烏江也弗肯休。 下

邯鄲記

度世

生扮呂仙帶葫蘆桃上 蓬島何曾見一人。披星帶月斬麒麟。無緣邀得乘風去。迴向瀛洲看日輪。自家呂岩。字洞賓。京兆人也。忝中文科進士。素性飲酒任俠。曾於咸陽市上。酒中殺人。因而亾命。久之貧落。道遇正陽子鍾離權先生。能使飛昇黃白之術。見貧道行旅消乏。將石子半斤。點成黃金一十八兩。分付貧道。仔細收用。貧道心中有疑。叩了一頭。稟問師父。師父。此乃點石爲金。後來仍變爲石乎。師父説。五百年後。仍化爲石。貧道立取黄金拋散。雖然一時濟我緩急。可惜悮了五百年後遇金人。師父啞然大笑。呂岩。呂岩。一點好心可登仙界。遂將六一飛昇之術。心心密證。口口相傳。行之三十餘年。忝登了上入洞神仙之位。只因前生道緣深重。此生功行纏綿。性頗混塵。心存度世。近來奉東華帝旨。新修起一座蓬萊山門。門外蟠桃一株。三千年其花纔放。時有浩刼剛風。等閑吹落花片。塞礙天門。先是貧道度了一位何仙姑。

來此逐日掃花。近奉東華帝君。何姑諸入仙班。因此張果老仙尊。又着貧道。駕雲騰霧於赤縣神州。再覓取一人。來供掃花之役。道尤未了。何姑笑舞而來也。

旦扮仙姑持箒上 好風吹起落花也。

賞花時 翠鳳毛翎扎箒叉。閒踏天門掃落花。你看風起玉塵砂。猛可的那一層雲下。抵多少門外即天涯。洞賓先生何往。

生 恭喜你領了東華帝君。證了仙班。果老仙翁。誠恐你高班巳上。掃花無人。着我再往塵寰。度取一位。敢支分殺人也。

旦 洞賓先生。大功行了

只此去。未知度人何處。蟠桃宴可早趕的上也。

〔云〕你休再劒斬黄龍一線差。再休向東老貧窮賣酒家。你與俺高眼向雲霞洞賓呵你得了人早些兒回話。遲呵錯教人留恨碧桃花〔下〕

〔生〕仙姑別去。不免將此磁枕褡祇。駕雲而去也。枕是頭邊枕。磁爲心上慈。〔下〕

〔丑上〕我這南湖秋水夜無烟。奈可乘流直上天。且就洞天賒月色。將船買酒白雲邊。〔內笑介〕小二哥。發誓不賒。又賒了。〔丑〕賒的賒一月。賣的買一船。小子在這岳陽樓前。開張箇大酒店。因這洞庭湖水多。酒都扯淡了。這幾日賒也沒人來。[illegible]笑好笑。內叫介小二哥。那不是兩箇賒的來也。丑請進。請進。末淨扮二客上一生湖海客。半醉洞庭秋。小二哥買酒。丑應介末看壺介酒壺上。怎生寫着洞庭二字。丑盛水哩。淨笑介也罷。拚我們海量。吞你幾箇洞庭湖。丑二位較量飲。末小子鄱陽湖生意。飲八百杯罷。淨小子瀘江客。飲三百杯。丑這等。消我酒不去。八百鄱陽三百焦。到不得我這把壺一箇腰。淨好大壺嘴哩。做飲唱隨意介丑又一箇帶牛鼻子的來了。

中呂粉蝶兒生上秋色消疎下的來幾重雲樹卷滄桑半葉淺蓬壺踐朝霞乘暮靄一步捱一步剛則背上葫蘆這淡黃生可人衣服

醉春風則爲俺無挂礙的熱心腸引下些有商量來的清胏腑這些時蹬着眼下山頭把世界幾點兒來數數這底是三楚三齊那底是三秦三晉更有找不着的三吳三蜀

說話之間。前面洞庭湖了。好一座岳陽樓也。

紅繡鞋趂江鄉落霞孤鶩弄瀟湘雲影蒼梧殘暮雨

響菰蒲晴嵐山市語烟水捕魚圖把世人心閒看取
邊旁放着一座大酒店。店主有麼。【丑】請進。送酒介
【迎仙客】【生】俺曾把黃鶴樓鐵笛吹又到這岳陽樓將
村酒沽好景。好景。前面漢陽江。上面瀟湘蒼梧。下面
湖比江東。請了。【丑】請什麼子。【生】來稽首是有禮數的
洞庭君主【丑】鬼話。內鴈叫介【生】聽平沙落鴈呼遠水
孤帆出這其中正洞庭歸客傷心處趕不上斜陽渡
生作醉介酒是神仙造。神仙喫。你這二班兒。也知道
喫什麼酒。【末淨惱介】哎也。哎也。可不道一品官。二品

客到不高如你。我穿的細軟羅段。喫的細料茶食。則
的細絲錁錠。似你這廝。不看你喫的。看你穿的哩。希
泥希爛的。醒眼看醉漢。你醉漢不堪扶。【生笑介】
石榴花【生】俺也不和他評高下、說精麄。道俺箇醉漢
不堪扶、偏你那看醉人的醒眼不模糊、則怕你村沙
勢比俺更俗、横死眼比俺更毒。【淨】野狐騷道。出口傷
人。還不去。還不去。扯破他衣服。【生】爲什麼扯斷絲帶
抓破衣服、罵俺作頑涎騷道野狐徒
【淨】好笑。好笑。便那葫蘆中。那討些子藥物。都是燒酒

氣。

【鬬鵪鶉】（生）你笑他盛、酒的葫蘆須有些不、着緊的信物、硬擎着你七、尺之軀俺老先生看汝（淨）看什麼子。無過是酒色財氣。人之本等哩。（生）你說是人之本等。則見使、酒的爛了腸肚、（淨）氣呢。（生）使氣的膿破胸脯、（淨）財呢。（生）急、財的守、着家兒（淨）色呢。（生）急色的守、着院王、

【上小樓】這四般兒非、親者故、四般兒爲、人造畜、（淨）難道人有了君臣。纔是富貴。有兒女家小。纔快活。都是

酒色財氣上來的。怎生住的手。（生）你道是對面君臣

一、胞兒女、帖肉妻夫、則那一、口氣不、遂了心來處來、

去從何、處去、俺替你愁、俺替你想、敢四般兒、那時纔、

住、

（淨）二會子先生。一些陰陽晝夜不知。（生笑介）你可知

麼。

（么）問你箇如、何是畢、月烏、（淨）月黑了就是。（生）如何是

房日兎、（淨想介）醉了。房兒裡吐去。（生）你道如何是三、

更之、午、十、月之、餘一、刻之初、（淨）聽他什麼。只噇酒。（生

笑介問着你則是一班兒嘴禿速難道偏則我出家
人有五行攢聚
衆瞧介色兒裡是箇磁瓦枕。打碎他的（生）怎碎的他
呵。（淨）是什麼生料。碎不的他。
白鶴子（生）是黃婆土築了基放在偃月爐封固的是
七般泥用坎離爲藥物
（淨）怎生下火。
么（生）扇風囊隨鼓鑄磁汞料寫流珠燒的那粉紅冊
色樣殊全不見枕根頭一線兒絲痕路

净笑介桃兒兩頭大窟庯。先生害頭風出氣的。

丑生這是按八風開地戶憑二曜透天樞净到空空的發亮。生有甚的空籠樣桃江山早則是連環套通心腑

列位都來吔上一會麼。净寡漢睡的。生笑介到不寡哩。

丑乍凹兒承姹女亜桃的好妻夫净有甚好處生好消息在其中但桃着都有箇回心處

净難道有這話。我倆再也不信。生此處無緣。列位看

官們請了。

【快活三】不是俺袖青蛇膽氣麤則是俺憑長嘯海天孤則俺朗吟飛過洞庭湖度的是有緣人人何處作別下介【衆】那先生被我們囉唣的去了。我們也去罷。相逢不飲空歸去。洞口桃花也笑人。【下】【生上】好笑好笑。一個大岳陽樓無人可度。只索望西北方。迤逦而去。

【鮑老兒】這是你自來的辛苦一口氣許了師父少不得逢人問渡遇王尋塗是不是口邋着道詞一路的

做鬼粧狐

呀。一道清氣。貫於燕之南。趙之北。不免換轉雲頭。順風而去。

〔滿庭芳〕非關俺妄言禍福。怎頭直上非烟非霧。脚踏下非楚非吳。眼抹裡這非赤也非烏。莫不是靑牛氣函關直豎。莫不是蜃樓氣東海橫鋪。沒羅鏡分金措度打向假隨方認取。咀却原來是近清河邯鄲全趙那邊隅。

仔細看來。是邯鄲地方。此中怎得有神仙氣候也。

〔耍孩兒〕史記上單注着會歌舞邯鄲女俺則道幾千年出不的箇藺相如却怎生祥雲氣罩定不尋俗瀟塵埃他別樣通疎知他蘆花明月人何處流水高山客有無俺到那有權術偷鞭影看他驢㩳下探竿識得龍魚

〔尾聲〕欠一箇蓬萊洞掃花人走一片邯鄲城尋地主但是有緣人俺盡把神仙許則這熱心兒普天下遇着他都姓呂

一駕祥雲下玉京　　臨凡覓度掃花人

大抵乾坤都一照　免教人在暗中行

青樓記

訂盟

〔旦上〕長相思　窗窈窕。閣盤桓。重重朱涽穩雕欄。庭院深沉春寂寂。蒲堦苔襯落花間。〔生上〕烹鳳髓。爇沉檀。青樓整日戀紅顔。撫琴欲奏求凰曲。只恐風吹別調間。〔叙禮介〕〔旦〕先生爲何今日出此言。〔生〕雖蒙小姐見愛。生有父母在堂。日後歸省。不免與卿有參商之歎。恐生別後。卿忘舊戀新。故發此言。〔旦〕公子。怎把妾身比作妓女之流。

（鬬鵪鶉）念奴家生長名門深藏閨閫似韞玉無瑕蕙蘭芳韻閥閱豪家幽深如閬疊戶重關誰敢相親我本是金屋嬋娟豈效秦樓紅粉

（紫花兒序）誰想中途禍起流落烟花却似孤鴈離羣君不見崖前松柏怎肯學桃李爭春堪珍歲暮嚴寒色愈新你莫愁俺言而無信早則愁你歸家時謹從親命求娶名門

（生）小姐差矣。令尊見爲宜尉。非名門而何。

小桃紅（旦）我雖是豪門骨肉親奈落迷魂陣未鬬長

賤結朱陳漫殷勤。終只恐恩多生怨，成齊鄭撇得我
孤枕消寬月殘燈燼。落花寂寂掩重門。
生 小姐心既猜疑。我和你尋箇憑據。以表二心。何如。
旦 什麼憑據。生 我不說。你試猜着。旦 莫不是刺字呵。
天淨沙 生 就便待把渾、身刺、字成、文、悔來時只看作
瘡、疥、疤、痕、旦 莫不是剪髮呵。生 就便待繡、窗前剪、下
香雲、殷、勤相贈、怎比得結、髮恩深、旦 莫待要換表記
呵。生 就便待將金鳳換、羅巾、不過是拋、磚引、玉假、惺
惺、旦 一心嫁你。何必憑據。生 就便待願、締絲、羅心、是

真只恐怕無媒證姻緣未準你不棄俺蒹葭倚玉願同含巹須索拜烏龍廟裡證龍神

〔旦〕他是神道怎生爲得媒証。〔生〕我與你同到神前。各罰大願日后負心。神明誅戮。〔旦〕這却好。〔生〕就此便行。

禿厮見下青樓只見繡幕幃屏隱隱瑞烟香霧氤氳轉庭堦脚踪兒躡定過苔痕語聲高恐怕隔墻聞休喑

〔聖藥王〕欲從前舘出重闈恐有人我和你潛身悄出後墻門向前奔又逡巡更愁闤闠過遊賓由小徑過

花村

生旦作畏縮驚駭介

麻郎兒只見那竹樹榛蕡烟霧繽紛炫金闕舍利晶焞勝蓬萊靈宮幽際可只是高眞保氏龍神紫臺五色繞祥雲玉座上五極高尊碧雲裡一聲金磬

絳綵娘不覺到了龍廟幔亭中霞褥雲裀星壇下鳥跡苔痕寶幡疊錦幢紅塵靈符耀日點朱印

生你看琳宮金闕彤館珠庭正是高閣凌空紅日近危簷直與白雲齊眞道是神仙境界旦公子請禱祝

（生）還是小姐先請。（旦）心懷無限難憑訴。盡在深深兩
拜中。妾姓熛。名淑貞。浙江被盜。流落娼門。托身趙璐。
誓效結髮。日后悔盟。神明誅殛。
（東原樂）登金闕拜龍神殿前匍匐心惟謹顧威靈斯
鑒處禋期姻緣今生有分早離了煙花門闆
（綿搭絮）從今後比目同行連理生春雪月皎潔金石
鏗磌兩心堅自無緇磷百歲休忘一夜懸聖像巍巍
可有神負心的裁禍攸臻
（旦）請公子禱祝。（生）心堅鐵石無憑據。因此龍神作証

盟。趙琇今到姑蘇。遊玩青樓。遇着被難宦門之女嫖
淑貞。擬結于飛。后爽前言。神明誅戮。
【拙魯速】小姐呵不道恁這時下心不真。恐後來愛新
人忘舊人。不爭恁目下殷勤。只要你後來全信。兩下
裏早則無憑。懇龍神爲媒証。負心的災難遁。
【尾聲】咱兩箇訂盟今月拜龍神。何日全盟謝媒人。不
願取梓連根。效桐詩成婚聘。
【旦】感卿鐵石稟心堅　【生】何幸相逢庇二天
【生旦】今日神前同誓願　他年定結並頭蓮

青樓記

鼓琴

旦上【兩相思】愁鎖春山。淚盈秋水。粉褪香腮翠黛濕。歎蕭郎何時相見。跨鳳翀霄。吳猛難逢。壺公不遇。長江浪急路途遥。只落得相思兩地。千里神交。自從那日。偶托孤鴈傳書。不見消息。好煩惱人也。

【點絳唇】門掩清宵樓臺靜悄無人到檻竹瀟瀟月白紗窗曉

【混江龍】夜深風峭一庭寒露落松梢這些時空憐幽

景誰伴良宵驀思就裡傷懷抱我素質更添新日病
朱顏不似舊時嬌好似那清霜暗損海棠春狂風慘
淡梨花貌恐他回來呵見我這衰容瘦質恐看作敗
柳殘桃
奴家思量一會。轉添煩惱不如操一曲琴。消遣則箇
油葫蘆玉指調、絃韻、轉高、一聲聲似奏、虞韶分明按、
宮商、操一、曲鳳、鸞交、因念。別離情變、作孤、鸞操欲把
舊時、情寄、在陽、春調、只恐怕有、限氷、絃彈不盡許、多
煩、惱只見這玉、徽光、映秋、聽皎、幽聲響、徹碧、雲霄、

天下樂【生上】只聽得犬吠、橋亭夜、寂寞、參迢迢、漏聲遙、滲寒光流螢、隱竹梢、聽瑶琴、隔綠窗、見銀缸、透絳綃、悄立柳邊、帶月敲、

敲門介【旦】驚起介

村裡迓鼓【旦】莫不是誤撥簾鉤、失巢失巢歸鳥、莫不是戰西風簷前簷前的鐵馬、莫不是遊人、醉迷了歸道、莫不是巡更、警柝、不然這寒更悄悄、何人來到、又敲是人、呵、把名通、報是鬼呵合、速滅了、【生】是趙瓚。快開門。【旦】你為甚的夜、訪舊交、憑把往事從頭告、恐燕

情者金

石斑真寶、

〔元和令〕〔生〕相見時正春風，麗碧桃，情合時設誓烏龍廟，離別時醉霜楓，葉脫林，匹馬嘶殘照。

〔旦〕這是人所共知。你但說爾我獨知之事。

〔勝葫蘆〕〔生〕恁道是父掌兵權泰宦豪，日暮泊江皐。失警夜遭江上盜，孤身漂泊，落人圈套，不忍笑中刀。

〔么〕鴇兒將錦帳蘭房貯阿嬌，要恁伴英豪，你道妓女何如夫婦好，不貪歡笑，不圖錢鈔，不作路傍桃。

〔旦〕這真是趙國珍。待俺開門。〔相見介〕你別後受盡苦楚。托鴈傳書。不知你得見否。【生】不因鴈書。怎得就到此。【旦】功名如何。【生】功名事。聽我道來。

【上馬嬌】誰不願脫青衣換紫袍、呀、偏是困英豪、桂在月中攀不到、空勞爭、奈廣寒高、

【旦】功名雖不成。你可同我回去。【生】我臨別時。說功名不遂。不來相見。因感小姐志誠。特來告辭。【旦】作哭介寃家。我爲你受盡苦楚。指望得諧伉儷。誰想盟誓。都作空言。昔日恩情。化爲朝露。妾身既已許質於君。焉能又更他姓。君如不從所志。妾必仗劍而亡。願以頸

血濺君。見我平生貞烈。（仗劍介）（生奪劍介）你好似百煉真金。精輝益煥。真烈女也。我幸中狀元。故扮白衣。特來相試。（旦）你見我仗劍。故來哄我。（生）你聽我道來。

【後庭花】我爲人志量高、論文章壓俊髦、名魁虎榜承天詔、首占鰲頭、奪錦標、賜金花、斜簪烏帽、（生下帽取花看）（旦）恭喜恭喜。這真道中了狀元。（生）只爲芳卿丟不下、怕不得路途遙、幸相逢、同歡笑、好似梅月共清高、金玉相輝耀、

（生）我有一句話告禀。你不要煩惱。（旦）怎麼說。（生）卿雖

宦女。奈落娼門。即娶爲妻。恐人譏議。欲爲你尋訪父母下落。着人接你回家。然後納幣求婚。那時節。正是宦門之女。狀元之妻。却不好也。（旦）你既肯娶我。何不先娶我過門。再待我尋訪父母。你中了狀元。不念舊情。（哭介）

【青哥兒】（生）我爲你相思相思多。少我爲你風塵風塵奔走。今日見多嬌。當全盟好。怎肯相抛。你何須意怏心勞。終結鸞交。我與你恩愛深。如海志堅牢。天可表

【寄生草】（旦）想和你相會時。道奴是洞裏桃。恐重來芳

香不似前時妙劉郎今日重來到碧桃春色依舊好
誰知你一朝做了玉堂人如何反負桃花貌
（生）難以口辨日後方知
煞尾（旦）冥鴻羽翼成不惜周周鳥只笑你胸襟窄小
未遇時求結鸞交得志時將人負了（生）我量尤高天
地難包恁休疑蛇影沉盃斝空自心焦我既忘盟好
金陵何不聘名豪
（生）扊扅烹伏不須歌（旦）貴棄糟糠奈若何
（生）定使仙郎逢月姐（旦）敢期冊桂近姮娥

陽告

外扮大王（上）人間私語。天聞若雷。暗室虧心。神目如電。小聖海神的便是。判官何在。（雜扮鬼判上）今日此方有一婦人。到廟伸訴寃枉。不許阻擋。（雜應介）領法旨。

【正宮端正好】（旦上）恨漫漫天無際。王魁這賊閃賺人無靠無依。我向那海神靈訴出從前誓。勾取那辜恩賊。

奴家被王魁背盟再娶。媽媽逼令改嫁。幾乎毆死了也。此恨無由申泄。只得到海神廟。把前日焚香設誓的情由。一一訴告海神爺。求他做箇明證。呀。這是海神爺。就把衷情申訴一番。爺爺。奴家姓敫名桂英。與濟寧王魁結爲夫婦。前年上京取應。與他在爺爺面前。焚香設誓。誓同生死。若負初心。永墮地獄。如今他得中狀元。別娶了韓丞相女爲妻。一旦把奴休了。害得奴家。上天無路。入地無門。奴家把前後因由。細訴一番。望爺爺早賜報應那廝。

滾繡球他困功名羈寄萊陽淹滯與奴家呵水萍逢遂諧匹配從結髮幾年間似水如魚我將心兒没盡藏的傾意兒也滿載的癡誰想他腑藏着掩刀之計一謎價只是心非鐵錚錚道生同歡笑死同悲到如今富且易交貴可易妻海神爺你道他薄倖何如羊大王爺。拜取那廝的魂靈來。與奴家折證麼。大王爺。呵。怎的不採着奴家。判官爺。與奴家在大王面前。禀復·一聲。小鬼哥哥。你也是知道的。判官不肯與奴家禀復。你與我禀告一聲如何。天那。

叨叨令［旦］這根由天知、和地知、他赴科場時。與奴家臨别呵。一同價在神前、焚香誓、負盟的恰也在刀劍成粉虀、他慘糢糊將心瞞昧、一旦的幸登遷選、就氣昂昂㥿了貂裘敝、别戀着紅粧翠眉、笑吟吟滿將糟糠棄、大王爺他心兒兀的不狠殺人也麽哥、大王爺你赤緊的勾、拿那厮、只索與咱明明白白的對、

大王爺。你須索知道麽呀。怎麽不言不語。不與奴家做箇主張、大王爺。

脫布衫［旦］他是好生的㥿筌得魚、明犯着再娶停妻

那日在大王前言猶在耳大王勑。今日聞。却怎生假粧聾佯沒理會

小梁州那厮他欺罔神靈恣已爲全不怕冥法幽司

大王爺。與奴家做箇主麽。呀。一任咱一拜一悲啼肝腸碎怎不解這情辭判官爺。你與我在大王面前。方便一聲。判官爺。那日從頭至尾盟心事一一的你恰也都知判官爺。與奴家方便一聲。判官爺。哼。小鬼哥。判官不肯稟。你也是知道的。你可替奴家稟一聲。小鬼哥。咳。也都佯不倸無答對你看一堂神聖從早拜

告到如今。者不採着奴家。煩絮得神鬼顛倒、心恍恍睡魔催、

苦。游神爺。奴家告了一日。並不採着奴家。如今天色已晚。待欲回家。爭奈神思困倦。寸步難行。不免在此神爺面前。暫睡片時。起來再告。正是一覺放開心未穩。夢魂先已到陽臺。（困介）（末）鬼判。把那婦人的靈魂。押將過來。（雜）領法旨。（末）婦人。若知前世因。今生受者是。欲知後世因。今生作者是。敫桂英。你與王魁。前世有善惡相關。爭奈有陰陽間隔。難以處分。直待你陽

壽終時。到吾殿下。纔與你明白折證。小鬼。把那婦人
扶出殿門。收拾威嚴〈雜扶介〉〈末〉正是閉門不管窗前
月。分付梅花自主張。〈下〉〈旦醒介〉奇怪。奇怪。方纔畧睡
一會。分明大王與咱一夢。道陰陽間隔。難以處分。待
奴陽壽終時。與奴明白。天那。怎能勾陽壽終時。得見
大王。呀。我的身子。怎麼到在殿門外東廊下。想必是
陰空扶出我來。好苦。你看殿門已閉。天已昏黑。教奴
歸又難行。住又難宿。如何是好。苦。怎生過得這一宵。
如今不知幾更時分了。

〔滿庭芳〕你聽鴈聲天際嘹嘹嚦嚦耿耿咳凄凄他那裡慘離羣任孤飛只是一生一配又誰知道有人心的也不念一夜夫妻他那裡繡羅幃成雙作對我這裡在泥神廟倚磚枕石尋思起就裡心窩中疼疼不疼滿胸臆氣也咳不氣

奴家夢見大王囑付之言。畢竟是箇死。方泄此寃。我想起來。在這箇所在。將什麼東西尋箇死路。呀。有箇香羅帕在此。把他做箇了身之計罷。

〔朝天子〕苦我把那紅顏玉姿掩黃沙白骨霎時間斷

人世這的下場頭 夫妻恩義那香羅帕做頭敝花甆
也香枯脂抛粉墜 王魁呵我向前行你也難迴避哭
咱一會罵他一會 這的是永訣辭了咽喉氣
好苦。好苦。羅帕。羅帕。可惜你千絲萬縷。織成一段離
愁。不知前世甚冤仇。今日將咱了手。袖裡恓惶知否。
眼中血淚難收。從今與你兩情休。猶在咽喉左右。絞
介王魁。你害得我 好苦。死介
步步嬌外上只爲一紙謠書至未審眞和僞教人心
下疑致使吾兒不存不濟舉步詣靈祠探取見詳細

咳。不如意事常八九。可與人言無二三。天道世情多反覆。寃仇恩愛兩相擔。老漢謝德惠。只因王魁中了狀元。寄家書回來。把桂英休了。我家媽媽。抵死逼勒他改嫁那金員外。桂英無計奈何。日夜啼哭聲聲要去尋死。昨早五更出門。到晚不歸。尋覓了一夜。絕無踪跡。想必他去海神廟中禱告。迷失在那裡。也未可知。你看曙色蒼蒼。鷄聲杳杳。這裡已是海神廟了。呀。殿門謹閉。人聲寂然。不見在此。且待廊下看來。莫非睡倒在這裡。這是箇婦人睡着。想是他了。呀。果然是

他桂英桂英。我那兒起來回去罷。如何能㽬得熬麼

來。把羅帕纏死在此。我那兒好苦。待我解下那羅帕

來看呀。渾身都冷了。我那兒死得好苦。爲什麼來由

山坡羊 白茫茫風波平地。杳沉沉靈魂何處。你恨漫

漫含冤在九泉。都是你那鐵心腸的娘生擦擦逼你

將身棄。我那兒你好心性痴。這休書又不知是真的

是假的。也須問箇是與非。如何不耐些兒氣。如今呵

一入冥途無路歸。我的兒。雖不是我親生的呵。須知

蕭望終身靠着伊。誰知今日番教斷送伊

我那兒。你死在這裡。家中又不知道。如何是好。（丑上）自不整衣毛。何須夜夜號。我那桂英。不肯依我改嫁那金員外。昨日潛自出門。至今不見歸家。今日五更我那老兒。到海神廟去尋他。也不見回來了。不免我自去尋他回來。再攞佈他一塲。我那兒。不要說要你改嫁。要你死。一定死。還我來。這裡已是海神廟。誰人在裡頭啼啼哭哭。（見外介）呀。老兒。你爲何啼哭。（外）你看。這不是桂英。被你威逼不過。把羅帕纏死在這裡了。（丑）呀。果然死了。我那兒。你好沒分曉。那王魁是什麼好人。你把性命也爲他斷送了。

〔前腔〕〔丑〕你眼巴巴指望夫榮妻貴。誰想他呵惡狠狠一旦忘恩失義。你氣冲冲不肯改嫁。那富室急煎煎情願做無夫鬼。你也休怨誰。明明是他害你。〔外〕是你逼他嫁人。就是你害了他。倒說他害你。〔丑〕怎麼是我害他。都是他焚香剪髮賢夫壻。我那兒你若告到陰司非干娘事。也須知滿望終身靠着伊。誰知今日番教斷送伊。

〔外〕媽媽如今他死了。衣棺將何措辦。〔丑〕他衣服還有幾件。那身上穿的好在這裡。我見王魁去後。他裡邊衣上。都打着同心結。金鈕扣。也有十來副在上。（外）不信有許多。（丑）你不信。我取幾副與你看。（外）摸介呀。公公。這箇丫頭是詐死。（外）怎麼有這等事。（丑）你不信。心窩上還是熱的。（外）有這等事。待我看來。呀。果然還是熱的。（丑）我知道了。三五箇月前。與他算命。說他有兩晝夜黃泉之厄。後來還有起死回生之兆。（外）原來如此。寧可信其有。不可信其無。我與你。且把他扶在殿後空房中。看守一兩日。禱告神道。尋箇醫人救他一救

倘有再生之日。也未可知。（丑）話箇也使得。扶他進去

了。待我回去。報與二姨知道。（下）

寶劒記

夜奔

【點絳唇】（生上）數盡更籌，聽殘玉漏，逃秦楚，好教俺有國難投，那塌兒相窮究。

欲送登高千里暮。愁雲低鎖衡陽路。魚書不至雁無憑。幾番濕作悲秋賦。回首西山日已斜。天涯苦若堪誰訴。丈夫有淚不輕彈。只因未到傷心處。俺林冲。只因一時怒殺高球奸細二人。幸喜得黑夜無人知覺。逃至柴大官庄上。又蒙他修書一封。教俺投奔梁山。

日間不敢行走。夜來山路崎嶇。呀。前面黑洞洞。想是一所村店。不免借宿一宵。明早再行。多少是好。呀。原來一所古廟。行來不覺精神勞倦。少歷片時。且喜此廟中無人在此。不免到伽藍神聖尊前。禱告一番。向神介 伽藍神聖。念林冲乃逃難之人。身負冤讐。莫能伸雪。今晚借宿在此。望神明陰中保佑。指引前途。作睡介 淨扮伽藍上 生前能護國。死後作伽藍。眼觀三萬里。日赴九千壇。吾乃本廟護國伽藍神是也。今有天雄星避難至此。不免指引他一番。多少是好。林冲

將軍。擡頭起來。聽我分付。今有徐寧。帶領官兵。追趕
黃河渡口。提拿你甚緊。你今番不走。等待幾時。正是
大抵乾坤都一照。免教人在暗中行。〔下〕生醒驚介呀。
唬死我也。唬死我也。朦朧之中。似夢非夢。分明夢見
本廟護法伽藍祠聖。道有金鎗手徐寧。帶領官兵、追
至黃河渡口。提拿你甚緊。道你今不走。等待幾時。〔向
神謝介〕伽藍神聖。你保佑俺林冲弟子。脫離此難。無
災無害。直至梁山。倘有寸進之日。那時重修廟宇。再
塑金身。天尚未明。不免灑開腳步。走一回來也呵。

【新水令】按龍泉血淚灑征袍恨天涯一身流落專心投水滸回首望天朝急走忙逃顧不得忠和孝

只看雲橫斗柄。月色澄清。宿鳥投林。昏鴉歸陣。好傷感人也阿。

【駐馬聽】良夜迢迢投宿休將門戶敲遥瞻殘月暗渡重關急走荒郊身輕不憚路迢遥心忙又恐人驚覺魄散魂消紅塵中悮了咱五陵年少

【水仙子】一朝直諫觸權豪百戰功勳做草茅平生勤苦無功效名不將來青史標爲國家總是徒勞再不

得倒金樽杯盤歡笑再不得撥琵琶把情調再不得
謁金門環珮逍遙

【折桂令】羨封侯萬里班超生扈傲叛國紅巾背主黃巢恰便似脫扣蒼鷹離籠狡兎摘網騰蛟救急難誰誅正邪掌刑法難得皐陶鬓髮蕭騷行李消條此一去博得箇斗轉天迴管教他海沸海沸山搖

【鴈兒落】望家鄉去路遥想母妻將誰靠俺這裏吉凶未可知他那裏生死應難料

【得勝令】呀誆得俺汗浸浸身上似湯澆急煎煎心內

似油調幻妻室今何在老尊堂恐喪了劬勞父母恩
難報悲號英雄氣怎消嘆英雄氣怎消
沽美酒懷揣着雪刃刀懷揣着雪刃刀行一步哭號
咷急急手腸去路遙且喜得明星下照昏慘慘雲迷
霧罩疎喇喇風吹葉落振山林聲聲虎嘯遶溪間哀
哀猿叫我呵諕得俺魂飄膽消百忙裏走不出山前
古道
收江南呀又只見烏鴉陣陣起松稍數聲殘角斷漁
樵怕投村店伴寂寥想親幃夢杳空隨風雨度良宵

故國空勞夢　思歸未得歸
此身渾寄跡　有淚濕沾衣

紅梨花記

計賺

（生上）茜裙紫袖暎猩紅。飛絮輕颺花信風。好景更兼逢窈窕。千金一刻語非空。小生自遇王小姐之後。不覺神魂飄蕩。廢寢忘飧。天下怎麼有這等樣美人。便覺功名富貴。盡皆輕了。好笑錢孟博。只管來催我去會試。雖則是他好意。他那知我心上事。就把一箇狀元撇在街上。小生難耐煩別了那人。遠遠去拾回來。昨日被我發作了幾句。想必今後不差人來了。就再來。我也只是不去。且慢慢再住幾時。只一件。小姐雖則綢繆繾綣。但是曉去夜來。怎得尋箇計較。日間相聚便好。待他今晚來時。把這話對他商議。昨日有客來訪。今日要去答拜。不免趁早去了就回。〔關門介〕掩却白雲關。來尋青眼客。〔下〕〔老旦提籃上〕老婢花婆是也。領錢爺命。去說趙解元赴京會試。提着這籃兒。西園採花去走一遭也呵。

〔北點絳唇〕只爲着年老甘貧。滿街廝趁。提着箇花籃兒。爲營運且度朝昏。將花朵作資本。

北混江龍入的園來。好花卉也。你看那洛陽丰韻三春紅紫鬭精神白的白碧桃初綻紅的紅仙杏芳芬嬌滴滴海棠開噴香馥馥含笑氤氳呀。什麼人扯住我。笑介元來是牡丹枝挂住了團花襖薔薇刺抓扎起石榴裙拂袖介爲甚的蝶翎了兩翅粉蜂惹的滿頭紛非關是金谷園中千朶豔端只爲賣花頭上一枝春把蜂蝶來引引

呀。遠遠的趙解元來也。嗒只顧採花。看他問嗒不問嗒。生上可憐妖豔正當時。剛被狂風一夜吹。今日流

鬧來舊處。百般言語怨空枝。小生方纔拜友而歸。巳到寓所。呀。什麼人在那裡採花。我且上前去問一聲。兀那老婆子。爲甚採俺家的花朶。（老旦作驚介）

【北油葫蘆】驀聽得喚一聲婆子把咱嗔引三魂嚇的我兢兢戰戰可也沒迯奔那哥哥咬定牙將人狠我這裡忙伸手將花籃揾我又不是園王家掌花人又沒有斗大花門印爲甚麼平白地將他花枝來損且只得上前去。告箇不是咱。（見介）哥。老婢子萬福。（生回揖介）（老旦）折了花枝。是老婢子不是了。望乞恕[illegible]

的休說可看我貧老又单身

（生）這也罷了。

北天下樂（老旦）則見他叉手忙將禮數論回也波嗔

喜津津（生）婆子。我看你年紀老了。採這許多花何用。

難道自己戴。（老旦）老婢插戴。沒福插戴他。止因爲老

年人沒計度饔飱採將來賣幾文賣得來換米薪常

言道人怕老來貧

（生）元來你賣花爲活這也罷了。你只傾出來。我逐一

看看。或且有用得的就問你買幾枝兒。（老旦）做傾介

竹[illegible][illegible]

取一枝遞生介生這是竹葉兒。插又插不的。戴又戴不的。要他則甚。老旦要他打底。哥。不爭你提起竹葉來。

比那吒令想當初李白的。開尊處。疑是故人王猷的。造門。不須問主人。我愛他絕塵。報平安好信。哥。這竹有許多好處。搖風月。稍拂雲。傲氷霜。無淄磷。你不見麼。湘江上二女。淚斑痕。

生再取一種來看。老旦取介生這是桃花。沒甚希罕。要他何用。

北鵲踏枝【老旦】這桃花、從蓬島分、休則向玄都問、誰知道前渡、劉郎再來時面貌、堪嚬、不爭的把漁郎勾引惹得人急、攘攘爭去問迷津、

【生】再取一種來看、【老旦】取介【生】這是海棠花。也沒有甚希罕。

北勝葫蘆【老旦】杜鵑啼、血感、離人粧點上陽春、嬌似紅胭、嫩膩粉、這花夜間看最好。倚東風睡足、高燒銀燭、爛熳月、黃昏、

【生】再取一種來看。【老旦】止有柳枝兒了。【生】這一種沒

用。【老旦】偏有楊柳最可恨。【云】他在渭城客舍鬬清新慣會送行人。蚤已是章臺今日長條盡則看他迎風襲襲籠烟裊裊腸斷灞橋濱。

【生】你籃兒裏還有別種麼。【老旦】你不見這籃都空空的。再沒有了。【生】元來則這幾種。並沒奇異。值得幾文錢。【老旦】這園中。也則有這幾種。【生】難道則有這幾種。我到有一種異花在那裏。可憐你又老又貧。送與你去。多賣幾文錢何如。【老旦】哥。生受你。借來看看。【生】我如姐供在書房內待我取出來。取花介這是。你可認得這種花。叫甚名兒老旦看驚介呀。有鬼也。有鬼也。生婆子。青天白日。有甚麼鬼。你見這花。都怎生驚駭起來。老旦苦。哥却不知。這不是人間的花。這是鬼花。生胡說。鬼那裡有花。要你說箇明白。老旦惧了老婢子賣花也。明日來和你說。生婆子休去。你且說一箇明。老旦我說來。你休害怕。生我不怕。老旦哥。這花園是誰家。生是王太守家的花園。老旦可知道。你曉得蓋花園的緣故麼。生不知。老旦王太守有箇小姐。性愛看花、故此蓋這所花園。到得春間。萬花開綻。那小姐日日坐在亭子上看花。不意墻外有一秀才。闖入園中。與小姐四目相覷。兩意惓戀。只沒處下手。那小姐終朝思想。害相思病死了。王太守與夫人。捨不得他遠離、就埋在亭子後邊。那一靈不散。他塚墩上就長出一棵樹來。開的是紅梨花、那小姐毎遇花開時。風清月朗之夜。常常現形。坐在亭子裏。只要纏擾年紀小的秀才。（生怕介）（老旦哭介）（生）婆子。却爲何哭起來。（老旦）老婢有箇孩兒。也是秀才。爲那城中熱鬧偕此花園。看書困倦。只見月明如晝。捱到亭子邊去散步。不意亭子裏起陣怪風。現出一箇如花似玉的小娘子。與我孩兒四目相窺。兩情惓戀。當夜就要到孩兒書房中。只見亭子後邊。大叫說老夫人睡醒了。那小姐倉忙而去。說明晚又來。到得明晚。果然又到孩兒書房中來。手中携一枝紅梨花。那時孩兒年紀小。春心蕩漾。與他那話兒了。從此以後。夜來明去。勿不上一月。把孩兒送死了。咳。可憐可憐。如今止存得一箇老身。好苦也。老旦又哭介 生 婆子。你可曾見怎麼一箇模樣。（老旦）老身那裏得見。止聽得孩兒臨危時說。

（寄生草）他梳粧巧、打扮新、藕絲裳愛把纖紅襯、眉灣新月微微暈、櫻桃小口時時哂、青螺小髻挽烏雲、千般淹潤都裝盡、

（生）這一會兒。不由的害怕。（老旦）呸。呸。有鬼也。有鬼也。哥。你看怪風來了也。

（么）卒律律旋風刮、黃登登幾縷塵、咳。王小姐。王小姐、你把我孩兒纏死、眞堪憫、你送得我老年孤獨無投

齊你今朝又待將咱逅老旦折桃枝介生這是桃枝要他何用老旦哥我那裏去尋法師仗劍頌天蓬先打恁孃五十生桃棍

生婆子。你不說。我那裡知道。兀的不諕殺我也。老旦這裡不是久站之所。我去也。生扯住介沒奈何。你再件我會兒老旦哥。你莫不抛着他手了。說與我聽。生我死也。我死也。說不出。說不出。老旦咳。小姐。小姐。

賺煞尾我與你生前本無讐今日賺得無人問你何不把陰靈忖忖但只顧將平人來害損你便是逅人

命惱凶神女弔客母喪門天魔祟撲子弟野狐涎打
郎君則恐罪業深地獄近下阿鼻絕人身（哭介）我那
兒呵。可憐你三載幽䰟何處沉淪咳。且喜波得這位
哥可蚤有替代你生天路兒穩
（老旦下）（生弔場）婆子轉來。阿呀。他去了。這會兒一發
害怕。我那裡知這小姐。到是箇鬼。如今怎麼好。也罷。
建業開科。錢孟博幾次來催。止爲着那些頭腦不肯
去。如今只得去了。（思介）琴劍書箱。都在這書房裡。怎
麼敢再進去取。罷。撇下罷了。就今日快去別了孟[illegible]

就與他借些二盤纏，快快上路去罷。

怡春錦

追賢

天下樂 生上 功名未遂令人笑。思量起暗裡寃沾辛勤苦盡枉徒勞。終須埋沒荒郊草。

世上萬般皆是命。果然半點不由人。我韓信投楚以來。只爲官卑職小。不稱吾才。爲此棄楚歸漢。又着我做連廒典官。纔管得三朝。職事。被楚軍燒了倉廒。同事十二人。都問死罪。若非滕公放免。我韓信幾乎一命難逃。又蒙蕭丞相保舉。幸脫此難。我想起來。兀礭

怕看劍

不離井上破。將軍難免陣中亡。倘或再有過犯。决不饒我了。不如棄此卑職。逃回家去。見我妻子一面。罷。罷。罷。正是命運不該金紫貴。終歸林下作閒人。如今月朗風清。正好行路。誠恐後面又追趕來。不免打從山僻小路。逃出函關。再作區處

【新水令】恨天涯流落客孤寒。恨天涯流落客孤寒。嘆英雄半生虛幻。坐下馬空踏遍山色雄。背上劍光射着這斗牛寒。恨塞滿天地之間。雲遮斷玉砌雕欄。搵不住浩然氣冲霄漢。

駐馬聽回首青山拍拍離愁滿戰鞍舉頭新鴈呀呀的哀怨半天寒實指望龍投大海鶴天闕誰承望軍騎勒馬連雲棧覷英雄如等閒堪恨無端四海蒼生眼下

雙聲子外上再追去再追去不顧程途杳衆老爺諸將亾者多少不追怎麼獨追韓信外諸將易得韓信難討不作大將軍鎮國奇寶世上無雙人間絕少下

川撥棹生幹功名千難萬難求進身兩次三番昨日箇離了項羽今日箇別了炎漢不覺的皓首蒼顏對

着這月朗回頭把劍彈揾不住英雄淚眼

内敲鑼鼓介

雙聲子生鎮聞得、鎮聞得、鑼鼓喧天鬧、可是軍中追

吾囉嗻、何處可潜踪、身埋芳草、衆趕得心慌、剛剛湊

巧、

衆韓爺。且住馬者。俺家老爺在此。生是誰。外韓先生。

是我老夫。住了馬。

鴈兒落生丞相你將、咱不住趕、俺韓信則、索把程途

盼外韓先生下馬。與你講話。生老丞相噤聲。外韓先

生。怎麼叫我噤聲。（生）為甚麼恰相逢便噤聲、非是俺

不言語相人慢、

得勝令呀我則怕叉手告人難、因此上懶下寶雕鞍、

（外）我奉漢天子的命。來請你。（生）說着那漢天子猶心

困、（外）先生若如此說。你又欲投楚之意了。（生）量着那

楚重瞳怎掛眼、乘駿馬離鞍、向落日斜陽岸、伴簑笠

綸竿、我只待釣西風渭水寒、釣西風渭水寒、

（外）先生快下馬來。漢天子有用你的好意。你今一事

無成。往那裡去。（生）丞相。

掛玉鈎我怎肯一事無成兩鬢班。既然不用俺英雄漢。外先生爲什麽不說而行。連夜而走。生因此上鐵甲將軍夜渡關。老丞相莫不是爲馬來。將人盼。外馬值得多少。老夫自來。生既不是爲馬來。有甚麽別公幹。外先生。老夫特來請你轉騎。要扶助漢室江山。生你着我扶助江山。須保奏我掛印登壇。外這都在老夫身上。先生請回去。生是。外小校可有船麽。衆有箇漁船在那裡。外喚他撐過來。冄船介丑扮漁翁上來了。來了。繫了船。請上船者。生小校多少時分了。衆半夜了。
七兄弟生半夜裡恰回還抵多少夕陽歸去晚澗水潺潺環珮珊珊冷清清夜静水寒這的是漁翁江上晚
作上船介
收江南生鄉踏着跳板手執着竹竿不住的把船灣又只見沙鷗驚起蘆花岸見忒楞楞飛過了蓼花灘似禹門浪激桃花泛
梅花酒呀雖然是暮景殘雖然是暮景殘外先生好

夜景。生恰夜靜更闌對綠水青山正天淡雲閑明滴溜銀蟾出海山光燦爛玉兎照天關呀撐開船掛起帆撐開船掛起帆俺紅塵中受塗炭恁綠波中覓衣飯俺乘駿馬去登山恁駕孤舟怯風寒俺錦征袍怯衣單恁綠簑衣不能乾俺空熬得鬢斑斑恁枉守定水潺潺俺不能勾紫羅襴恁空執定釣魚竿俺都不道這其間呀這的是烟波名利大家難上岸介抵多少五更朝外馬嘶寒對着一天星斗跨征鞍非是我倦譚這的是算來名利不如閑外先生。請來騎了。

煞尾生俺想這男兒受苦遭磨障，恰便似蛟龍未濟逢乾旱，塵蒙了戰策兵書，消磨了杖劍瑞環，暢道周帳秦營功太晚，似這般涉水登山，休休可着我便空長嘆外先生請了。生謝丞相執手相看，我此一去，你看我赤心報國，辟土開疆。若不用我，我待釣一綸香餌。明月清風，笑你箇能舉薦的蕭何，你便可再休來趕。

奈子花外先生。劉沛公附耳低言，指日間拜將築壇方歸私室正欲接譚我老夫回舍去問書童請韓老爺出來講話書童回說韓老爺騎了白馬去了教我尋不見如氷投炭我一聞此言就先生此去漢天下一定失矣老夫朝衣也不卸急跨征鞍也電奔星馳月下追趕回還

前腔（生）感丞相吹噓微賤料韓信福薄緣慳三朝典客便遭刑憲（外）先生此一回去就要築壇拜將了（生）當不得典劉之念（外）先生老夫决不虛誑（生）老丞相言之當也倘時來運至一朝榮顯

外帶馬過來請韓老爺同去。生老丞相小生倘或回
去漢王再不能重用那時老丞相如何處之。外漢王
再不聽老夫之言即時解袍納印觸堦而死。生如此
還有一事。外怎麼說。生子房與小生一角文書在此。
取書介外呀韓先生是我老夫與沛公子房三人議
定要一箇興劉滅楚的文書先生緣何一向不拿出
出來。生將書出來。又道小生于豫老丞相了。外韓先
生快請到寒家去住幾日必有分曉。

月下相追意甚濃　勒馬揚鞭轉蜀中

只憑一紙與劉表

早向轅門奏沛公

千金記

點將

中呂粉蝶兒生上手摘星辰。脚平踏禹門潮信。吐虹霓千丈絲綸。整乾坤。淸四海怎肯教魚龍一混。今日箇得志羽扇綸巾。再休想踐窮途客身難奔。昨日箇看靑山觀綠水。劍光昏。今日箇白馬紅纓綵色新。都做了一宵夢裡遇閒人。俺韓信也不似這般諄諄。三省吾身。五陵豪氣。今日箇一言難盡。

身爲元帥出天恩。奉統貔貅百萬兵。今出陣前人馬

服威行閫外鬼神驚印似斗劍如銀蓮花帳裡定乾
坤英雄此日雖遭遇憶昔相逢跨下人
石榴花昨日箇從征驍千里薦紅塵單騎遇私奔若
不是朝中宰相可也自勞神把飄零客身引入賢門
若不是老丞相追趕呵這其間趁西風人遠天涯近
衆公卿步步趨迎擺列着七層圍子可也迎韓信這
的是天子重賢臣
前腔跌不得舞蹈揚塵暢好似撲搭地謁至尊不若
如文王可也自臨自臨至渭濱訪着這箇響鐵之夫

怎受得恩怎做得那社稷臣因陛下納諫如流因此
上丞相呵把我來奏准
昨蒙聖上拜我爲大將身作那家柱石胸藏文武才
能吐氣則雲霞散彩出口則雷霆爭光一怒須教羣
醜喪九州方見大同風即今勑吾統領大兵下壇之
時寄陳一本衆將皆居王位若令不從將如之何蒙
主降旨明白道來如朕不在在爾要罪我見軍中做
物氣高者多必須先振軍心纔可行兵叫曹參雜應
介有生與我傳令一鼓絕埋鍋造飯二鼓絕整身披

掛。三鼓絕。衆將上壇聽點。（應介）（生）再與我掛兩行牌
額。聽點不到者斬。擅闖營門者斬。聞鼓不進者斬。聞
金不退者斬。語笑喧譁者斬。奸人妻女者斬。洩漏軍
機者斬。交頭接耳者斬。邀功奪戰者斬。臨陣不顧者
斬。（雜）照前白（衆應）（生）擂鼓聚將。（擂鼓介）（衆將上）（生）衆
將收斂兵器。上前打恭。（衆打恭介）（生）衆將官。當職蒙
皇上之恩寵。領兵家之將權。在我者。披肝掛膽。在爾
者。并力同心。鼓者進。金者退。須加嚴謹。功者賞。罪者
罰。我不食言。汝等可知道我的官銜麼。（衆應介）不知

生大漢左丞相。天保大將軍。關外六國都招討。征東破楚神策大元帥。韓。起在一邊聽點。衆應介參禀元帥。衆將花名號簿。生取上來。首將曹參。應介九江王英布。應介大將陳豨。應介天梁王彭越。應介大將張耳。衆應御差。武陽侯樊噲。應介大將周勃。應介大將灌嬰。衆應御差。生怎麼有許多御差。衆未嘗之先差出造船。生這也不究了。生天大將魏豹。應介大將周昌。應介老將王陵。應介呂馬通。應介大將夏侯嬰。應介閔子奇。應介大將紀信。應介酈食其應介大將傳餐。

(應介)雍齒。(應介)大將黥布。(應介)丁公。(應介)盧綰。(應介)大將殷蓋。(衆應)不到。(生)昨日分付聽點。衆將俱到。他如何故違軍令。拏來。(應介)殷蓋上將相本無種。男兒當自強。(衆)元帥點名不到。叫拏你去。殷蓋當面。(生)昨日分付聽點。衆將俱到。你何故來遲。(丑)今日元帥出軍。與妻子喫杯離別酒。故此來遲。(生)咄。豈不聞受命於君。則忘其親。將軍約法。則忘其家。既以一身許國。豈有妻子之念乎。

(出隊子)我今日呵登壇點將。我今日呵登壇點將。說

甚麼暮登天子堂我今五申三令不尋常從來的將
相本難量叫曹參快與我將他斬首在轅門外廂
(雜)獻首級。(生)懸掛轅門示衆。(中淨)可惱。可惡。韓信這
懦夫。與漢家並無折箭之功。就斬了一員大將。(生)曹
參。是什麼人喧嘩。(雜)先鋒樊噲。(生)你與我拏過來。拏
介樊噲。你何故喧嘩。亂我軍心。(中淨)韓信。你無資身
之策。乞食於漂母。又無兼人之勇。受辱於跨下。漢王
拜你爲將。並無折箭之功。怎麼就斬了一員大將。可
惱可惱。(生)咄。豈不知我居楚不過執戟。侍漢不出連

厥。昨日與你一殿之臣。今日違吾將令。推出轅門。斬訖報來。（中淨）韓信。你這餓夫。一介小人。吾乃椒房之親。有何德能。就敢斬我。（生）你倚着椒房之親。說我是箇小人。你聽者。

（十二月）伊尹曾耕於有莘、子牙曾守定着絲綸、傅說在岩墻版築、夫子在陳蔡居貧、休笑俺是白衣庶人、休笑俺是白衣庶人、蕭何也是黎民、從來將相出寒門、一朝天子、一朝臣、薦賢的爲國大元、所這勳你是箇低頭、喫肉、大將軍、賣弄你花也麽唇、幾曾見你恁鎗刀劍戟掄。我只見你殺狗處持刀办。（樊噲）哈麻子，你道我跨下夫，你道我跨下夫。俺今日列兩行文共武。你道我乞食於漂母，你是箇殺狗一屠夫。你道是椒房親戚，他除授我元戎帥府，有相國推輪捧轂。休在吾行強辯，要蹅鬪斬首無徒。

自古拜將一節，由軒轅拜封侯，以滅蚩尤。秦王拜王翦，并吞六國。武王拜太公，滅紂興周。今主公拜韓信，只要滅項興劉。我今日在此，上不知有天，下不知有地，前不知有君，後不知有臣。只聽閫外將事令。那待

回鞭請指揮。叫曹參。快推出轅門。斬訖報來。【外】急上
聖旨留樊噲。【雜】蕭何擅闖營門。【生】拿蕭何砍了。【外】有
玉札。【生】旣有玉札。請過來。【外】立正場聖旨留人。【生】拜
願吾皇萬歲萬萬歲。聖上不知留何人。【外】聖上有旨
殷蓋故違將令。誅得正當。今有樊噲。乃椒房之親可
看朕面。饒他一命。【生】請過聖旨。老丞相。此來差了。旣
有聖旨。合該先着人通報。我好接旨。又是韓信今日
在此。點將。若是與項羽交戰。還是接旨好。還是交兵
好。倘有奸細。吾何防之。【外】是不敢。【生】這旨意。不是赦

樊噲的单赦了老丞相的罪了。請回。（外）是、

（上小樓）（生）老丞相你不該擅闖營、你前來違吾號令

本待要斬首在轅門、又道是不近人情、叫曹參、蕭何

是馬來的步來的、（雜）馬來的、（生）把馬去四足、把馬夫

砍了。以代蕭何之罪。（雜）應介（生）你快疾行莫暫停休得

要謙遜、你若少遲延、教你霎時命傾、

（外）帶馬來。（雜）老丞相擅闖營門。合該處斬。元帥將馬

削了四足、馬夫砍了。以代丞相之罪。（外）煩將軍通報。

蕭何謝罪。（雜）蕭何謝罪。（生）明日帥府相見。（外）漢室將

典令如山嶽動言出鬼神驚。（生）叫曹參。帶樊噲過來。咄。狗夫。狗夫。我道你爲何輒敢大膽。原來倚托椒房之親。你說我沒有半枝折箭之功。就斬了一員大將。不是我誇口說。取漢室江山。劉王社稷。在番掌耳。你道鴻門救駕。獨虧于汝。汝何不請你主公。帝居咸陽。拜我韓信何用。聖旨留你。死罪饒了。活罪怎麼饒得。發軍政司。重打一百。（雜帶下復上介）

雪裡梅（生）樊噲你可自知罪奉聖旨且饒伊恁害了相國蕭何險赴法雲陽市裡將那人爪了首級馬前

了四足從來軍令不見戲你快疾行明修棧道莫羈遲使各國與戰敵迅雷不及掩耳限你箇三朝五日星夜奔馳不憚驅馳修築沙堤若是違吾號令罪不容恕你若藐視軍機樊噲休想我輕輕的放過伊與你三千老弱軍馬。明修棧道。近前來。（附耳低語介）只許你修。不許你完。（中淨得令。下）（生）衆將過來聽令。（衆應介）殿蓋來遲。吾以斬首。樊噲喧嘩。吾以痛責。王法無情。各宜遵守。三令五申。七符六詔。雖云兵法有奇。其實兵行詭道。（衆應介）

山花子（生）築壇拜將君王命，諒諸侯敢違吾令，笑西楚刻日定，秦燕齊趙魏遭迍，衆將軍必須用心，明修棧道須早行，陳倉暗度須用心，指日鞭敲奏凱回程。

鮫綃記

訪賢

節節高〔外上〕位列朝班。百僚之上。爲卿相。輔國勤王。
久日後圖寫在凌烟閣上。
吾乃趙普是也。官居台鼎。職任鈞衡。荷朝廷寵渥。仰
聖君知遇之厚。今夜雪積瓊瑶。寒侵珠箔。不免進書
房。將論語觀看一番。張全閉上門。倘有報機密事的。
可來通報。〔虛下〕
聲聲慢〔生扮太祖帶從人上〕禁鼓初通。爐烟猶繞。

方凍盡玄龍蓑莫道寒聲料峭

寡人是陳橋兵變。立我為君。國號大宋。今夜欲往趙普家。定川廣之策。取吳越之謀。爭奈瑞雪漫天。朔風似箭。如此寒、啊。

【端正好】水晶宮鮫綃帳光射那水晶宮冷透鮫綃帳夜深沉睡不穩龍床離金門私出在天街上正風雪空中降

【滚繡毬】似紛紛蝶翅飛如漫漫柳絮狂舞冰花旋風見飄蕩蹊踐瓊瑶脚步見移怯將自襴衫兩袖遮把烏

紗小帽搪猛回頭將鳳城兒凝望全不見碧琉璃瓦
甃鴛鴦霎時間九重金闕如銀砌萬里江山似玉粧
粉飾封疆
（末）敬萬歲來到了。
倘秀才（生）我只見鐵桶般重門兒閉上俺將那銅獸
面雙環來叩響（內）云敲門的是何人。（生）我是萬歲臺
前趙大郎（內）到此何幹。（生）料堂中無客伴（內）丞相在
燈下看書。（生）你道是燈下看文章俺特來聽講
（內）我這裡是三公相府。聽甚麼。何不去南北寺裡尋

一箇沒頭髮的和尚聽講。

呆骨朵（生）俺衝寒、冒雪來相訪、俺有些機密事緊待商量（丙）既有機密事。何不早說。待我稟丞相。然後開門。（稟介）（外）原來聖駕到了。擡過香案。開了正門。（生）力士工人慌甚麼、恁你道是調和鼎鼐三公府、叫我那裡尋一箇沒頭髮唐三藏。（外）此乃臣該萬死。望陛下天赦。（生）此乃卿家規矩。朕不見責。你乃是招賢宰相、寡人到跟前聽講。（外）快看茶湯。（生）你休得在耳邊廂喚、點茶湯、（外）今晚瑞雪紛紛。聖駕親臨。有何曉諭。（生）

朕不學漢高祖身居未央朕不學唐天子晝賦晉陽羣被生寒金鳳凰有心思傅說無夢赴高堂（外）既有國事。何不宣臣入朝。敢勞聖駕親臨（生）這的是爲君修理當

滚繡毬既然在海內爲君也索盡三綱五常朕幼年曾讀孫吳韜畧恨未到孔聖門墻（外）陛下五經皆通。何故言此。（生）尚書讀幾篇毛詩讀幾行講周易始知爻象論春秋方見典謨朕待學禹湯文武宗堯舜卿可及房杜蕭曹方漢唐燮理陰陽

外請陛下書館中避寒。生卿家案上是何書。外是一本論語。生論語乃幼年所讀之書。看他怎的。外啟陛下。但齊家治國平天下。都在這本書上。

倘秀才生卿道是用論語治國有方。却原來蘊半部山河在上聖道如天不可量。外臣有酒一壺。不敢進上。生既有酒。將來何妨。外左右請夫人出來。生不是譚經臨絳帳。抵多少開宴出紅粧。聽説罷神清氣爽。貼上譙鼓起更闌。金風透體寒。吾王萬歲萬萬歲。生內使徹了此燈。

〔滚繡毬〕只見銀臺上畫燭明金爐內寶篆香〔外〕啟陛下。臣執壺。妻把盞。〔生〕只須老兒自斟佳釀又何勞尊嫂親捧霞觴〔外〕糟糠之妻。何當陛下以嫂呼之〔生〕卿道是糟糠之妻不下堂貧賤之交不可忘常言道表壯不如裏壯妻若賢夫免災殃朕與卿比如太甲逢伊尹卿與嫂好似梁鴻配孟光則願你兩口兒福壽綿長

〔外〕謝聖上金言〔生〕我有大事與卿商議。請尊嫂自便。

〔貼〕吾王萬歲。〔下〕

【倘秀才】（生）歎息論前王與後王，合眼處興邦與喪邦，曉夜無眠想萬方。又不是歡娛嫌夜短，寂寞恨更長，我的憂愁事兒有幾樁。

（外）不知聖上。所憂何事。

【滾繡毬】（生）憂只憂當站的身無掛體裳，憂只憂爲農的家無隔宿糧，憂只憂行船的顧不得一江風浪，憂只憂駕車的萬里經商，憂只憂苦寒的妻怨夫，忍饑的子哭娘，憂只憂甘貧的晝夜眠陋巷，讀書的夜寐寒窗，憂只憂布衣賢士無活計，鐵甲將軍守戰場，提

起來感嘆悲傷

倘秀才憂的是百姓苦教寡人在御榻上心勞意攘（外）陛下敢是嫌天下小了麼（生）我嫌甚麼天下小寡人眠思夢想想着太原府劉崇那廝勾占拒北方寡人離了丹鳳闕親擁着碧油幢先取了河東上黨

（外）臣啟陛下。太原不過彈丸之地。何必親征。臣設一計。先取四處。然後打上黨。目今四川孟昶王。兩廣劉張王。江南李王。吳越錢王。這四人皆溺于酒色。望陛下與一仁義之師。解百姓倒懸之苦。席捲長驅戰必勝也。

【滚繡毬】〔生〕你道是錢王與李王，劉張與孟昶，那廝每行覇道百姓遭殃。卿命何人收四川，令誰人定兩廣，取吳越必須名將。下江南須用忠良，定江山須得箇鎮乾坤碧玉擎天柱，誰是箇平宇宙架海紫金梁，你與我仔細參詳。

〔外〕臣討已定。今遣四將收了四處。令石守信取吳越，王全斌收四川，潘仁美定兩廣，曹彬下江南，皆是忠良名將。〔生〕既然如此，與寡人傳下聖旨，宣四將寡人

宣諭衆上手執彤弓彎似月。腰懸寶劍白如霜。吾王
萬歲萬萬歲。
【脫布衫】（生）取金陵飛渡長江下錢塘平定他邦西川
路休辭棧道定兩廣莫辭烟瘴
【醉太平】陣衝開虎狼身冑着風霜恁將六韜三畧定
邊疆把元戎印掌只願你身披鐵甲添雄壯馬銜玉
勒難遮擋鞭敲金鐙響叮噹早班師汴梁（下）

明珠

六十五

明珠記

郤珠

罵玉郎（生哭上）心上人、見掌上金、翻做波間月、海底針、紅顏皓齒暗消沉、沉沒回音、悠悠血染羅襟、怕香骨怎禁、怕香骨怎禁、怎禁雨打霜侵、怕芳魂怎尋、怕芳魂怎尋、度不得萬水千岑、猛判棄此身同鴆、早落得一處、早落得一處、化爲雙蝶、並宿花陰、自甘心也、强如獨眠孤枕、斷腸處、盻不到蓬宮椒寢、

傷春未已復悲秋。欲採蘋花不自由。人面秖今何處

在不勝淒然下高樓。古押衙前日與我借夫採蘋賽鴻明珠。前往使計。一月有餘。並無音信回來。昨日進城打聽。朝廷把劉尚書夫妻害了。差高品內宮。往皇陵上藥鴆其女。天。天。想俺小姐一命難留。古押衙空勞使計。小生也枉用痴心。眞箇痛殺人也。

【前腔】憶昔嬉遊翰墨林。暗裡拋紅豆打翠禽雙雙拍手遶花陰。隧銀簪有時節避暑溪潯有時節對月撫琴。有時節對月撫琴有時節玩雪微吟。看紅顏翠袗看紅顏翠袗眞箇是一對兒美上精金畫堂中往來

無禁你參憐毋惜、你參憐毋惜、當時許下諧老鴛衾、到如仝用盡了萬苦千辛、只落得淚珠兒羅衫濕浸、

中呂粉蝶兒 小外上 虎窟龍潭、早歸來不將身陷、把嬌娥偷下林嵐、恰正無聊猛想、看愁心頓減、管教伊愁上添歡、握手介 悄低低怕有人兒窺瞰、

相見介 生 老丈且喜回來了。無雙的下落如何了。 [illegible]

外 好教你歡喜。無雙小姐。已被俺偷出來了。 生 老丈休要哄我。小生昨日聞得劉尚書與夫人受害。無雙葬死在皇陵上。你那裡取得他來。 小外 你聽[illegible]

醉春風則爲你藍橋夜燈月照漢宮秋雲雨擔小心
見荒山迢遞來尋俺引動咱鐵石心腸改抹却英雄
氣槩都做了偷香俏膽
生累及老丈了。却怎的用計。
迎仙客小外打聽得神仙客在茅菴買靈丹探幽嶮
把香醪相和染生買下仙丹。又怎麽小外又寫下鳳
詔鸞緘把筆尖兒弄出刀頭臉
生假詔書已成。着那箇送到皇陵上去。
石榴花小外風流擔子倩誰擔把如花少女假粧男

（生）採蘋去耕內臣來。（小外）說、尚書夫、婦的並、斬賜隹
人覓、典藥、酒身殲、猛狰生向、陵官贖、取屍、骸殮、（生）怎
的取得屍首出來。（小外）仗蘇張一、味言甜把明珠美
玉同、時賺、則俺這瞞天大謊有、誰叅、
（生）尸首贖出來了。怎的救他活。（小外）三日後便還䰟
也。
〔上小樓〕輕開匏、犀牙頷、畧把青、羊乳點、管取氣、轉丹
田魄、返泥丸喚、醒花酣、（生）如今小姐在那裡。怎不送
來。（小外）待日、落山銜人、到茅菴、請君看驗、舊麗兒可

曾濤減銷汪了婚姻簿塡平了相思坎重勻粉面重掃眉尖重效鶼鶼你看今夜裏呵捲疎簾月纖纖江梅冉冉則兀的三春佳景一宵兒都占

生 俺夫婦同住在此不妨麽。

小梁州 小外 你眞箇色膽如天意態慇出語腌臢危機只在眼下未曾譜休貪濫形迹早藏潛 生 小生也要去只怕行裝未備。小外 老夫今朝替你把行裝斂明日裡早上征驂莫留淹須果敢偷生逃命遇人處凡事要包含

生此去打從潼關過。須要文憑看。小外文憑我已做下了。你收着。外與文憑介

朝天子這文憑一函、由他對勘、千人百眼遮、教瞞機心用盡方、自斂深恩已報、無拖欠了、却究牽今宵放膽睡夢兒也息了、心念拂青衫掉亂鬚、從今去不受塵埃纜、

外欲下生扯住介老丈。你撇我待投那裡去。小外秀才。我雲游閒人。豈戀於此山中者。特以秀才、深恩未報。不忍舍去。今日大事已畢。吾願足矣。只此告辭。生

老丈去意已決。小生不敢曲留。且少坐片時。有請岸

禀。外坐生跪介小生伉儷乖離。此生無復相見之理

得老丈萬死一生。成就好事。使德言之破鏡復合。崔

護之桃花再開。粉骨碎身。何可報答。小生有明珠一

粒。昔日老丈借去贖尸之物。今日聊奉左右。以表犬

馬之私。外秀才是何言也。老夫雖一介武夫。棄勢利

如浮雲。嗜信義如饑渴。所以爲郎君出死力者。感知

己之恩。少酧其萬一。今受此物。乃輕生圖利。市井之

不若矣。決不敢受。生老夫。豈不聞聶政不辭仲子之

壽。荆軻不却燕丹之金。古人雖不爲利。其交以道。亦所不辭。況今日之事。乃以德報德。何利之有。【外】秀才誤矣。昔漂母哀王孫而進食。尚惡厚報之言。漁父念子胥而引渡。猶伏辭恩之劍。老夫何爲而反不若二人乎。所重者。郎君一點敬心。所愛者。平生得遇知巳。區區夜光之珠。何足道哉。【生】老丈固非謀利之人。在小子可乏報恩之禮。果若不受。豈能自安。倘念久交之義。姑受此珠。以慰寸心何如。【外】拔劍欲自刎介【生】抱住介老丈何故如此。驚死我也。【外】老夫自傷衰朽。

使交遊不能明吾此心。不如死之爲愈。生小生一時感激之言。有犯義士。望乞恕罪。

煞尾外當日在茅山仙子親面俺無奈他塵緣撥賺冷落了雲岩回頭猿鶴也羞慚爲君受了多磨劉尋師去覓冊方好戀世空勞白髮添此去心無柰二恁俺春波拍拍烟島尖尖

外下生賢哉賢哉。古押衙爲小生知己之故。奮不故身。取出小姐來。又替我做下文憑。整頓衣鞋事事俱列門外。着我遠去逃命。這恩德分明是再生父母與

他明珠。又不肯受。連自家的田宅也棄下飄然而去
果然一世之高士也。小姐也送在門外。採蘋。你且扶
他在裡面去。待我趕上押衙。送他十里再回。正是感
恩不覺言詞切。仗義誰如俠士高。（下）

連環記

探敵

粉蝶兒〔净上〕將相當朝號令聽吾宣調〔小生上〕爵位崇高身勢恍登蓬島〔見介〕太師拜揖〔净〕吾兒到來。呂布。汝自與俺爲子。内外大小。皆托於汝。俺好快樂。高枕無憂矣。〔小生〕自古道安不忘危。太師高枕無憂矣。不想曹操會合各路諸侯。前來交戰。太師還不知道。〔净〕我怕他則甚。這瑣瑣小事。也來絮絮叨叨。〔小生〕太師不必發怒。呂布已曾分付。能行快走探子去了。待他回時便知端的。

【醉花陰】（末扮探子上）虎嘯龍吟動天表。黑漫漫風雲亂攪。兵百萬逞雄豪。號的俺汗似湯澆。緊緊將芒鞋捎。密悄悄奔荒郊。聲喏軍門報。報報道分曉。

（小生）探子。你回來了。行探軍情事如何。喘息定了說來。

【喜遷喬】（末）打聽各軍來到。展旌旗、戰馬連路遶遶。週遭鬧攘攘、爭先鼓譟。盡打著白旛旗號將義字標。聲聲道、霸宇宙、斬除妖孽、奮威風掃蕩塵囂。

（小生）白旗標姓字。各路合兵戎。屯營在何處。那人是
先鋒。喘息定了。慢慢說來。
【出隊子】（末）俺只見先鋒前道、猛張飛膽氣高、却似黑
煞神降下碧雲霄、手執點鋼長蛇矛、晃耀怎當掣電
鋒茫來纏遶、
（淨）呂布。你可認得那張飛麼。（小生）呂布認得。那張飛
豹頭環眼。聲若巨雷。曾使丈八點鋼矛。何足慮哉。但
不知後隊是誰。
【刮地風】（末）後隊雲長志勇驍、倒拖着偃月長刀、熖騰

騰、赤、馬、紅、纓、罩、跳、突、陣、咆、哮、劉玄德弓、箭竒妙、登時能射雙鵰、這壁廂、那壁廂、金鼓齊敲、天下聲振、星斗搖、地軸翻騰起、波濤、中軍帳號令、出曹操他們展、三軍用、六韜、

（淨）呂布。那劉玄德。關雲長。你可認得他麽。（小生）呂布也知道。關雲長身長一丈。鬚長三尺。面如重棗。丹鳳眼。臥蚕眉。會使青龍偃月刀。那玄德身長八尺。兩耳垂肩雙手過膝。龍目鳳準。會使百步穿楊箭。何足慮他。那裡共有多少人馬。

四門子〔末〕亂紛紛甲冑知多少擺行伍分旗號按隊高把城池蟻聚蜂屯遶左哨又攻右哨又挑滿乾坤烟塵暗了

〔淨〕俺這裡軍馬也不少。呂布快披上紅錦戰袍手提畫戟騎着千里赤兔馬。領兵前去。與羣雄交戰。得勝回來。另行陞賞。

古水仙子〔末〕忙忙掛戰袍呂將軍領兵須及早快快騎戰馬走赤兔持畫戟鬼哭神號緊緊虎牢關緊守着狠狠看羣雄眼下生驕傲蠢蠢那羣雄不日氣自

消、咯、咯、咯、截住了關、隘、咽、喉、道、望太師策、應、助、神、勞、

（下）

（淨）呂布。兵者。凶器。戰者。危事也。然須為國家排難。不可因循畏怯。領兵前去。得勝回來。重加爵位。（小生）呂布此去。功必有勝。賞何望焉。

勇士不忘喪其元　志士不忘喪溝壑

諸侯戰退虎牢關　形容宜畫麒麟閣

綵樓記

榮會

〔做〕娘兒〔外老旦上〕和氣藹庭幃。繡幙香風細。孩兒夫至。看看漸午。日轉花枝。〔外〕香風羅綺畫堂春。〔老旦〕珠翠成行遶畫屏。〔外〕金盞頻斟笙管沸。〔老旦〕正疑仙客會蓬瀛。〔外〕夫人。屢次使人去請女壻。未見到來。莫不是他心下。有些懷恨我。〔老旦〕想他不致如此。一定到來。〔外〕既然如此。再叫院子過來。分付他教一班齊備樂器接應。餚饌須要齊整。院子過來。（末上）碧玉堂前聽使令。珍珠簾下忽傳聲。覆相公。筵宴安排完備。（外）怎見得十分齊整。【滿庭芳】（末）綺閣宏開。繡簾高揭。相門珠翠成行。金爐烟裊。繚繞噴沉香。滿耳笙歌聲沸。樓臺燈燭熒煌。須知道金釵十二。和氣滿蘭房。玉堂金馬客。冰盤犀筯。繡縟銀床。瓊姬仙子。端不比尋常。烹龍炮鳳。歌舞處列紅粧。人都道滿座朱紫。星斗映文章。（貼丑笑上）十二分人情。纔請得兩位客在此。（淨上）閑人都站在一傍。

【踈影】夫妻美滿百歲共伊同諧繾綣于母重輻輳方

顯好姻眷外老旦如今喜覩孩兒面喜他巳功名榮

顯合畫堂光映笙歌韻美珎筵開展

生旦哭見介生今日來蒙賜厚筵旦爹娘何似更相

憐貼可誇此日夫妻美末莫記當時父母言外地久

天長常好合。氷清玉潤永團圓。老旦幸今子母重相

見。合管取傍人作話傳小生扮使臣上聖旨巳到跪

聽宣讀皇帝詔曰。勑封侍郎呂蒙正。受金章紫綬。光

祿大夫右丞相。司中書門下平章政事。妻劉氏勑封

楚國夫人。丞相劉懋。加封太師。食祿五千戶。提舉太

乙官吏。妻封魯國夫人。欽此奉行。叩頭謝恩。（衆山呼）

萬歲萬萬歲。（生旦衆起介）

【喬合生】喜得功名遂重沐提携荷天天配合一對兒

如鸞似鳳夫共妻腰金衣紫身榮貴今日到得親幃

兩情深感激（合）喜重相會喜重相會畫堂羅綺屏珠

翠歡聲宴樂香風細今日再成姻契和你效學于飛

如魚似水

【么篇】（旦）深蒙意美舊恨休提曾記得綵樓上約會時

巫山待阻雲雨期爭些兒攧了鸞鳳配教我受盡好

孤恓冷落在荒村裏〔合前〕

〔謝笑令〕〔生〕笑吟吟慶喜笑吟吟慶喜高擎着鳳凰杯高擎着鳳凰杯呀端的是象板鸞笙間玉笛列杯盤水陸上排佳會狀元郎虎榜上名題我只見蘭堂晝閣列鼎食永團圓世世夫妻

〔聖藥王〕〔旦〕前日惟恐怕人譏恥一時嗔怒似虛脾不道相嫌棄此時無計可留意到今日裏歡樂揜沉醉歡樂揜沉醉教傍人傳說綵樓記

〔鮑子令〕〔外〕春賞名園花似綺樂芳非十里荷花棹輕

移也麼兩相宜（合）畫堂日日排佳會莫教辜負好良時也麼好良時教傍人傳說綵樓記

【么篇】（老旦）冊桂飄香秋夜遲景偏宜冬雪洋洋綻寒梅也麼飲瓊巵（合前）

【禿廝兒】（生旦）我只見音律齊聲韻美樂滔滔慶賞做筵席不暫離步步隨姻緣端的不相離永遠效于飛逢節遇時

【越恁好】洞天福地一似誤入桃源裏（合）斟醁醽泛金盃畫堂中歡笑美爭如我和伊同樂繡幃盡今生效

連理效連、理珠、幌翠闈、

〔么篇〕稱心、如、意香、風隱約歌、聲美、〔合前〕

〔煞尾〕前生料想曾結會、又喜得今生重會、父母共夫

妻團圓齊賀喜、

金紫加封恩賜渥　碧紗籠罩墨題新

夫榮妻貴傳千古　翻作梨園樂府聲

四郡記

單刀

淨扮雲長丑扮周倉上〔淨〕波濤滾滾渡江東。獨赴單刀就典同。魯肅若提荊州事。管教今日認關公。魯肅請某赴單刀之會。須索前去走一遭。叫周倉、分付梢水。將四面掛窓開了。待我遥觀江景一番也呵。

雙調新水令〔淨〕大江東巨浪千叠趂東風駕小舟一葉。纔離了九重龍鳳闕早來到千丈虎狼穴大丈夫心猛烈觑着單刀會一似賽村社你看這壁廂。天連着水。那壁廂水連着天。

駐馬聽 依舊有水湧山疊。可憐那年少周郎何處也。不覺的灰飛烟滅。可憐黄蓋痛傷嗟。破曹的檣櫓一時絕。鏖兵江水猶炎熱。好教我心慘切。丑 大王。好一派江水。净 周倉。這不是江水。這都是二十年前流不盡的英雄血。

末扮魯肅帶左右上 見介 君侯請了。净 大夫請了。念關某有何德能。敢勞大夫置酒張筵相待。末 君侯。酒非洞裡之長春。餚乃人間之非儀。念魯肅有何德能。

敢勞君侯屈高就隙吽黃文酒來。(淨)大夫。某家但是赴會。先將酒祭過刀。某家然後飲酒。吽周倉取刀來。(丑)刀在此。(淨)某家今日赴會少待酒席之間。備有用汝之處。須勞你一勞。請上此酒。丟刀介丑接介(末)君侯我想光陰似駿馬加鞭人世如落花流水。去得好疾也。

胡十八(淨)想古今立勳業(末)舜有五人。漢有三傑。(淨)那裡有舜五人漢三傑。(末)俺與君侯各事其主。不能會也。(淨)兩朝相隔數年別不能會也。却又早老也(末)

君侯。開懷飲一盃。（淨）開懷飲數盃、不覺的盡心醉也、（末）請問君侯。當日辭曹歸漢。掛印封金。五關斬將。千里獨行。這一節事。下官到忘了。請君侯試說一遍。（淨）大夫。某家當日辭曹歸漢。掛印封金。千里獨行。這一節事。只可耳聞。未可目覩。聞則尋常。見則到也驚人。若不嫌絮煩。待俺出席。手舞足蹈。試說一番。你試聽者。某家辭曹而歸時節。剛剛日已西斜。只聽得。

（沽美酒）韻悠悠畫角、絕韻悠悠畫角絕、昏慘慘日已西斜、曹丞相滿捧着香醪、他將來我在馬上接、那時節丞相。手捧着一盃酒。扎了一件紅錦戰袍。賺某家下馬。那時某家在馬上道。老丞相。恕某家不下馬。啐律律刀挑起錦征袍、俺待要去也。某家行到霸陵橋只見後面。許多人馬趕將來。某家在馬上。無計可施。橋畔有一株柳樹。如許之大。被某家提起青龍偃月刀。叱咤一刀。分爲兩段。但有曹兵過橋。依此柳樹爲號。唬得他人喫驚、又早馬、似痴呆、趲程途不分晝夜來到古城。大哥仁德之君。一言不發。三弟破口道。你那紅臉賊。既降了曹。到此何幹。某家百般樣說。三弟只

是不聽。噯天天好教我渾身是口怎得棣分說腦背後
將軍猛烈素白旗上明明標寫老將蔡陽索戰。東陵
關上秦琪。是他外甥。彼時被某斬了。因此提兵前來。
與外甥報讐。其時三弟說道。你既不降曹。爲何許多
曹兵前來。其時某家說。三弟開了城門。放二位皇嫂
進城。若念桃園結義之情。助某三通戰鼓。立斬蔡陽。
撲咚咚鼓聲兒未絕撲喇喇征鞍上驟也哱律律刀
過去似雪骨碌碌人頭早落也那其間兄弟哥哥纔
得箇歡悅

（末）君侯方纔這是怎麼說。（淨）此乃以德報德。以直報怨。（末）君侯既曉得以德報德。以直報怨。我想借物不還爲之怨也。君侯熟習詩書左傳。濟困扶危。謂之仁也。待玄德公如手足。覷曹操如寇讎。爲之義也。辭曹歸漢。掛印封金。爲之禮也。坐縛于禁。水淹七軍。爲之智也。我想仁義禮智俱全。只少一箇信字。若信字完全。五常之將。不出君侯之右也。

慶東源（淨）只道你真心待將筵宴請。怎知你被今攬古分甚麼枝葉。俺跟前使不得之乎者也。說甚麼詩云子曰。魯大夫還是喫酒。還是取荊州。（末）君侯。酒也要喫。荊州必定要還。（淨）似這般刎口截舌。只教你有義孫劉目下番成吳越。

（末）這等說。君侯傲物輕信了。你的軍師曾有言。說披寨隨還某家荊州。如今尚兀自以德報德。以直報怨。豈不聞論語云。人而無信。不知其可也。大車無輗。小車無軏。其何以行之哉。既不取信於我。枉做英雄之輩。

沉醉東風（淨）想着俺漢高祖圖王覇業。漢光武秉正

誅邪漢獻帝將董卓誅劉皇叔把溫侯滅俺大哥合受漢家基業你吳國孫權與漢家有甚麼枝葉來來來請一箇不克巳的先生和你慢慢說

（劒响介）（末）甚麼响（淨）是俺的劒响（末）這劒响主何吉凶（淨）主人頭落地（末）响幾次了（淨）响三次了頭一次斬顏良二次誅文丑三次輪該大夫了（末）不敢（淨）吾劒果有神威不可當廟堂之處豈非常若還提起荆州事魯肅須教劒下亡

【鴈兒落】休賣弄三寸不爛舌惱犯俺三尺無情鐵這

劍饑餮上將頭渴飲讐人血這不是龍在鞘中蟄你恰似虎向山中藏今日箇故友重相見休叫俺弟兄們相間別會大夫聽者你心下休喬怯吾當酒醉也

攪箏琶為甚麼鬧炒炒軍兵擺列有誰人敢把俺攔擋者我教他一劍身亾目前見血你便有張儀口蒯通舌那裡閃藏遮好生送俺到船兒上慢慢的和你相別

尾聲承欵待承欵待多承謝多承謝兩句話兒須記者百忙裡稱不得老兄情急切裡奪不得漢家基業

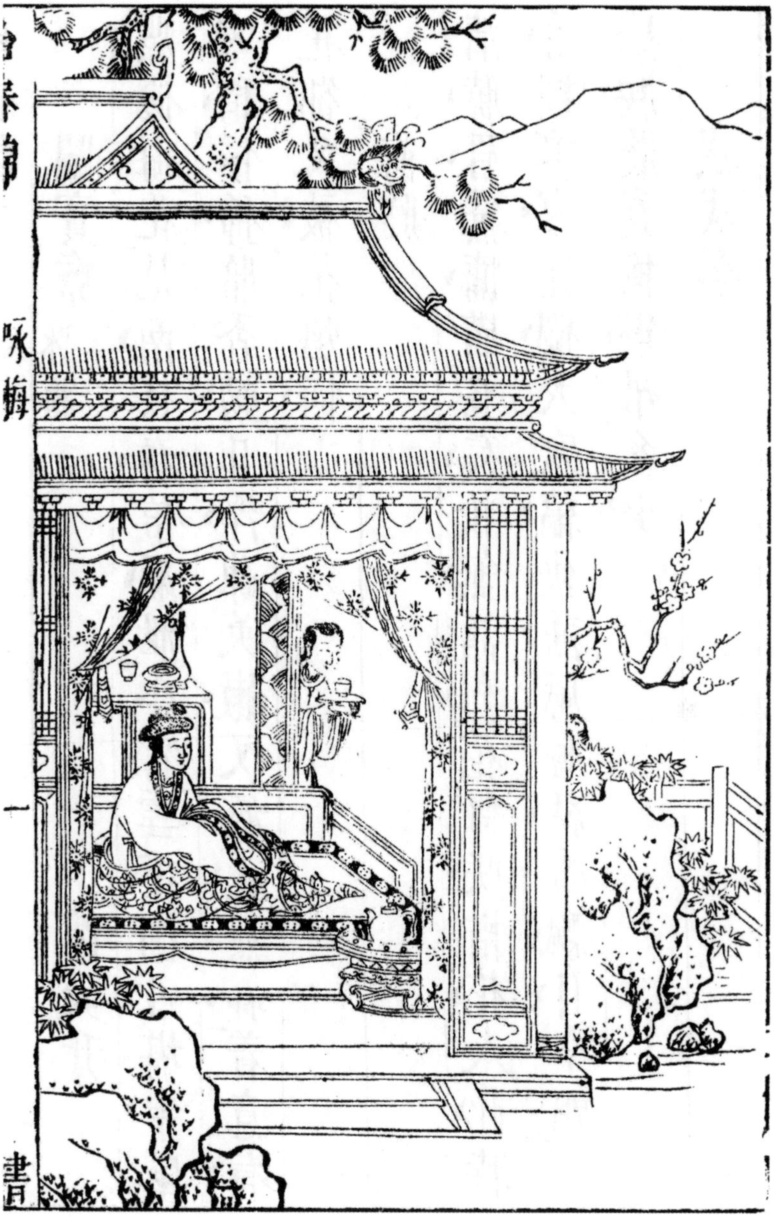

鬭寶蟾 詠梅 陳大升

點檢梅花見南枝春信漏泄今宵雪模糊不堪半壓寒稍依稀暗香動且浮疎英嫩又嬌正無聊着意看花卻又被花煩惱

前腔

清曉眉黛慵描整殘粧無語向花微嘆惜花人此時音問寥寥凭欄天寒縞袂薄風輕綉帶飄自今朝一捻腰肢寬掩獅裙多少

忒忒令

任雪花梅英鬬巧憔悴人情傷懷抱此情若與天知
道離恨比天更高果若是天知道和天也瘦了

五供養

青山頓老誰收拾滿地瓊瑶蒼茫冬暮景舉目總蕭
條笑我因花起早聽滿耳靈禽喧鬧不報些兒喜惹
煎熬北風吹面利如刀

好姐姐

一交黃昏靜悄孤另另銀缸相照燈兒謾挑和衣剛
睡着誰驚覺聲寒指冷難成調偷弄飛瓊碧玉簫

川撥棹

難、猜、料、自來這讀書人心、性喬、早婦上、金屋、嬌姿、早婦上金屋嬌姿、頓忘却臨卭故交、漢相、如恩愛薄、卓文、君緣分少、

錦衣香

斕、珊、了、錦字詩、差、錯了、瑤、琴、操、釵分了交、股金、帶、折了、連環套、鳳皇、簪跌、蹀玲瓏、那、得堅牢、桃花源上不通、塑、傷心總、是雨、葉風、條連、枝樹、近來也生成恨、種愁苗、魚雁、無消耗、水、濶、山、高、紅絲繫、足誰把冰刀相

漿水令

不索把蒼穹禱告一任的被傍人哄嘲把盟香夜夜對天燒幽情未訴意攘心勞從前事都忘却只求眼下他來到鴛鴦被鴛鴦被重燻麝腦銷金帳銷金帳護飲羊羔

尾聲

愁容等得生歡哄說甚麼暮冬天道翻成月夕花朝

六犯清音　宮怨　　高東嘉

瑣窗人靜、未央天遠、一似嫦娥、無伴、玉容消減、教人挫過、芳年、何處流紅、葉無心、整翠鈿、春將老、恨轉添、梨花院落冷鞦韆、怎如得雙雙燕子、梁間語、怎如得兩兩鴛鴦、沙上眠、長門望月、淚卷鎖烟、琵琶寫不盡思君怨、病懨懨、姻緣未了、何日試溫泉、

前腔

雕簷風綬香、堦紅、淺、轉眼星移、物換、等閒春散、難教玉貌、長嬌、雕鳥詩空在、青鸞信不傳、慵薰麝、懶步蓮

含情無語倚欄杆怎禁得纖腰瘦怯愁如海怎禁得
白晝凄涼永似年晚涼時候別殿管絃重華咫尺無
由見謾埋怨從來薄命多只是紅顏

前腔

長生宮殿珠簾齊捲愛殺瑤臺月滿銀河星燦天孫
此際成歡競乞針穿巧誰憐扇棄捐叙拋鳳鏡掩鸞
西風吹髩倍凄然怎能彀簫節共奏秦臺上怎能彀
雲雨同行楚岫間慵題紅葉倦舞翠盤淚痕見界破
芙蓉面對蒼天焚香暗禱願結此生緣

笑和尚

他他他且是敬咱您您您日久也和咱罷我我我離

恨有天來大他他他不用誇我我我自詳察淚如麻

瘖嗟呀他無半點真實話

尾聲

重相見兩意加憶昔傳杯美笑斷送年華四季花

五

夜遊湖 花愁　　劉東生

芳草長堤露帶沙╷聆遊子來家╷翠消紅減亂如麻╷隔粧臺╷慵梳掠╷掩菱花╷

賽鴻秋

我這裡望賓鴻目斷夕陽下╷我這裡聆情人强立在簾兒下╷喜蛛兒空挂在紗窗下╷夜香燒禱告在花陰下╷風兒漸漸吹╷雨兒看看下╷我這裡偏受凄凉獨坐在燈兒下╷

刷子序犯

雲雨阻巫峽傷情斷腸人在天涯奈錦字無憑虛度
荏苒韶華嗟呀春晝永朱扉低啞東風靜湘簾閒挂
黛眉懶畫軃宮鴉髩邊斜插小桃花

脫布衫

我這裏冷清清無語嗟呀急煎煎情緒交雜瘦裙腰
寬褪了絳紗病懨懨淚濕了羅帕

虞美人犯

燕將鶵逢初夏夢斷華胥風弄簷馬閒扃了刺繡窗
紗香消寶鴨那人在何處貪歡耍空辜負沉李浮瓜

寂寞獄池塘鬧蛙庭院日午偏憐我枕簟上夜涼不見了他多嬌姹愛風流俊雅倚闌干猛思容貌勝荷花

小梁州

這些時雲髩鬅鬆減了俊雅玉香消脂粉慵搽上危樓和淚步輕踏空一帶山如畫則我這離恨在天涯

普天樂犯

景淒涼人瀟灑何日把雙鸞跨慈薄情空寄鸞箋相思句盡續琵琶彈粉泪濕香羅帕暗數歸期在夕陽

下動離情征雁呀呀無奈心事轉加對西風病容消
瘦似黃花
伴讀書
短命喬才辜負了咱恨不得夢裏去尋他他那裡偎
紅倚翠笑歡洽俺這裡情牽挂知他何處戀嬌娃
朱奴兒犯
漸進遲寒侵繡幄早頃刻雪迷了鴛瓦自恨今生分
緣寡紅爐畔共誰閒話顛涕罷托香腮悶加膽瓶中
懶添溫片凌梅花

畫眉畫錦　春閨　劉東生

鸂鶒報春晴汗濕酥胸夢初醒把簾鈎輕捲散步閑行留不住幾樹花紅踏不折一枝梅影形孤另辜負新春懶裁雙勝

畫錦賢賓

心驚荳蔻微生丁香暗結教人覷物傷情懊恨東君韶光已破三分二分付流水浮萍一分襯馬蹄芳徑傷春病因此上花鈿慵整

賢賓黃鶯

殷勤把酒多、至誠、勸東君須、索要長情、明歲重來期
已訂、到不如就此留停、同歡同慶、免秋到碧梧金井
再叮嚀、留春不住、相送過洛陽城
黃鶯一封
回首悶無憑、托香腮、淚暗傾、見雕梁新燕長相並、這
燕兒幾聲、那燕兒數聲、他把春愁說盡難回應、冷清
清倚圍屏、交頸鴛鴦、繡不成
一封羅袍
紅光[illegible][illegible]亭滿地、胭脂春、草青、欲待尋、芳穿曲徑、猶

恐踏碎殘紅不敢行惜春良計誰來助情惜花鶯語
誰來辨明悄無言立盡鞦韆影

羅袍甘州

粉墻外跐的跐蹬是誰家公子策馬閒行放金丸花
下打流鶯好一似偷香手段原端正君無意妾有情
隔墻空自眼睜睜看不見恨轉增夕陽揮淚杜鵑聲

甘州解酲

東方月又生拜盟香金鼎下拜深深姮娥缺處幾時
得許我圓成清光照人孤另影羞覩牛郎織女星鶼

白雪帛　春閨　十　書

然聽是誰家庭院銀甲彈箏

解醒姐姐

夜深露春衫濕冷悄把寒窗半扃了環報東君昨夜成婚聘西女今朝已結盟傷心跌碎菱花鏡振滅瑶臺一盞燈孤幃冷翻來覆去眠不穩淚濕羅衫一片冰

姐姐醉翁

厭聽長更短更推盡了銅壺寂靜心慵意懶方纔好夢成又被雞喚醒喜雨歡雲夢未成奴薄命遊不到

臺上許多佳景

醉翁僥僥

鬼病到晚來比前越盛他人行春宵一刻價值千金
思省恨只恨當初花下相逢眼底情惜花春起早步
月夜無聲思覓紅顏多薄命只得避香閨守夜清

尾聲

梨花貌與桃花並潔白妖紅兩鬭爭可惜春光去怎
生

步步嬌　閨思　　文衡山

簾控金鈎深閨悄、風動爐烟裊、淒涼恨怎消、望斷衡陽底事鱗鴻杳、獨坐悶無聊、把金釵劃損雕闌巧

香羅帶

幽窓倍寂寥、冰絃懶調、春纖未舉先慵倒、斷絃何日續鸞膠也、總有相思調、對誰拋、思君幾番成鬱陶、便是暗擲金錢也、有甚心情辨六爻、

醉扶歸

悶懨懨羞把菱花照、睡昏昏慵整翠雲翹、覺離愁應

比舊時多看花容不似前春好可憐辜負好良宵多
應是别惹閑花草

皂羅袍

可惱鬱人懷抱響叮噹鐵馬鬬風聲敲瀟瀟踈雨灑
芭蕉啾啾四壁寒蛩鬧尋章摘句臨風懶嘲睋肴消
黛金針懶挑廝心自有天知道

好姐姐

看他量如斗筲沒來由教人談笑翻雲覆雨都是奴
命招無消耗滔滔水淹藍橋倒烈火騰騰將祆廟燒

香柳娘

見紅輪墜西、見紅輪墜西、晚鐘聲報、孤燈慘淡和愁照、聽譙樓畫角、聽譙樓畫角嗚咽、怨聲高、令人越焦燥、剪秋風敗葉、剪秋風敗葉、把紗窗亂敲、攪得我夢魂顛倒、

尾聲

薄情做、事多匆發、撇得人、來沒下、稍短嘆長吁捱、到曉、

步步嬌 奇遇　　周逸民

小曲幽坊重門啟、簾模濃、雲裡、燈前、乍見時、旋束屨、
圓高、盤雲髻、淡淡遠、山眉、雙眸細剪、如、秋水、

孝南歌

芙蓉面、冰雪肌、生、身蔣、山年未笄、嬝、嬝十三餘、梅花
半含蕋、似、開還閉、初見簾、邊羞、澁還留、住、再遇樓頭
欵、接多歡喜、行也宜、立也宜、坐又宜、偎傍更相宜、

香柳娘

笑書生路、迷笑書生路、迷驀、投花底、霎、時便、拜兄、和

妹比蘭玉未竟比蘭玉未奇却憶謝玄暉餘霞散成綺擬卿卿此詞擬卿卿此詞做小名贈伊切須牢記

園林好

歌喉振浮雲敢驪箏絃動流鶯敢啼看縹緲畫梁塵起紅袖底鴈行低纖指下鳳凰飛

江兒水

窓掩樓兒上繡帳垂似桃花浪裏鴛鴦對偷香蛺蝶花房綴迎風楊柳雕欄倚不是多情牽繫愛他俊俏身兒更性格偏投人意

僥僥令

不勞三月鴈誰怕午時鷄豈止暇日逢場聊作戲㨾

夜夜夢巫山雲雨歸

尾聲

撰成一折青樓記羨才子佳人雙美留取他年作話

提

桂枝香　春怨　　陳大聲

畫樓頻倚，繡床凝思，靜聽午夜蓮籌數盡一春花雨。心中自思，心中自思，與你何時相會，使我芳容憔悴。薄情的約在元宵後，朱明又到矣。

不是路

燕子飛飛，掠水來尋梁上棲。這的鳥無知，尚尋着危巢舊壘。可以人而不鳥如。昏沉起，那堪亂亂愁千縷。除是朦朧一夢裡，何如是。看看瘦削溫香體，甚藥能治。

長拍

淡淡湘山淡淡湘山悠悠漢水頃刻間暮雲遮住這是五行八字命運中合受分離對鏡自支頤怎禁他一點點粉容憔悴兩處愁眉不盡苦分明是霧擁高峰難展舒空教人立化做了望夫石又不知天涯浪蕩子知也不知

短拍

簪解轄頭簪解轄頭釵分鳳尾不成雙見了傷悲誰與訴淒其總有鸞箋象管難寫我萬愁千緒若過多

金瓶梅
夏閨
十九
書

步步嬌 夏閨

陳大聲

昨夜春歸今朝夏時序如翻掌相思惱斷腸只怕愁病無情減却容光血淚漬成行點點滴在羅衫上

山坡羊

綠陰陰竹稍初放碧沉沉荷錢較長紅潑潑榴花漸舒白茫茫麥隴翻銀浪雨乍晴園林梅子黃時移物換人何向種種思量椿椿惆悵凄凉半開窗半掩窗悲傷半思郎半恨郎

五更轉

納稼時離鴛帳到如今又挿秧南鱗北雁頻來往自
没一紙書來慰奴懷想向晚來空倚定危樓望朝雲
暮雨和誰講除非是夢裏相逢和你徘徊半晌

園林好

覺來時愁魂半床那人兒依然在兩廂只落得千般
悒怏端的是怎推詳端的是怎推詳

江兒水

睡起嬌無力窮愁莫可當聽叮咚風韻簾鈎響清溜
溜竹夾荼煙漾碎紛紛日映晴絲蕩混攪碎離人情

況總有良、工畫不就相、思模、樣、

玉交枝

綠窗虛朗晝寥寥共、誰與、觴芭蕉、美、影、搖書幌一霎時過、了端、陽、怕夢魂驚破追、楚襄、眉兒淡了思張敞

待見他山長水、長待放、他情、長意、長

玉抱肚

南薰、薦爽夕陽、陰看、看過牆聒噪些、蛙、鼓蟬、琴蕭索了蝶、板聲簧、中心怏怏無明無夜費、思量、倩託何、人遠、寄將、

玉山頹

精神惚恍這滋味何曾慣覺覷花鈿粉面流脂透酥胸汗雨揮漿燈花鵲噪到此都成虛謊命薄多磨障亂意徬徨停針無緒綉鴛鴦

三學士

花愁酒債何時了償經幾度飯廢茶荒葳蕤懶付何郎粉寂寞羞添賈女香心爲遠懷縈百丈霓消處逐去檣

解三酲

錦葵開有誰宴賞記昔日歡娛在華堂今日裏浮瓜沉李沒心想盈盈淚浴蘭湯趂微凉欵步出洞房閑數歸鴉立小廊聲嘹喨採蓮歌何處晚渡横塘

川撥棹

舉目誰親傍對三星禱夜央俏冤家杳隔在瀟湘俏冤家杳隔在瀟湘幾時得榮歸故鄉辦虔誠叩上蒼奈愁城未肯降

嘉慶子

瘦損龐兒淺淡粧怕暮鼓晨鐘特地忙早知道今日

恓惶早知道今日恓惶爭似當初不識雖待相忘不敢忘待相從路渺茫

僥僥令

蜻蜓飛兩兩燕子語雙雙徧我海誓山盟都成謊畨做五更頭夢一塲

尾聲

擲金錢卜的當只怕歸來鬢已霜怎能彀身生兩翅飛到伊行

北粉蝶兒　詠景　　李日華

小扇輕羅描不上小扇輕羅恰便是眞蓬萊也賽他不過怎比着百二山河嵌平堤連綠野端的是有亭臺百座暗想東坡逋仙詩有誰酬和

泣顏回

謾說鳳凰坡怎比繁華江左無窮風景端的是勝跡極多烟籠霧鎖遶六橋翠障如螺挫清靄靄出林柔藍碧沉沉水泛金波

北石榴花

俺只見採蓮人唱採蓮歌蹁的是勝景盛其他則他這遠峰倒影湛着清波晴嵐翠鎖怪石嵯峨俺則見忒楞楞俺則見忒楞楞沙鷗兒點的湖光破咿咿啞啞櫓聲搖過見幾個女妖嬈見幾個女妖嬈閑凭着雕欄坐好一似寶鏡對嫦娥

泣顏回

緣何樂事賞心多詩明酒侶會費吟哦花釀酒釀破除萬事無過追遊翫賞對清風明月安閒坐任他是春夏秋冬適興四時皆可

北鬪鵪鶉

鬧嚷嚷急管繁絃鬧嚷嚷急管繁絃齊臻臻蘭橈畫舸嬌滴滴粉黛相連顫巍巍翠雲半朵這的是洗古磨今錦繡窩你可也不信是覷他綠依依楊柳千株綠依依楊柳千株紅馥馥芙蓉萬朵

撲燈蛾

靜陰陰溝平蓮藕香明皎皎月穿岫雲破清湛湛水光浮嵐碧響潺潺晚鐘敲過鳴咽咽猿啼古蹟見對對鴛鴦戲清波青湛湛雷峰蘸影碧澄澄水中魚戲

動新荷

北上小樓

窣稠稠那一荅踈剌剌這幾搭俺則見映着青天俺則見映着青天倚着青山湛着清波俺則見微雨初收俺則見微雨初收微烟初散微風初過再休題淡粧濃抹

撲燈蛾

疊疊層樓畫閣簇簇奇花異果遠遠的綠莎茵茸茸的芳草坡跎的跎蹬馬蹄踏破隱隱似長橋跨波裊

裊娜綠楞金拖飄飄漾漾漁舟釣艇點點見滿船西
笠共烟簑

尾聲

陰晴晝夜背行樂古往今來吟咏多雪月風花事事
可

宜春令　佳遇　　梁伯龍

貂裘染洛下塵、歎浮名棲遲此身、秣陵秋盡雲衢有、路鴻無引、柰江頭一夜西風、都吹上半生愁鬢、堪憐、韶華荏苒百年、一瞬、

太師引

負前程畢竟全無准、羨鵬搏何年化鵾、怎消得重門深晝、況值着孤館、黃昏生平意氣休相哂、聊寄跡錦營花陣、平康路車蹄馬輪、從今後向陽臺覓暮雨、朝雲

瑣窗寒

遍青樓尋訪殷勤邂逅當年第一人見丰儀俊雅性格溫純趨承濟楚衣衫淹潤淡梳妝不施脂粉可憎青圖半掩啓朱唇頓然一座生春

三段子

問伊近庚是楊家初年長成問伊小名是楊妃當年後身疑是霓裳隊中金蓮襯沉香亭畔春酲醒寂莫闌干梨花丰韻

東甌令

烟霞村不同羣好惡相傾越與秦誰知窈窕還相識

議論多奇俊嘆悠悠世路總浮萍青眼更何人

三換頭

衷腸未明欲言難盡姻緣到也喜兜的便親書生何幸這其間只索把那飄蓬此身來儘一霎成秦晉春生白練裙意外良緣怎負一夜夫妻百夜恩

劉潑帽

繡床根底將鞋兒褪却匆忙未掩樓門深深叩謝周公瑾莫浪闘這恩德應難盡

大勝樂

問娘行這段姻親却緣何心便肯多應宿世緣和分因此上一時渾分明是雙雙蛺蝶迷花徑兩兩鴛鴦護水紋情真意懇并于是偷寒送暖棄舊憐新

解三酲

休恁了焚香寶鼎休恁了待月踈櫺休恁了生辰八字親相訊休恁了對剪烏雲休恁了候門晝索潛投奔休恁了別館宵分挹淚痕伊休涵須不是他家行徑似假疑真

節節高

恩情難具陳未經旬別離兩字當心撑歸何迅杯易

傾情難盡春明門外程途亘疎林處處斜陽映只恐

分離在須臾片時人遠天涯近

三學士

都城南出霜風緊黯然欲別銷魂君如想妾還愁妾

妾若戀君是負君歲月蕭條難過遣書和信莫厭頻

大迓鼓

離亭酒一尊青衫濕處盡是啼痕蕭蕭匹馬投荒徑

嘹嘹征雁度孤鄣雜踏長途淒凉暮雲

撲燈蛾

時開一紙書舒玩雙鈿印追想那多嬌不覺眉留目

亂也看腰圍瘦沈顧年年芳草滯王孫鏡臺前逗遛

京尹眉重暈紗牕着意再温存

尾聲

春風又入淮南郡看行行一騎到金陵肯負青樓薄

倖名

普天樂　怨別　　陳天聲

四時歡千金笑從別後我也多顛倒俺這裡玉減香消他那裡珠圍翠繞婚姻分內想是緣不到却把鸞釵輕分了恨茫茫水遠山遥悶沉沉雲深霧杳困騰騰夢斷魂勞

鴈過聲

終朝院落靜悄悄徒然有龍香鳳膏鸞笙象管無心好萬般憂萬般焦這悶懷端的教我難熬空教人易老那堪暮雨簷前鬧比着奴淚珠兒兀自少

傾盃序

思着掩翠屏冷絳綃寂寞向誰行告捱幾個黃昏幾番明月幾度青燈誰和我知道把歸期暗數寶釵劃損畫闌雕巧不由人不罵做薄倖絮叨叨

玉芙蓉

金爐香篆消寶鏡塵埋了數歸期一夕又還二朝薄衾小簟殘鐘曉暮雨梨花寬暗消相思債多應是命新招算人心不比往來潮

小桃紅

誤約在蓬萊島冷落了巫山廟愁雲怨雨羞花貌精神不似當初好燕來鴻去無消耗委實的教我心癢難撓

尾聲

淒涼運莫再交但願得鴛鴦會早莫待秋霜上鬢毛

畫眉序 閨怨

王漾陂

無意整雲鬟斗帳寒生夜不眠謾傷春懨懶拈針線喚丫鬟休捲珠簾羞覩那雙飛紫燕悶懷先自心撩亂怎禁他萬般消遣

黃鶯兒

羞對曉粧奩俊龐兒不似前可憐玉腕寬褪黃金釧香消玉減歌慵笑懶這幾般兒都只為你那虧心漢枉埋怨當初是我不合和你配青鸞

四時花

愁殺悶人天見樓兒上窗兒外皓月斜穿更闌芙蓉帳裏春夢殘鴛鴦枕兒閑半邊覺來時愁萬千粉容憔悴懶貼翠鈿香肌瘦損羅帶寬咫尺在目前悄沒個稍書人便奈天遠地遠山遠水遠人遠

皂羅袍犯

漸覺神魂勞倦喚玉梅款款摟定香肩甫能魂夢到君前又被風吹簷馬滴溜溜轉驚廻好夢悶懷轉添翻來覆去和衣強眠千愁萬恨教我枉埋冤雕簷畔鵲噪喧幾番虛把信音傳危樓上凭畫欄幾廻錯認

去時船

解三醒

去時節早梅初綻定約到燕子來時人便還到如今鶯老花殘後怎不見去的人面他在秦樓戀着一個別少年却不道有個人兒眼望穿頻作念許多時可惜辜負花前

浣溪沙犯

楊柳眉妖波眼端的是爲伊愁煩年年三月病懨懨真個惱殺人也大要解愁腸須是酒酒醒後悶懷重

添瀟瀟風雨送春寒滿院梨花啼杜鵑

奈子花

從伊別後有誰憐將心事仗托誰傳朝雲暮雨和誰留戀合懽帶共誰同綰作念心似酒旗懸懸

集賢賓

瑤琴鎮日續斷絃待撫楪求鸞又被風吹別調閒端的是爲誰抛閃緣慳分淺怎下得王魁手段伊行短全不肯意回心轉

琥珀猫兒墜

薄情一去端的有誰憐你做琴兒學統幔這頭方了那頭圓迷戀知是甚日回來舊家庭院

啄木鸝

把香囊繡書寄遠為你停針三四番繡窗下豈無人見燈兒下把針偷拈未曾提起先淚漣把淚痕兒封去教他看這斑斑都只為情人做出相思淚兒眼

玉交枝

您下得將人輕賤歹心腸似鐵石樣堅空教人數得歸期晚寶釵劃損雕闌飛不過翠嵬嵬離恨關擔不

起重沉沉相思擔要見他千難萬難要見他除非是夢間

憶多嬌

天黯黯月慘慘房見中冷落衾枕單俺這裏恨更長他嫌春宵漏短拜告蒼天拜告蒼天甚日得殘月再圓

月上海棠

奴命蹇甚時脫得凄涼限記當初執手和你送別陽關兩三番耳畔叮嚀全不把音書回轉和你同罰願

虧心的瞞、不過湛、湛青天、

尾聲

終須有、日重、相見、相見後依、然懽、忭、辨、炷盟、香荅謝天、

曉行序　詠虎丘　　杜圻山

花滿金閶看春光七里動人遊戲山容麗指點半塘西去堪題殿閣參差寶塔嵯峨轆轤聲細記取香茗清泉蒔節正逢穀雨

前腔

拂衣椰絮飛綿聽鷓鴣枝上已過暮春天氣石闌畔花吐青蓮旖旎相期扇底清風枕上新凉杷禅房閒閒得意隔斷紅塵正是人間清暑

鬬寶蟾

凄凄一夜西風把山中桂子亂飄香氣看白雲紅葉
助成秋事相宜黃花開滿籬芙蓉開滿堤夕陽時待
皎月當空露下碧天如洗

前腔

依稀黯淡同雲把水花細剪滿空飛絮向蒲團獨坐
竹爐湯沸相宜梅花開幾枝村醪飲幾卮石橋西看
蓑笠漁翁獨釣寒江煙雨

錦衣香

竹林西僧居住講臺空蒼苔翳只看舊日干將不閒

曾試可中明月夜 何如香魂青塚斷送吳姬望白雲

千頃看飛帆向長 亭滸墅羣壑樓前倚松杉叠翠忽

聽鐘聲五臺高處

漿水令

正相同遊舫如蟻 近城關往來容易笙歌不斷四時

吹千人石坐興至 忘歸山門下人攜妓琵琶聲沸皆

羅綺相隨趁相隨 趁風流隊裡扶沉醉扶沉醉醉扶

歸

尾聲

人生不願封侯計願乞天王賜與常把金樽醉虎溪

鶯啼序　別恨　　陳大升

孤幃一點將絕燈忽地半滅猶明夜迢迢斗帳寒生甚轉幽夢難成盼雕鞍把歸期暗數怪淚跡全然無准把前情謾付說來的話兒無憑

黃鶯兒

無語對銀屏正樵樓鼓二更梅花不管人孤另疎鐘幾聲殘角又鳴薄衾單枕愁難聽瘦伶仃岩岩病骨離恨教我怎支撐

集賢賓

揶揄鬼病誰慣經但舉步難行擗鈿金釵無意整好
梳粧一日何曾心懸意耿自古道佳人薄命凄涼景
盼不到美滿前程

滴溜子

芙蓉面芙蓉面淚痕暗凝楊花性楊花性別離太輕
自是東君薄倖一樹紅芳誰管領浪蝶狂蜂休要鬬
爭

簇玉林

天涯路長短亭怨王孫芳草青晝長羞把欄杆凭幾

畨晴把鱗鴻贈訴衷情千言萬語猶恐欠叮嚀

猫兒墜

野花村酒他那裏醉還醒冷落誰憐冬暮景奴躭寂寞恁飄零薄情不記得花前月下海誓山盟

尾聲

風流惹下相思病只索把那人痴等他沒真心我須辦志誠

梧桐樹　遣愁

鄭虚舟

香醪會解愁酒醒愁依舊斜月殘燈正是愁時候愁憑酒破除酒被愁迤逗酒力無多愁去愁還又愁深酒薄難禁受

東甌令

花凝恨栁含羞花栁傷春人病酒鶯啼燕語清明候全不管人消瘦剩雨殘雲兩悠悠遮斷晚粧樓

大勝樂

桃源洞花事都休許劉郎重到否啼痕濕透青衫袖

情表錄

傷白傅惱江州俺這裡瑤琴罷却求鸞奏可正是紅葉誰人寄御溝陽臺夢杳苦追踪問跡似無還有

解三醒

忘不了共携纖手忘不了西園秉燭遊忘不了同心帶結鴛鴦扣忘不了羅襪雙鈎忘不了香囊雜彩親挑繡忘不了百寶珍珠絡臂韝閒窮究把嬌歡美愛盡付東流

尾聲

好姻緣還成就繡幃錦帳共綢繆月底新詩再和酬

步步嬌 懷舊　王雅宜

一夜梧桐金風剪敗葉空廊戰離愁有萬千夢入蘭心芳香不變目斷碧雲天把西樓東角閒凭遍

忒忒令

記初見在春風繡筵又驀遇在夜香深院花枝嬝娜似趁風兒顫人叢裡信難傳又誰知背畫闌杷秋波暗轉

尹令

自別去心留意眷再沒處尋方覓便誰道渡頭重面

還似舊時迷戀路整藍橋背負前生未了緣

品令

娘行為何再入武陵源池亭深處恰是降飛儔幽期容許去留多腼腆太湖石畔只恐怕他人瞧見帶綰同心共結東林低樹邊

豆葉黃

夜深沉漏滴銀鎖空聯挽青鸞翅入重樓挽青鸞翅入重樓親受用香溫玉軟一時繾綣釵橫鬢偏真個是水雲中的鸂鶒真個是水雲中的鸂鶒看遺却花

鈿零落在銀屏錦鞲

王交枝

舞衫歌扇載卿卿西江畫船紅衣濕處清波濺並頭開徹雙蓮絲絲柳條風渚牽瀟瀟竹影溪雲淺擁鴛衾落月未眠酒初醒猶聞香喘

月上海棠

最可憐歡娛未了生離慾這片帆東去甚日重還雲時間翠減香消頃刻裏山長水遠重罰願願年年相見勝是今年

江兒水

江水明於練、秋雲薄似綿、奈扁舟飄忽如飛箭、看牀頭翠被餘香捲、囊中秀髮和愁纏、怕睹杜前歸燕、何日重來還向舊家庭院、

川撥棹

詩題絹、淚斑斑、斑成翠蘚、夜迢迢展轉無眠、夜迢迢展轉無眠、洞房虛孤燈慘然、似枯枝沾露蟬、似風花哭杜鵑、

嘉慶子

腸斷箜篌第五絃有萬事傷心在眼前總風波儵起平川總風波條起平川_川誓把衷心鐵石堅願頻擲音信傳莫教入眼望穿

尾聲

歸舟有日還重見那時節錦堂懽宴銀燭高燒繡幔懸

新水令　秋恨

一聲孤鴈送新秌頓令人轉添憔瘦瞑烟楓葉晚凉雨桂花秌燕侶鶯儔燕侶鶯儔甚時節再成就

步步嬌

底事懨懨如中酒鎮日眉長皺似此不回頭着意洗吟自也難窮究欲訴況無由把相思就裏空僝僽

折桂令

枉魷着閑悶閑愁不在心頭定在眉頭只爲你心腸忒很語話全浮寄離情書何得有待相逢夢也難求

着甚來由曉夜無休又不是魚水相權膠漆相投

江兒水

有意花空待無情水自流看從前光景都非舊怪西風吹起滄江皺奈浮雲點破青山秀觸處如何消受淚顆無端展轉亂垂顆斗

鴈兒落

空只憑霧鎖了金梯翡翠樓塵蒙了錦被鴛鴦繡絃絕了琵琴鸞鳳音篆盡了玉鼎狻猊獸寂寞殺傳書白鴈烌兮淡殺提詩紅葉溝辜負殺對影青鸞鏡凄

凉殺交歡碧玉既羞殺了偷香手愁也麽愁愁殺了枉離魂倩女遊

僥僥令

凉浸閑庭宿雨收敗葉亂盈階悶把年光閑屈指看重陽又過頭

收江南

呀早知道是這般樣情分枉欄損玉搔頭空復把瓣銷封淚寄牢收翻做了波上一浮漚細思量轉羞則這轉羞不覺西風吹老故園秋

園林好

那再說鸞交鳳友那再說鶯偕燕儔信是虛飄生受消盡了玉般柔消盡了玉般柔

沽美酒

桃花溪楊柳樓荼蘼酒鷓鴣謳一任烟月空濛到處留費盡了錦纏頭只管誇乖俏逞風流全不念星前交厚全不念燈前罰咒我呵到如今總丟不休雖然罪尤似仇見他時管取共歡如舊

清江引

寃家再休情更扭快補船兒漏須教傍岸行莫待臨

淵救姻緣分該終自有

啄水兒 秋景　　村圻山

秋歸後月正明露冷芙蓉蛩亂吟向閒庭悶理瑶琴歎離情怎效文君粧臺羞對塵朦鏡黄昏幾度愁欲枕淚伴殘燈漏徹聲

前腔

停針繡倚畫屏淚染羅衫班滿痕鴈嘹嚦飛過樓頭奈寒衾夢也難成孤燈明滅添愁悶金猊懶爇沉烟冷可惜嬋娟萬里清

三段子

叮嚀志誠頓忘了臨行傳粉盟香也曾枕邊言說假
道真料應他別戀歡娛景將人拋閃成孤另枉自迴
腸九轉君

滴溜子

良宵永良宵永慘然怎禁湖山外湖山外望空禱神
怕有隔墻人聽低聲告老天早賜團圓懽慶休似襄
王夢斷雨雲

尾聲

庭梧敗葉飄金井露濕鴛鴦瓦冷何處砧敲斷續聲

二郎神　秋懷　梁伯龍

相逢又笑春來尚分飛依舊記軟弱身兒年紀幼重簾不捲蕭條獨坐危樓爲甚麽懨懨如病酒空恩愛未曾消受莫淹留更不念匆匆歲月如流

鶯啼序

錦堂風月今又秋參辰還自易酉定非關途路悠修不于魚鴈差謬奈花營層鎗戰爭更錦陣心兵輻輳無共有只落得淚傳人口

簇林鶯

空桃鬭、難、斷頭、爲高唐、雲未妝、朝朝暮、暮在陽臺右、
情深怎休、恩深怎丟、因此上明知未偶、還遛逗夢悠
悠、三星天外空戴月如鈎
啄木兒
曾留戀、幾浪遊、秋水春山常聚首、記花陰清晝携琴
想燈前午夜、藏鬮更憶他修書謾捲羅衫袖高歌半
解香喉、叩訂約偷囬扇底眸、
滴溜子
天台渡天台渡桃花水流、章臺路章臺路柳條報秋

誰道落人機彀崑崙是何處奴施妙手把往日恩情

一旦盡勾

水紅花犯

正値陽囬九九被何人苦逗迢奈阻隔去無由冷颼

颼卿卿知否多應獨倚小窻幽束難投重門誰叩四

五年光陰虛度三兩行淚空流淒淒切切惱人愁也

囉

尾聲

景淒涼人儔慘相思業債幾時休直待海燥江枯方

罷鈎

八聲甘州　離恨　　王漾陂

天長地久倚翠欄適值黃昏時候寒鴉飛盡烟水蒲江悠悠無顏對景還自羞忽聽窗外瀟瀟風雨愁合倚樓歎時光去也難留

前腔

悄然獨上高處遊見四山如畫無限清幽湘簾高捲香霧滚風輕透澄波渺渺日夜流心事如同不繫舟

合前

不是路

何處鷓鴣聲啼起教人不忍聞萬種千行淚灑西風只爲卿多愁悶連天芳草恨無憑意騰騰浮雲踪跡何時定曲罷寬消不見影凄凉景痴迷江上數峯青教我恍然成病

解三酲犯

見江山有許多形勝數不盡短徑長亭你聽棹歌聲裏多亂酩酊無由禁那心性覷那鴉鳥噪得不耐聽怕只怕黃昏最動情身如病倩東風將宿酒來奐醒

前腔

你看舊柴門數間相掩映只見流水繞孤村都烟霧沉那才郎未審何故多薄倖湘水碧楚天清洞簫聲喚起瑤臺月照徹相思兩地人心撩亂都不道都是別樣乾坤

鵝鴨滿渡船

釣魚舟隨浪滚只見傍村人家戶半扃斜陽天將暝時聞天將暝聽得邊城戍鼓暮猿啼教人越添愁悶蘆葦岸蓼花汀能解間行有幾人正是浪歐眼未穩只見水雲深處澄波數點兀的不是野岸漁燈

赤馬兒

數剪孤縈幽閣獨凭又聽得幾聲離羣鴈呀呀的飛過涉汀山寺送來幾聲金磬人烟寂靜合那時許多清冷那時許多清冷

前腔

攜琴再整流水泠泠高山絕頂個中名利羽毛輕個中名利羽毛輕智者何勞絃上聲合前

前腔

無憑寫贈月滿空庭梧飄金井夜深戴月與披星夜

深戴月與披星起向瑤堦閒處行合前

前腔

教誰管領斗柄雲橫銀河耿耿薄衾單枕冷如冰薄衾單枕冷如冰坐對寒燈眠未成合前

拗芝蔴

只見黃花滿徑開池館紅衣褪露濕襟霜凝鬢漏滴銅壺緊天風吹起四野悠揚韻若得那人同歡慶此時便是良緣分

尾聲

情君[illegible]

鱗鴻不與傳書信，千言萬語總難憑，焉能彀罷卻長宵恨。

傾杯玉芙蓉 閨怨

楊升菴

隔墻新月上梅花繡閣吹燈罷鸖忽地冷了瑶琴撇下箜篌倚了薰櫳放了琵琶那些個春宵一刻千金價畢竟夜静三更萬事差人牽掛控心猿意馬這浮雲遊子何日别京華

玉芙蓉

相思夢見他夢裏多歡耍醒來時依然人在天涯鸞鸖對對成虚話做蝴蝶紛紛過别家奴生怕怕的是金雞和鐵馬悄不覺催雲送雨到窻紗

普天樂犯

聽更籌頻頻下淚滴滿皺鮹帕料多情別有嬌娃把我怨做冤家當初來嫁星辰應犯孤和寡使今朝錦帳文鴛做了路柳牆花

朱奴兒犯

鎮日裏粧聾作啞捱一刻勝如一夏問張郎何日眉重畫玉簪兒打得酸牙靚腰瘦不堪把饑時不飯渴時不用茶弄得人憔悴一廻煩惱一廻嗟

尾聲

海山盟去開罷枉自去燒龜叩兎把美滿恩情做浪

滚沙

破齊陣 懷舊

梁伯龍

帳掩香消人去，房空珮冷寬歸。桃李春風，梧桐秋雨。又是經年隔歲，忽憶綢繆生前阻。夢見依稀覺後疑。人間長別離。

刷子序 端午

蒲酒巹瑤席，雕樑燕，兒依舊。雙棲，奈物，是人，非。一旦雲鎖溪。閨，堪悲，香艾，梟髮，釵巴委。蘭湯，膩臂，絲曾繫。夜，涼時倚，醉窗，西半，闌殘，月燒鶯啼，

普天樂犯 七夕

忄衤金

鵲橋橫雙星會玉露潤金風細美誰家乞巧樓頭笑聲喧玉倚香偎恨獨拆鴛鴦對目斷盈盈銀河水姤牛郎織女夫妻任天長團圞到底笑人間爲何途路便拋離

尾犯序 中烁

長空一鏡輝萬里全無一點纖翳此夜當年記雙凭玉肌徙倚空追念香鬟霧鎖空追念弓鞋露綴嫦娥寡蟾宮獨守天遠信音稀

錦纏道 九日

鴈來期正㳟風寒雲亂飛把酒對斜暉問芳卿爲甚的便蕙損蘭摧想蕭關黃葉盡起念漢殿紫萸誰珮歲月轉凄其衾餘枕剩初寒未授衣辜負登高節對黃花羞插滿頭歸

傾杯序 長至

時移日漸長轉候灰又節值書雲歲摧幾度寒砧幾聲殘角幾個孤鴻別館的滋味慘年華過眼暑來寒往一生無幾線空添要見伊還共日俱遲

玉芙蓉 除夕

[illegible]

空傾柏葉杯枉泛椒花盞總迎新戀看斗柄春回誰憐今歲今宵盡又早明年明日催消長夜撥寒爐死灰這傷心只有歲寒知

小桃紅 元宵

燈影下人叢裏火蛾傳笙歌沸家家盡簇神僊隊花容誰似孃行比歸來空倚書幃立寒窗底獨展畫裏崔徽

權柏 上巳

記祓除流觴水湄記游衍踏青翠堤記郊原路迷記

郊原路迷挈榼提壺處處徘徊香輦略轂步步追隨

今安在海角天涯寃欲斷日平西

一棍棹 清明

人何處墓上草新齊悲風起棠梨上紙錢飛孤墳小

殘月冷走狐狸青衫淚盡似杜鵑啼痛殺青松底又

添一新鬼天地永日夕想寃兮

[illegible]

十二紅 閨怨　　張伯起

山坡羊

伴孤燈三更情況　捱剩枕幾番移放　想當初此時其

他摟香肩睡足芙蓉帳

五更轉

到如今獨自宿空惆悵　燈兒半滅銀臺上　你看殘月

低沉又早鐘敲雞唱

園林好

聽啼鴉林稍曉霜　日弄影花篩紙窗

怕着鉤

江兒水

怕對鏡重添悒怏羞殺胭脂粧不似桃花模樣

玉交枝

念坐想對朝飧無心去嘗好花曉折枝頭放帶不

便殘粧

五供養

嘆我纔離鴛帳又早見雙飛燕來燕往起來無半日

淚滴已千行怕繡出傷心兩兩鴛鴦

好姐姐

午晌倚樓凝望人隔着山長水長

玉山供

穿梭日影又過粉墻西向香閨人寂寞恨滋滋繡鞋兒雙褪曬西窗

鮑老催

此情慘傷踈林鳥投喧夕陽人歸不似飛鳥忙

川撥棹

想起他虛謊不思量歸故鄉愁殺人傍晚淒凉愁殺人傍晚淒凉

情來錦

嘉慶子

罵負義虧心薄倖郎把燈兒點上銀釭把燈兒點上

銀釭捱過黃昏明朝又怎當

僥僥令

聽嘹嘹孤鴈泣點點漏聲長夜靜更深空思想總夢

兒裏相逢寬渺茫

尾聲

一年未了相思帳一月月難禁魔障怎禁一日十二

個時辰空斷腸

繡帶兒　怨別　　張伯起

燈兒下低頭自忖、消磨幾個、黃昏夢回時殘月孤蓬、花落後細雨、重門追省、

宜春令

是前生做下今生、怕今生又欠來生愁悶怎討得一宵恩愛賺了半生緣分、

降黃龍

難論無底深恩、月下花前目成、心允幽期密訂受盡了從前多少、寒暄、

醉太平

心田錯將紅豆種愁根惡根苗苦縈方寸思量不盡這千般旖旎半天丰韵

浣溪沙

性兒醇情兒順最相應暗裏溫存可憐寃債告無門河陽天遠難投奔何日方酬斷袖恩絮叨叨說與你們

啄木兒

相逢非是言無准匆匆自恨情難盡又早雨打梨花

溪閑門

鮑老催

此情未伸花屏雨餘都減春韶光九十沒半分八不

見枉歎息空勞頓夢遶巫山一片雲

下小樓

只落得些夢中秦晉早入間商與參桃源有路欲埋

輪羨殺世人薄倖到省得瘦損精神

雙聲子

水中魚沙中鴈怎討得憑中信

鶯啼序

心中事描寫在紙上、上二又相將化作啼痕、其間怎言、自甘心寂寞臥病、文園、

尾聲

緣慳咫尺如天塹、相思一曲學啼猿、只恐路上人間也斷魂、

罵玉郎帶上小樓　西廂餘韻　曲痴子

側耳聽、琴心、下疑、就裏聲聲、怨句句、題鴛鴦、何日得同棲、皺蛾眉奴好似、傍水花枝、怕狂風起、時怕狂風起時擺落、趣水相隨、怕濃霜露欺、怕濃霜露欺、禁不得一霎消稀、免不得巫山相會、俺只見怨蝶、愁蜂、俺只見怨蝶愁蜂尋、花覓蕊、心下憂疑、爾傍徨、我熬煎、兩處相思、恨只恨究家債無緣相會、

前腔

惱聽譙樓鼓、二搥、爲愛鶯鶯貌、心似癡紅娘、別後愈

傷悲好孤悽怎能勾共枕同幃那夫人負虧那夫人負虧他害人徹夜相思聽更漏又催聽更漏又催又催着三更將至早來到乘鸞匹配想着他如花似玉想着他如花似玉嬌嬌滴滴賽過西施再尋思那妖嬈鬼散竄飛怎當他隔牆兒有人來至

前腔

蓮步怯移意故遲假意佯羞罵把俺推勸伊行不如早相隨效于飛免教他短歎長吁把前情謾思把前情謾思他爲你春試不題厭茶飯懶喫厭茶飯懶呦

懶炊着珍羞百味他棄功名指望姻緣成對俺只見

皓月團圓俺只見皓月團圓照着和你鳳別鸞離怕

夫人覺來時問俺和伊早抽身去開門兩下裏偷會

鴈過聲

花陰夜靜禮碧空正逢天霧斂冰輪瑩只見風掃殘

紅香堦擁奸傷情這堆積處似我眉峯望東牆密意

難通何日為魚水同只索向夢見中暫爾相和哄你做

了鏡內情郎我做了畵兒裏愛寵

傾杯序

情表錄

朦朧啓玳筵捧玉鍾做兄妹相倍奉把他剪寇溪恩

等閒負卻許配良姻頓使成空只落得香消玉減慿

懸心瞅怨緑惄紅歎嫦娥不勝惆悵廣寒宮

台奉帥 青塚 一 數

青塚記

和番

〔駐雲飛〕二旦上 一對鴛鴦。指望同諧正紀綱。毛延壽生奸詐。平地起風波浪。嘆漢劉王少綱常。沒主張。王昭君親自去和番。不得同衾帳。隔斷巫山十二行。一步遠一步。離鄉多少路。昨日漢官人。今朝胡地婦。

〔小桃紅〕爲人莫作婦人身。最苦是昭君。怨也恨只恨毛延壽。悞寫冊青。羞殺了漢朝臣。總有廣寒宮。普陀巖。瑶池殿。巫山廟。也都只爲傾國傾城。嫁單于好傷

情。嫁單于好傷情

〔下山虎〕只見西風颯颯。西風颯颯。長亭短亭。兩國舟番使。奏入漢庭。簇簇耀日刀鎗。帶甲曳兵。皂鵰旗促起程。昭君昭君慵上馬。雨泣雲愁眉黛顰。漢宮漢宮三千女。盡皆淚零。送別昭君出禁城。氈笠子。罩烏雲。織金襖。繡羅裙。鳳鞋鳳鞋踏玉凳。蹀躞馬蹄輕。宮門靜。閒鳳枕。蘘蘘餘香。猶在鴛衾。冥暗暗楚天雲。淚滴滴露珠傾。撲簌簌黃葉落。咭叮噹响秋聲。鴈兒鴈兒。舞罷空中叫。叫得斷腸聲。不見斷腸人。遮遲風霜歷盡迤邐風霜歷盡。望黃沙漠漠。露草烟凝。軋軋車兒更提鈴。屹的屹登。駱駝牽引。路兒又不平。月兒又不明。強把琵琶撥數聲。總是離情。

〔前腔〕行行過山嶺。凛凛朔風緊。只見野渡迢迢。河冰凍。紛紛下得雪兒又緊。追思漢高皇。那王多奸佞。忍將美婦人。却把胭脂爲陣。豈知當今元帝。有多少武共文。百萬鐵衣郎。更没箇男兒性。却將紅粉去和番。要那將軍則甚。要那將軍則甚。駙馬傳宣罷戰征。接昭君。入禁城。大王駙馬齊笑語。接得阿儺多羅觀世音。咚、咚、打。鼓兒迎。鴈兒鴈兒舞罷排佳宴。打辣酥灑銀满斟。蹀躞歸去。那單于挽定昭君雖然重重錦帳煖。俺昭君怎與他同牀共枕。强把花鈿重整。强把花鈿重整。暗消冤無語。盡角愁聽。淚眼盈盈。界破殘妝面。梨花帶雨一枝横。輕裘肥馬。也不稱心。羊羔美酒。也不稱心。到晚來。無語對着銀缸影。悶懨懨病轉增。羞簡弄兩三聲。嘆起歸心切。嘆起歸心切。奈阻隔千山萬嶺。花如錦。柳如烟。何時得見故鄉人。陰山冷。草地茵。料應難轉漢宮庭。〔下〕

帀者鈔

西廂記

傳情

（生上）害殺小生也。自那一日聽琴之後。再不能彀見俺那小姐。我着長老說將去。道張生好生病重。怎生不見人來看我。沒奈何且打睡片時。（小旦上）奉小姐言語。着我看張生。須索走一遭。我想咱每一家。若非張生。怎存俺一家兒性命也呵。

（點絳唇）相國行祠。寄居蕭寺因喪事。幼女孤兒將欲從軍死。

混江龍謝張生伸志。一封書到便興師。顯得文章有用。足見天地無私。若不是剪草除根半萬賊。險些兒滅門絕戶了俺一家兒。鶯鶯君瑞。許配雄雌。夫人失信。推托別詞。將婚姻打滅。以兄妹爲之。如今都廢却成親事。一箇價糊塗了胸中錦繡。一箇價淚濕了臉上胭脂。

我想張生。和姐姐的症候。都是一般樣害。

油葫蘆憔悴潘郎鬢有絲。杜韋娘不似舊時。一箇帶圍寬。淸減了瘦腰肢。一箇睡昏昏不待要觀經史。一

箇意懸懸。懶去拈針指。一箇絲桐上調弄出離恨譜
一箇花箋上。刪抹成斷腸詩一箇筆下寫幽情。一箇
絃上傳心事。他兩箇都一樣害相思。
我想天下佳人才子也有。只是難比這生。與俺姐姐。
一般廝像。
【天下樂】方信道才子佳人信有之。紅娘看時。有些乖
性兒。只怕那有情人。不遂心也似此。見他害的有些
抹媚。連着我沒三思。一納頭。安排着憔悴死。
來此已是書房門首。不免把唾津兒。潤破紙窗。看他

在裏面。做些甚麼。

村里迓鼓 我將這紙窓濕破。悄聲窺視。多管是和衣睡起。若不是和衣睡起。怎的他羅衫上。前襟褶袵。我想姐姐在家裡害。還有紅娘伏侍。嘹虧了這生呵。他孤眠况味。凄凉情緒。無人伏侍。覷了他澁滯氣色。聽了他微弱聲息。看了他黃瘦臉兒。張生呵。你若不是悶死。多應是害死。

他還不知我來。待我除下釵兒。把門敲一聲。

元和令 把金釵敲門扇兒。生 是誰。小旦 是你前世的娘來了。〔生〕開門介〔小旦〕先生。這幾日病體若何。〔生〕病有十分沉重。見小娘子。就減了有五分。〔小旦〕這等不要叫我做紅娘了。〔生〕不叫紅娘。叫甚麼。〔小旦〕我是箇散相思五瘟使。〔生〕這等請出去。〔小旦〕怎麼說。〔生〕你是五瘟神。快出去。〔小旦〕呸。我不是五瘟使。〔生〕這等麼。你來必有好意。〔小旦〕俺小姐想着風清月朗夜深時。使紅娘來探你。〔生〕姐姐在家何如。〔小旦〕俺姐姐至今胭粉未曾施。〔生〕可念着小生麼。〔小旦〕他念到有一千番張殿試。

情看錄

【生】小姐既有見憐之心。一定有好意了。小生修一東敢煩小娘子。爲小生達知肺腑。【小旦】只恐他反了面皮。到連累于我

【上馬嬌】他若見了這詩。看了這詞。他敢顛倒費神思。俺姐姐若見了你的書信。只恐他反了面皮。那時節一手拿着家法。一手拿着情書。氣烘烘坐在上面。吽紅娘跪在跟前。他說道。我乃是相國人家女子。幾曾慣看這邪詞來。他打一下。罵一聲。啐。這妮子怎敢胡行事。他嗤嗤的扯做了紙條兒。

生小娘子。怎生替小生方便。日後以金帛相贈。

勝葫蘆 小旦 哎。你這饞窮酸倈沒意兒。賣弄你有家私。莫不圖謀你的東西來到此。先生的錢物。與紅娘作賞賜。非是我愛你金貲。

生 不圖金貲。想是愛着小生呵。

么 小旦 你看人似桃李春風牆外枝。生 好俏呵。小旦 又不比賣俏倚門兒。俺雖是婆娘有些志氣。生 你有甚麼志氣。小旦 我怎麼沒志氣。你有志氣。生 我是箇男子漢。怎麼沒志氣。小旦 你有志氣。不來偷老婆了。

（生）我偷老婆。你也曾偷老公。（小旦）呸。我有好方兒。只是不教你。若肯教你。俺姐姐你就到手了。（生）這等樣。沒奈何了。小娘子教道小生罷。（小旦）教你好了。你（生）我好你也好。（小旦）啐。也罷。我教你。只是一件。把這床當做太湖石。你坐在上面當姐姐。我在下面當你。（生）你做我。陰陽反覆了。（小旦）咳。把書舘門兒當做角門。先把這角門兒開了。把烏紗帽兒整一整。角帶擄一擄。衣服抖一抖。近前這等三步。退後兩步。這幾件都是易的。還有一件難些。（生）叫做甚麼。（小旦）叫做偷步見。〔行介〕〔生〕這等麽。我會了。〔做行介〕還有甚麽。〔小旦〕俏步。〔生〕這俏步難走。不要走罷。〔小旦〕吱。俺姐姐最喜的是俏步。你若走不得。這俏步上。就打脫一箇老婆了。〔生〕這等還要阿。〔做走跌介〕〔小旦〕這等叫做俏步。好像馬偷人家稻子喫一般。撩起一雙脚來。可惜我是箇婦人。若是男子漢我還這樣走出箇樣子來你看。〔生〕這等。你可再教我一教。〔小旦〕我教你不打緊。雖然是我婦人家的所爲。還是你男子漢規模。則説道鶯鶯小姐阿。可憐見小生毋隻身獨自。〔揖跪伸手介〕〔生〕伸手出來怎的。(小旦)討那話兒。(生)這等我會了。依前揖跪伸手介(小旦)伸手出來怎的。(生)討那話兒。(小旦)叫小廝。討些米來。賞這花子去。(生)却元來要我哩。(小旦)不是要你。俺姐姐見你這等下情。決有箇憐憫之心。恁的呵。他顛倒有箇尋思。

張先生。書便與你帶去。把甚麼東西來謝我。(生)明日打對釵子謝你。(小旦)不要。(生)做套衣服謝你。好麼。(小旦)我家穿不了的衣服。也不要。(生)做雙鞋子謝你。(小旦)那是我婦人家的本等。也不用。(生)買雙酒線膝褲送你罷。(小旦)纏鶯鶯腿不上。又來纏紅娘足。(生)紅娘說話甚蹺蹊。提起頭來我便知。釵環首飾俱不要。只要張珙與你做夫妻。(小旦)燒火也不要。你(丑)上不要他燒火。我來。(生)喝下介(小旦)張生說話欠思量。出言欺負小紅娘。若要我們與你傳柬帖。只要你。(生)要我怎的。(小旦)要你叫我一聲。(生)你早不說。莫說一聲。我便叫你十聲。也不打緊。紅娘。紅娘。(小旦)啐。那箇不曉得我是紅娘。要你來叫。要除去紅字。換上一箇字。(生)這等白娘。花娘。(小旦)啐。你家娘是花娘。(生)也不是。便怎的。（小旦）要你跪下。叫親娘。（生）你這了頭。好不曉事。
我乃尚書公子。如何跪你婢女。没有老婆。我就剃了
頭。去做和尚。請出去。我如今把得穩了。（小旦）你眞不
跪。（生）不跪。請出去。（小旦）我去。你不要來扯我。（生）鬼扯
你。扯你手爛。（小旦）不要叫我。（生）叫你口爛。紅出背介
姐姐生得一枝花。非是紅娘把口誇。背後若有三根
竹。南海觀音賽不過他。（生）背聽介（小旦）噯。姐姐我叫
你不要這等費心。你反不聽我説。如今張先生把得
穩了。辜負你千言萬語。你可費心哩。噯。不免回去罷。

欲下生攔住介小旦開些〻不要阻我。待我回去。生紅娘姐替我帶去罷。小旦不要扯我。看手爛。你把得穩了。生如今把不穩了。望小娘子可憐見小生。替我帶去罷。非是我不肯跪你。俺那琴童。極要多嘴。待我生箇討較。打發他去。纔好。小旦這等。你也怕他。生叫琴童。丑東人叫我怎的。生你到那裡去來。丑不曾那裡去。生你可把些〻銀子。街上去買肉來。丑笑生唱下小旦快些〻。我要回去。生慢些〻。心肝。丑沒有心肝。只有猪肉。生打丑下跪介嫡嫡親的娘。替你孩兒帶這封書去。逹知鶯鶯小姐咱。〔小旦〕乖乖的兒。起來。明日要一箇標致的老婆與你。〔丑〕復上生打下〔小旦〕寫書來。與我帶去。〔生作寫介〕〔小旦〕寫得好呵。讀與我聽。〔生讀介〕珙百拜書。奉鶯娘芳卿可人粧次。自別顏範。鴻稀鱗絕。悲愴不勝。孰料夫人以恩成怨。遂易前因。豈得不爲失信乎。使小生目視墻東。恨不腋翅于粧臺左右。患成思竭。垂命有日。因紅娘至。聊奉數字。以表寸心。萬一有見憐之心。不惜好音示下。庶幾可保殘喘。造次不謹。伏乞情恕。偶成五言八句詩一首。錄呈于後。

相思恨轉深。謾把瑤琴弄。樂事又逢春。芳心爾亦動。此情不可違。虛譽何須奉。莫負月華明。可憐花影重。

【後庭花】（小旦）我則道拂花箋打稿兒。却原來染霜毫不勾思。先寫下幾句寒溫序。後題着五言八句詩。不移時把這花箋錦字。叠做同心方勝兒。忒風流忒煞思。忒聰明。忒浪子。雖然是假意兒。小可的難到此。

（生）小娘子。小生這封書呵

【青哥兒】顛倒寫鴛鴦。鴛鴦兩字。方信道在心。在心爲志。小娘子。你若到小姐跟前呵。看喜怒其間覷箇意見。（小旦）我自有道理。放心波學士。我願爲之並不推辭。自有言詞。則說道昨夜彈琴的。那人兒教傳示。這東帖兒我與你將去。先生當以功名爲念。休墮了志氣者。（生）謹依小娘子嚴命。

寄生草（小旦）你將那偷香手。準備着折桂枝。休教那淫詞兒汚了龍蛇字。藕絲兒縛定了鵾鵬翅。黃鶯兒奪了鴻鵠志。休爲這翠幃錦帳一佳人。悞了你玉堂金馬三學士。

（生）姐姐。你在意者。（小旦）你放心。

〔煞尾〕沈約病多般。宋玉愁無二。清減了相思樣子。咱
人則爲這眉眼傳情未了時。中心日夜藏之。怎敢因
而有美玉于斯。我須教有發落歸着。這張紙。憑着
我舌尖上說詞。更和這柬帖兒裏心事。管教那人來。
探你一遭兒

〔生〕未遇青鸞信　全憑紅葉詩

〔小旦〕得他心肯處　是你運通時

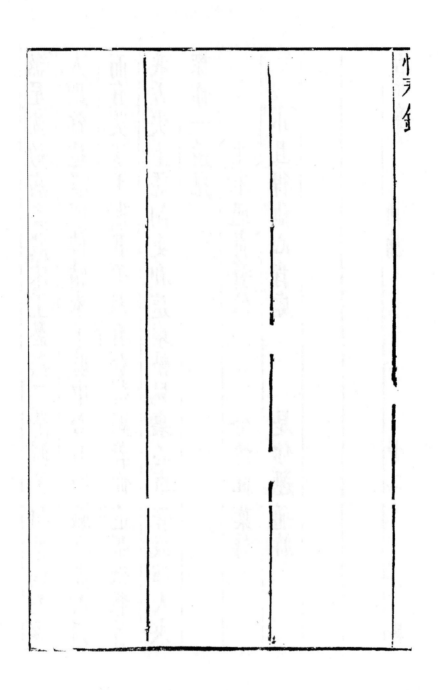

分別

謁金門 旦上 春夢斷。臨鏡綠雲撩亂。聞道才郎遊上苑。又添離別嘆。生上 苦被爹行逼遣。默默此情何限。見介 五娘。旦 解元。生旦 骨肉一朝輕拆散。可憐難捨難捨。

旦 解元。雲情雨意。雖可拋兩月夫妻。雪鬢霜鬟。竟不念人仰父母。功名之念一起。甘旨之心頓忘。是何道理。生 卑人膝下遠離。豈無眷戀之意。奈堂上逼遣不

聽分解之詞。如何是好。(旦)解元。你去意匆匆。奴家猜
着你了。(生)猜着我甚麽。
忒忒令(旦)你讀書思量做狀元。(生)狀元天下美名。讀
書人豈不思之。(旦)只怕你學疎才淺。(生)卑人畧涉經
史。學不疎。才也不淺。(旦)只是孝經曲禮。早忘了一段。
(生)孝經乃卑人從幼所讀之書。不知忘却那一段來。
(旦)却不道夏凊與冬温。昏須定。晨須省。又說父母在。
不遠遊。你的親在高堂。你的親在高堂兒遊怎遠。
前腔(生)哭哀哀推辭萬千。(旦)張太公怎麽說。(生)他鬧

炒炒抵死來相勸。旦不去由你。生他將我深罪。不由人分辨。旦公公怎生罪你。生不但罪我。連五娘也有分。旦與我何干。生他道我戀新婚。逆親言。貪妻愛。不肯去赴選。

沉醉東風旦你爹行見得好偏。生爹娘单生伯喈一人。有甚偏處。旦不是你爹娘見偏。還是你為子的不能善言。生我怎生不能善言。旦你該雙膝跪在公公面前。你說爹那。念伯喈上無兄。下無弟。只有一子。只有一子。不留在身傍。生這是爹爹嚴命。便說也枉然。

【旦】如今公婆在那裡。【生】在堂上。【旦】我和你一同去哀告。【生】哀告怎的。【旦】或肯留你在家養親。也未見得。【生】說得是。如此就去。【走介】【旦立住手招介】解元轉來。【生】五娘欲行不行爲何。【旦】解元。非是奴家欲行不行。此去稟告公婆。公婆見得到呢。留在家養親就好。若見不到呵。不道是你爹見偏。反道是奴不賢。反道是奴不賢。要將伊迷戀。【生】這其間。教人怎不悲怨。【哭介】爹那。【旦】你看他爲爹淚漣。【生】老娘。怎生割捨得你。【旦】你看他爲娘淚漣。【生旦】何曾爲着夫妻上挂牽。

前腔【生】做孩兒節孝怎全【旦】解元功名事小節孝事大依奴家說你還在家奉侍爹娘的好【生】咳五娘說那裡話非是卑人不欲在家奉侍奈爹行不從幾諫【旦】背介奴家與他纔得六十日夫妻未知他果節孝否且試一試看他如何【轉介】解元奴家想將起來公婆雖則年老幸喜雙雙在堂形尚未隻影尚未單你出外去也是放心得下的了【生】我也不是為着他影隻形單只是我出去我的爹娘有誰來看管【旦】哭介公公那【生】你看他為公淚漣【旦】婆婆你一箇兒子也

留他不住那〔生〕你看他爲婆淚漣。何曾爲着夫妻上
挂牽。
臘梅花〔外丑上〕孩兒出去今日中。爹爹媽媽來相送
但願得魚化龍。青雲得路通。桂子高攀步蟾宮
〔外〕孩兒怎麼還不起程〔生〕專等太公到來。即便起程
了。〔外〕門首伺候〔末上〕仗劍對尊酒。恥爲游子顏〔見介〕
呀。解元幾時起程〔生〕家父母在堂。一時難捨〔末咳〕所
志在功名。離別何足嘆。令尊在何處〔生〕在堂上〔末〕引
進。〔見介〕〔外〕呀。賢弟到了。〔各見介〕〔末〕小弟聞知令郎今

上起程。有些少路資奉送。〔生〕家父母。既蒙看管。厚禮不敢收受。〔外〕見那。又道長者賜。不可辭。收了罷。〔生〕謝介〔外〕見那。太公已到。你就此去罷。〔生〕孩兒就此拜別。

哭介

園林好見今去爹媽休得意懸。〔丑〕見那。你今日去了。還是幾時回來。〔生〕家有垂白雙親。孩兒怎忍久離膝下。見則是今年去明年便還。〔外〕爹娘八十。也不爲老。〔生〕但願得雙親康健。〔合〕須有日拜堂前。須有日拜堂前。

前腔〔外〕我孩兒不須掛牽。爹指望孩兒做官。若得你名登高選。〔合〕須早把信音傳。須早把信音傳。

江見水〔丑〕膝下嬌兒去。〔生〕堂前老母單。〔丑〕見那。你今去了。不知幾時回來。身上衣襟。待我縫上幾針。你見此針線。如見老娘一面。〔生〕跪介〔丑〕媳婦。取針線來。〔旦〕跪介〔丑縫介〕慈母手中線。游子身上衣。〔旦〕婆婆。臨行密密縫。又恐遲遲歸。〔生〕五娘子。不會講話。老娘臨行密密縫。但願早早歸。〔丑〕臨行時只得密密縫針線。〔衆〕起介〔丑〕眼巴巴望着關山遠。見那。你曉得王孫賈之母麼。他說汝朝出而不回。則吾倚門而望。汝暮出不回。則吾倚廬而望。你今去後。敎老娘倚定門兒盼。（生）老娘且自消遣。（丑）敎我如何消遣。（生）孩兒去後。把什麼解老娘的愁煩。（丑）要解我的愁煩須早寄一封音書回轉。

（前腔）（旦）妾的衷腸事。見有萬千。（生）五娘。你有萬千心事。臨行不說。更待何時。（旦）說來又恐添縈絆。（生）五娘你卩不言。伯喈心自省了。（低介）敢則爲六十日夫妻和你恩情斷。（旦掩生卩介）解元道差矣。我和你少年夫妻後會有期說什麼六十日夫妻恩情斷你看八十歲父母教我如何展（生）五娘須索消遣（旦）教我如何不怨（生）伯喈去後把甚的解五娘愁煩（旦）要解妾的愁煩須早寄一封音書回轉

五供養（末）貧窮老漢托在隣家事體相關解元你此行須勉強不必恁留連（生）爹娘年老放心不下（末）你爹娘早晚間吾當陪伴（生拭淚介）（末）嗳丈夫非無淚不灑別離間（合）骨肉分離寸腸割斷

前腔（生）公公可憐我爹娘望伊周全此身還貴顯自

當效銜環〔拜介〕〔旦背介〕有孩兒也枉然。〔生〕有你在此。也不枉然了。〔旦〕有媳婦也枉然。我問你。你方纔拜的是誰。〔生〕是張太公。〔旦〕可知道他姓張。你姓蔡。不過鄰比之家。焉能有代子之勞麼。冤家。你的爹娘。奴的姑嫜。奴的姑嫜臨行時。臨行時反教別人與你看管。〔生〕

〔旦〕此際情何限。偷把淚珠彈。〔合〕〔前〕

〔外〕唗。這畜生。有客在堂。戚什麼看相。那千里未爲遠。十年歸未遲。總在乾坤內。何須嘆別離。

〔玉交枝〕別離休嘆。別離休嘆。〔丑〕老不賢。他夫妻纔兩

月。一旦成拋撇。今日兩分離。話兒不容他說。你就是
鐵打心腸一般了。哭介見那。外老安人。骨肉生離。人
皆不忍。你有愛子之心。我豈無惜兒之意。我心中非
不痛酸。蔡邕非爹苦要把你輕拆散。也只要圖你貴
顯你把蟾宮桂枝須早攀。北堂萱草時光短。合又未
知何日再圓。又未知何日再圓
前腔生雙親衰倦雙親衰倦。你扶持看承他老年饑
時勸他加飡飯寒時頻與衣穿。作跪介旦扶介我做
媳婦事舅姑不待你言。你孩兒離父母何日返。合前

〔川撥棹〕〔外〕你歸休晚。歸休晚。莫教人凝望眼。〔生〕但有日回到家園。但有日回到家園。只恐怕雙親老年。〔合〕怎教人心放寬。不由人不珠淚漣。

〔前腔〕〔旦〕我的埋怨怎盡言。我的一身兀自難上難。〔生〕妻那。你寧可將我來埋怨。莫把我的堂上雙親做箇冷眼看。〔合前〕

〔拜介〕

〔尾聲〕生離死別何足嘆。但願你名登高選。衣錦歸來教人作話傳。

此行勉强赴春闈　專望明年衣錦歸
世上萬般哀苦事　無過死別共生離
外丑末下介
旦這是鎖匙。請收下了。生收介五娘請回罷。旦已曾禀過公婆。容奴遠送一程。生送君千里。終有一別。請回罷了。旦一定要送。生如此請行。走介此去二三里。長亭共短亭。旦臨岐。無別事。
本序懊恨別離輕。生五娘。我未曾舉步。你悲泣不止。敢爲斷絃一事。旦綠鬢仙郎。紅顏少婦。眼下雖有離

別之甚。日後豈無相見之期。我悲豈斷絃。（生）如此爲
剖鏡了。（旦）愁非分鏡。（生）既不爲斷絃。又不爲剖鏡。所
爲何事來。（旦）奴只慮高堂風燭不定。（生背介）你看他
那裡腸已斷。欲離未忍。淚難收無言自零。（生旦）正是
弓發不留絃上箭。絲牢難繫去人舟。去則是終須去。
留則是也難留。空留戀。天涯海角只在須臾頃。只在
須臾頃。
（生）來此已是十里長亭了。朋友觀見不雅。請回了。（旦）
如此不敢送了。（別介）（生）請了。（旦立住哭介）（生）呀。五娘。

你未行三五步。哭哭啼啼不住聲。敢還有心事。不曾
講得完。（旦）送君送到十里亭。南北東西爲利名。世上
幾多哀苦事。我心中
（尾犯序）還有無限別離情。（生）五娘。天下許多舉子。那
一箇沒有夫婦。誰似你這等悲泣不止。（旦）天下舉子。
那一箇沒有夫婦。也有過年半載的。誰似我和你兩
月夫妻。誰似我和你兩月夫妻。一旦孤另。（旦）此處三
條大路。今日往那　條路上去。（生）卑人中道而行。（旦）
明年衣錦回來。妾從中道想迎了。（生）多謝五娘。（旦）此

去經年。望着迢迢玉京思省。【生】五娘思省。敢慮着山遥路遠。【旦】奴不慮山遥路遠。【生】敢慮着衾寒枕冷。【旦】奴不慮衾寒枕冷。【生】既如此。所慮何來。【旦】慮只慮公婆没主。公婆你今日苦要孩兒出去。異日要見孩兒不能勾了。正是别兒容易見兒難。撇得你一旦冷清清。撇得你一旦冷清清。

前腔【生】何曾想着那功名。【旦】既不想功名。此去爲何。【生】欲盡子情。難拒親命。就此長亭之上。五娘請上。受卑人一禮。【旦】男兒膝下有黄金。豈可低頭拜婦人。【生】

禮下於人。必有所托。（旦）所托何事。（生）我有年老爹娘。望伊家與我看承。拜介（旦）做媳婦事舅姑。理之當然。何消下禮。畢竟。（生）五娘只是卑人去後呵。休怨着朝雲暮雨。且替我冬溫夏凊。（生旦）正是樂莫樂兮初相見。悲莫悲兮生別離。苦那。思量起。如何割捨眼睜睜。（生）妻那。（旦）夫那。（生旦）和你眼睜睜。

前腔（旦）儒衣纔換青。快着歸鞭。早辦回程。（生）卑人不久就回。（旦）解元。那十里紅樓簾畫捲。美人偏愛少年人。只怕十里紅樓。重娶娉婷。（生）卑人不是那等之人。

〔旦〕你雖不是那等之人。爲妻子的。也須要叮嚀。叮嚀。不念我芙蓉帳冷。解元請受奴一禮。〔拜介〕也思親桑榆暮景。〔生起介〕列位請了。小弟就來了。〔內應介〕〔生〕嗳。言者煩而聽者厭矣。〔旦背介〕怎麼。我送他到此。不曾講得幾句言語。他就說言者煩而聽者厭矣。今日看起來。長亭之路。也是枉然。長亭之話。也是枉然。我這裡言之諄諄。他那裡聽之默默了。莫說是奴家叮嚀告戒。告戒叮嚀。便是親囑付。知他記否。空自語惺惺。

解元。不送了。空自語惺惺。

（走介）（生扯旦介）

【前腔】寬心須待等。我豈肯戀花柳。甘爲萍梗。怕只怕萬里關山。那更一封音信難憑。你須聽。伯喈是沒奈何分情剖愛。剖愛分情。誰下得虧心短行。從今去。相思兩地。一樣淚盈盈（哭介）

【鷓鴣天】萬里關山萬里愁。一般心事。一般憂。桑榆暮景應難保。客館風光怎久留。（生）請了。（旦）請了。（生下）（旦）他那裡謾凝眸。（生內）請了。（旦）正是馬行十步九回頭。歸家只恐傷親意。閣淚汪汪不敢流。

附琵琶詞

琵琶詞試將曲調理宮商彈動琵琶情慘傷不彈雪月風花事且把歷代源流訴一場混沌初開盤古出三才御世號三皇天生五帝相繼續堯舜心傳夏禹王禹王後代昏君出乾坤大抵屬商湯商湯之後紂爲虐伐罪弔民周武王周室東遷王迹熄春秋戰國七雄强七雄併吞爲一國秦室縱橫號始皇西興漢室劉高祖光武中興光武中興後獻王此時有箇陳留郡陳留有箇蔡家庄蔡家有箇讀書子才高班馬

飽文章。父親名喚蔡從簡。母親秦氏老萱堂。生下孩兒蔡邕氏。新娶妻房趙五娘。夫婦新婚纔兩月。誰知一旦拆鴛鴦。幸遇朝廷開大比。張公相勸赴科場。苦被堂上親催遣。不由妻諫兩分張。指望錦衣歸故里。誰知一去不還鄉。自從與夫分別後。陳留三載遇饑荒。公婆受餓誰爲主。妻子擔饑。妻子擔饑實可傷。可憐三日無食飯。幸遇官司開義倉。家下無人孤又苦。妾身親自請官糧。行到無人幽僻處。里正搶去甚慌張。奴思歸家無計策。將身赴井淚汪汪。幸逢太公來搭救。分糧與我奉姑嫜。糧米充作二親膳。奴家背地自挨糠。不想公婆來瞧見。雙雙痛倒在厨房。慌忙救得公甦醒。不想婆婆不想婆婆命已亡。自嘆奴家時運蹇。豈知公又夢黄粱。運喪雙親無計策。香雲剪下往街坊。幸遇太公施仁義。刻臍銘心怎敢忘。孤墳獨造誰爲主。指頭鮮血染麻裳。孝感天神來助力。搬泥運土事非常。築成墳墓親分付。教奴改換衣裝往帝邦。畫取公婆儀容像。迢遥豈憚路途長。琵琶撥調親覓食。竟往京都尋蔡郎。臯魚殺身以報父。哭起母死不奔喪。宋弘不棄糟糠婦。黃允重婚薄倖郎。此回若得夫相見。全仗琵琶訴審詳。從頭訴盡千般苦。只恐猿聞也斷腸。

荊釵記

祭江

引 生上 昨夜東風驀吹透。報道桃花逐水流。今乃淸明佳節。已曾備辦祭禮。前到江邊。祭奠玉蓮妻子。不免請出母親。老娘有請。老旦上 細雨霏霏時候。柳眉烟鎖長愁。

舉目家鄉遠。白雲天際頭。生 十年勞夢寐。洒淚濕征裘。左右。江邊有多少路。末 五里之地。生 成身。步行罷了。痛憶玉蓮錢氏妻。傷情苦處意徘徊。當初指望諧白髮。
新水令一從科第鳳鸞飛。【丑】姐夫。不寄這封書來也
罷。【生】恨奸謀有書空寄。【丑】親婆到也納福。【生】幸萱堂
無禍危。【丑】苦只苦了我姐姐。【生】嘆蘭房受岑寂。【丑】只爲
讒書一紙。你母親將伊逼拷。一日不嫁。打一日。兩日
不嫁。打兩日。你今受打不過投水而死。不得已而爲
之麼。【妻】你挨不過淩逼。受不過禁持。受不過禁持。將
身沉溺在浪濤裡。
步步嬌把往事今朝重提起。越惱得肝腸碎。老娘。孩

見記得去年時節、與媳婦同往父親墳前挂帛。又誰知今日祭奠無。曾記得清明拜掃時。（丑）姐夫。你省却愁煩。且自酹禮。常聞得古聖賢書。道吾不與祭如不祭。

（末扮禮生上）見介（生）左右。將祭禮擺開。（末贊禮介）

折桂令（生）爇沉檀香噴金猊。昭告靈魂。聽剖因依。（丑）姐夫。你在京中。我家有此變故。也有些什麼應兆麼。（生）自從宴罷瑤池。只見宮花墜地。（丑）宮花墜地。也是不祥之兆了。（生）彼時宮花墜地。我也道不祥。誰知應在你姐姐身上。只道我爲官有甚樣差池。寵官袍。不從相府勒贅只爲撇不下糟糠舊妻苦推辭桃李新室。妻。我爲你受了些磨折。成舅。我僥倖之後。指望付泥金報知。一家歡喜。誰知被承局這廝。套換了家書。致令我妻。守節而死。妻。雖則書中差錯。你豈不相諒我丈夫。不是薄倖之徒。寡信傷倫之輩。爲你不從親事阿。觸得他怒塡胸。把咱改調潮陽地。因此上擔誤了歸期。因此上有誤了嬌妻。

（老旦）渺渺茫茫浪潑天。可憐媳婦喪青年。白頭老母江邊奠。叫一聲媳婦哭一聲天。

【江兒水】聽說罷衷腸事。却元來只爲伊。不從招贅生惡意。惱恨你娘親心太戲。逼得你沒存濟。致使得母子們常常掛慮。今日裡虔誠遥祭。望鑒微忱。早早賜靈魂來至。（生）把祭禮向東方擺着。（衆應介）（生拜跪）拜告東方神祇。河泊水官。水母娘娘。我妻錢氏玉蓮。守節而死。他魂靈兒不知落在那箇萬丈深潭之所。屍骸不知埋在那箇魚腹之中。拜告東方神祇。望你們相扶持。放我玉蓮妻。急急向波心。脫離。急急向波心脫離。早早向江邊聽祭。早早向江邊聽祭。

（起介）（又行禮哭介）虔誠祭禮到江邊。追薦亡妻錢玉蓮。人生有酒須當醉。一滴何曾到九泉。

【鴈兒落】徒捧着淚盈盈酒一巵。左右。將祭禮妝了。（丑）姐夫。你不曾奠得一杯酒。就叫收了。你好薄倖。你好薄倖。（生）成舅。你看筵前果品般般有。那見我亡妻親口嘗。空擺下香馥馥八珍味。（丑）姐夫。你這等悲苦不了。何不畫一軸儀容。早晚看見。就似我姊姐在生一般了。（生）成舅。這也是枉然了。慕音容何處追。成舅。我記得當日在家看書。你姐姐一隻手拏了一杯茶。一隻手拿了一枝燭亮。他說夫。你用心讀書。你看滿朝朱紫貴。盡是讀書人。妻。你丈夫今日名爲朱紫貴了。緣何不見捧茶人。妻。我叫了千聲萬聲的嬌妻。我叫了千聲萬聲的嬌妻。訴衷曲。妻。你應我一聲麽。咳你却無回對。再拜自追思。只爲重婚禍危。幾時與你重相會。面別是和非。止不住腮邊淚。舒舒不開兩道眉。恨只恨套書賊施計。把我一對好夫妻。拆散在中途路裡。賢也麽妻。這話兒分明訴與伊。你可記得讀書

時、懊恨娘行生惡意。把我一對好夫妻兩拆離、把我

一對好夫妻。兩拆離。

【收江南】呀。早知道這般拆散呵。誰待要赴春闈。老娘。

孩兒幼年喪父。中年喪妻。這般苦人。做他怎的。便做

腰金衣紫待何如。【老旦】兒。你輕發此言。倘上官知道。

只道你重妻而輕君命了。說來話兒又恐外人知。說

來話兒又恐外人知。低頭無語暗傷悲。

【末】所有祝文。望空宣讀。【生讀介】時維大宋熙寧七年。

丁亥三月甲子朔。賜進士第任潮州府事信官王十

脈。謹以牲酌庶饈之儀。致祭于節婦錢氏玉蓮夫人
前。而言曰。節婦之生。秀出香閨。節婦之死。義出秉彝。
節義全備。今古所稀。日月同其照耀。草木爲之增輝。
昔受聘于荆釵。同甘苦于茅廬。春闈一起。鸞鳳分飛。
詐言一到。骨肉分離。姑娘設奪婚之策。繼母行逼嫁
之威。捱不過連朝攉挫。受不過晝夜禁持。拜辭睢沉
沉之老姑。淚出清泠泠之繡幃。江心渡口。月淡星稀。
波聲滾滾。夜色凄凄。抱石而死。逐浪橫屍。叫一聲玉
蓮妻。雲愁雨暗天地悲。哭一聲玉蓮妻。哀鴻過處猿

鶴唳。哀情訴與河泊水官。悲慟薦與佛說菩提。料今
生不能得見。願來生再與相期。靈魂不昧。尚其鑒之。
嗚呼哀哉。伏惟尚享。（化紙介）
沽美酒（生）紙錢灰化作蝴蝶飛。血淚染成杜鵑啼。覩
物傷情越慘悽。取一杯酒來。（衆遞介）妻。我當日臨行
之時。滴酒為誓。男不重婚。女不再嫁。你今徹了節。是
我豈不為一箇義夫。我今在此江邊。滴酒為誓。世不
再娶了。魂靈兒你自知。我若是負恩的齒不過寡婦
地。我若是昧心的。隨着燈兒滅。花謝有芬芳之日。

欽有團圓之夜。俺呵。陡然間早起晚息。想伊念伊妻。

要相逢。除非是南柯夢裡。再成一對姻親。

【尾聲】昏昏默默歸何處。耿耿思思常念你。但願你早赴嫦娥在宮殿裡。

千頁鈔

八三八

長城記

送衣

【山坡羊】（旦上）割同心鸞凰剖鏡。分比翼鶼鴻絕信。聽彼寒蛩之聲。此乃無情之物。偏入愁人之耳了。泣嗷嗷嗷唧唧唧寒蛩兒悲號哽咽。亂紛紛枯枝兒敗葉兒凋零盡。仰觀星月霜露之變。俯察昆虫草木之花則知物改時新。大寒之候將至耳。傷情對景。惹起我思夫恨。夫去三年。邊庭之上。無故那得衣來遮寒。因此搗衣砧。因此搗衣砧。慰帖寒衣親送行。此去若不能相見呵。枉教奴帶水拖泥。奔馳路程。奴家受苦猶閑、只虧我夫君。執銳披堅高築萬里城。登山四日而離大禹。羅氏五日而別秋胡。二女之夫。皆得回還。我今日呵。是這等跋涉驅馳也。豈憚迢迢萬里行。傷情。望斷長安不見君。艱辛。何日得到邊塞城。何日得到邊塞城。

愁水渡。怯山登。一別家鄉覓藁砧。行色一鞭披雨露奔波萬里促風塵。奴家孟姜便是。自適范杞梁。三月情和順。一旦成孤另。始皇無道君。高築萬里城。夫杳無一信。妾腸斷千寸。今日送寒衣。這苦向誰論。念奴爲尋丈夫。登高涉險。宿水飡風。今日不到。也是我走。明日不到。也是我走。且掙挫幾步則箇。

【下山虎】崎嶇險道。嬌怯孤身。奴向在閨閫中。那曾受此風霜之苦。是這等蹭蹬凄凉實可矜。離家至此。風景不殊。一則挂慮着家事。二則憂念着丈夫。欲進趑趄遞不住野馬氤氲。那堪朔風漸緊。那堪朔風漸緊。徹骨寒侵。我身上幾層綿絮。尚覺單寒。夫那。你無衣無氈。將何禦寒。因此上親把寒衣送。豈憚苦辛。愁只數愁閨門蓮步。那堪脚兒小。山又高。水又深。途路上少坦平。怕不慣經。怕不慣經。又道婦人不出閨門。我今爲夫受苦。不得已了。常言道事急出家門。豈得居常守正。（合）遥望長城路。只得趲行數程。得見我夫始稱心。尋不見夫君悶殺人。尋不見夫君悶殺人。

（前腔）前面羊腸棧嶺。黑虎松林。奴家前日往黑虎松林經過。被一起强人拿去。原來是我丈夫結拜之友。反送我白金十兩。令人送出山寨。若不是金蘭契。險遭一命傾。此處三條大路。前後又没人家。何處問信。

昔日墨子悲絲。可黄可白。楊子泣路。可南可北。念奴是中饋婦人。程途未審。是這等茫茫沙漠。四野横、冥冥適絶一人影。又沒有長沮桀溺。那裡是那裡是子路問津。忽見一烏鴉在地。莫非老天差你到此引路。你大叫三聲。我將白汗巾一條。繫在你頸上。謝你引路之恩。（內作鴉鳴介）正是人有善願。天必祐之了。你若是有感有靈。望你前途指引。水宿風飡逐伴隨行。逐伴隨行。烏鴉。尋見夫君。特地感承。特地感承。烏鴉。你飛得慢些。我若學你會飛。也來得快了。便學你插

翅飛騰駕霧乘雲。又恐寒到早衣到遲。凍倒我夫君。衣未到身。（合前）

前腔關河雪阻。楚岫雲橫。軟弱孤身體。跋涉怎禁。思想我夫君。上無二親。下没兄弟。可憐你隻。絕無人實傷我心。始皇無道。東填大海。西造阿房。南修五嶺。北築長城。竟不知節用愛人。使民以時了。倚用民財。權殘民命。普天之下。莫非王土。率土之濱。莫非王臣。何使我夫久役受苦。放富差貧。賦役不均。昔日堯舜遣戍從役。皆遂室家之願。故民勉而忘死。萬歲。你今只圖老來遊玩。輦固江山。爲長久之計。你只圖高築城墻隔胡人。你只圖高築城墻隔胡人。不憫中華窮極民。却教孤人子。寡人妻。寡人妻履薄臨深。履薄臨深。在此風雪裡行。（合前）

〔前腔〕身衰力倦局蹐難勝。只聽得猿啼峻嶺。鴉噪寒林。昨夜一夢。有些不祥。夢見天缺一方。日食昏暗。我想夫乃婦之天。缺則我夫有故。日乃純陽之象。日食則陽衰矣。推占此夢。乃是不祥之徵。耳熱心驚。耳熱心驚。你那裡吉凶。奴這裡難憑。此處一條小溪。上無橋梁下無舟楫我只得撩衣涉水不沾泥濘我想此去得見丈夫呵和你雙雙共挽鹿車乘兩兩同吹鳳簫鳴再結同心我的夫那和你盡老今生此去恐不能相見呵却教我孤苦伶仃倚靠何人我生則與君同衾死則與君共穴若有不測之處定不歸故鄉了定須哭倒萬里城甘向黃泉作怨鬼好一似石落江濱鹽沉深井（合前）

天色已晚趲行幾步（急走介）

駕雲飛萬里邊城急足遥觀將近身夫婦情和順一

旦成孤另。嗏。學不得蕭史跨鳳共同登只落得行[illegible]

思君。坐也思君君得夫婦重逢這辛苦番受盡幾度

臨風越慘情。幾度臨風越慘情。(下)

金印記

對月

似娘兒（旦上）一別薄情人。悄不覺秋色平分。尋常三五蟾娟影。今宵獨勝。教奴家觸景。萬感傷情。

君心似明月。願得隨月光。妾身似燈火。焉能久照郎前。者丈夫往秦邦求取功名。不第回來。一家太小輕賤如泥。如今吽吽怒氣。又往魏邦去了。今乃中秋佳節。碧天如洗。皓月團圓。對此明月。燒炷夜香。保祐兒夫。早遂青雲之志。海島冰清月一輪。光輝照耀普乾坤。山河大地渾如畫。

二犯朝天子 萬里長空收暮雲。海島氷輪駕。展碧天正是人居兩地。月共一輪。遥憶故人千里外。今宵同玩月華明。故人千里共嬋娟。君在湘江頭。妾在湘江尾。相思不相見。所爲何來。都只爲阻關山。正是無情一輪月。偏向別離明。爭奈皓月團圓。爭奈皓月團圓人未圓。廣寒宮裏無人伴。孤負嫦娥徹夜明。嘆嫦娥怨嫦娥。嘆嫦娥怨嫦娥。你在月裡孤眠。奴家差矣。嫦娥在廣寒之宮。清虚之府。丹桂飄香。何等快樂。奴居此蕭條庭院。寂寞香閨。怎比得他來麼。正是落紅萬點愁如海。家計空虛事事憂。受凄涼苦萬千。〔內吹打介〕那裡吹打得這般好。〔聽介〕原來是伯伯姆姆。在後花園中賞月。正是歌管樓臺聲細細。鞦韆院落夜沉沉。是處裡排佳宴。是處裡排佳宴。咱獨守着深庭院。誰與奴家話譚。誰與奴家消遣。話譚消遣。鎮日鎮日悶煎煎。去年花下逢君別。今歲花開不見還。未知甚日。與郎重相見。奴埋怨薄劣不下機。想後思前悔是遲。夫。你是箇男子漢。大丈夫。量寬洪。怎比奴婦人家見識淺。霎時間做出來。悔又悔不得。追又追不轉。追又追不轉。只落得自嗟自嘆自埋怨。只落得自嗟自嘆自埋怨。奴將金錢問卜。杳然不見歸期了。眞是六爻無定準。入卦有差池。枉教奴卜盡金錢。蘇郎未還。蘇郎未還。

一炷心香對月燒。釵梳賣盡苦難熬。但願兒夫金榜挂。作墜釵介

前腔原來是金井梧桐葉。正飄一。別蘇郎後。我想丈夫往雲夢山學道。乃是三年。往秦邦求取功名。又是

三年。如今往魏邦。却又是三年了。筭將來悄不覺度了九秋。奴家只管在此閑話。倒忘了一樁心事。且喜月到天心。正好燒香保祐。忙把桌兒擡。輕揭香爐蓋。一炷心香訴怨懷。且自對月深深拜。寶爐內。好把夜香燒。深深拜禱。拜禱月兒高。這一炷香。保佑堂上公婆。身命安然。願他無災障消除。伏望神天保佑。這一炷香。保佑我丈夫呵。願他早戴金貂。榮登九州。（驚介）咳。到是奴家失言了。倘被公婆伯姆聽見。又是一場取笑。奴有一片心。誰人與共說。願風吹散雲。訴與天邊月。待將此情訴與天知道。待將此情訴與天知道。
只恐怕和天瘦了。只恐怕和天瘦了。孤負奴家好良
宵。孤負奴家好良宵。正是歡娛嫌夜短。寂寞恨更長。
怎捱得天將曉。天那。當不過夜兒長。更漏永。睡不着。
好難熬。睡不着好難熬。爭奈奴家是女流之輩。若是
男子漢。憑你在天涯海角。也要來尋你了。天。爭奈山
又高。水又深。鞋兒弓。襪兒小。行不上山遙路遙。莫說
是行了。天那。盼也盼不盡雲山縹緲。盼也盼不盡雲
山縹緲。

江城吹笛恨茫茫。望斷天涯實感傷。金風冷透羅衣薄。

前腔玉漏迢迢月轉廊。露冷羅衣薄。夜正長。沉吟倚遍畫闌干。景凄涼。（內作蛩叫介）呀。是什麽叫得好凄楚。（聽介）原來是寒蛩。我想寒蛩。乃一物之微。尚知寒暑。教奴家怎不感傷呢。正是愁人聽得寒蛩語。滿腹離愁訴與誰。寒蛩。你那裡叫。俺這裡聽。又入人耳。動人情。不覺令人慘傷。（內作鐵馬响介）又聽得鐵馬叮噹响。寒蛩。你不要叫了。鐵馬。你不要响了。（內又叫又响

（介）你那裡淒淒楚楚。一聲聲响。俺這裡悲悲切切。斷腸斷腸斷人腸。酩子裡閒思想。誤奴家。空懸望月斷楚天長。目斷楚天長。愁悶如天樣。你那那裡名不成。利不就。我這裡公婆打。伯姆羞。只落得淚汪汪。只落得淚汪汪。搵濕透紅羅帕上。搵濕透鮫綃帳上

進房收拾牀帳（坐介）

（駐馬聽）累病懨懨。終日思君兩淚漣。夫那。你那裡阻隔關山客路遠。俺這裡鴈杳魚沉。俺這裡鴈杳魚沉音信短。但願你平步上青天。但願你平步上青天。又

哥哥不中回旋。典賣田園。逼賣粧奩。爹娘不瞅採哥
嫂冷眼看。坐立在高堂。喧喧嚷嚷。喧喧嚷嚷。一家人
全沒些溫柔和着軟欵。這其間。奴見了好慚顏。恨不
得死向黃泉。苦。天那。爭奈奴家未戴金冠霞帔。就死
在陰司。就死在陰司。奴也不閉眼。
〔前腔〕象牙牀空閒半邊。象牙牀空閒半邊。我想做女
兒之時。繡此鴛鴦枕。哥哥說道見那。你今嫁到蘇家。
夫婦雙雙。就如鴛鴦一般。日則並翅而飛。夜則交頸
而睡。如今嫁在蘇家。你往東來我往西。那得箇成雙。

那得箇作對之日。天那。孤負奴家鴛鴦枕。夫不與奴共眠。銷金帳裡也是枉然。縱有羊羔美酒難消遣。夫那。你往魏邦去求賢。切莫學當年不中回旋。冷冷清清冷冷清清。一家人。做一箇陷路上人看管。這其間。奴見了好慚顏。恨不得死向黃泉。苦。天那。爭奈奴家未戴金冠霞帔。就死在陰司。就死在陰司。奴也不閉眼。

〔尾聲〕未知何日重相見。但願你名揚四海傳。慚愧殺哥嫂公婆你好不重賢。

唾紅記

唾紅

桂枝香【生上】舟行如卧旅懷如縛仗雲山堆向蓬窗晒得我幾朝閒坐。細思量命乖。細思量命乖。功名偏左。婚姻未妥。怎消磨。花事愁中了。春風夢裏過。

我皇甫曾。雖則淹蹇于場屋。幸得寄傲于江湖。自別長安。已逢春暮。哥哥往崖上拜客。獨坐船中。甚覺淒楚。不免向船窗。把詩書抽看一番。看何不可【看書坐介】

前腔【旦小旦持繡棚上】【旦】從離閨閣。久怠功課。雖然逐馬足車輪。都是我手慵情惰。把光陰頓拋。把光陰頓拋。難親恕我。自知不可。麥波。取針線過來。【小丁付針線介】把針抹。揀色殷勤配。分絨仔細搓。

繡花搓線緩。唾絨向生衣上介【小旦】小姐。我去取茶來你喫。【下】【生驚取紅看介】

一江風。是誰何。把絨線將人唾。書卷來遭涴。【起身偷看】呀。元來是那嬌娥。隔着隣船剌繡當窓坐。我偷睛細覷他。我偷睛細覷他。【旦起看介】【生】他春情也興角

多我有道理。不免把他絨線。仍舊送還與他。且看[illegible]
怎麼把殘紅依舊輕彈過。
且住。我看將起來。若不是無意而來。不免拈詞幾[illegible]
寫在花箋之上。仍舊包了。那絨兒投送與他。他自[illegible]
開看。那時且看他怎生一箇模樣。作想寫讀介有[illegible]
不繫姚家樊。笑向船窗墜人面。而却有時乾。心從何[illegible]
日寒。且罷花枝繡。綴我羅衣袖。當取御溝楓。牽我羣
幪紅。右調菩薩蠻。不免包將起來。放心投過去。惜他
怎的。立椅上投介旦驚拾介看介這是那箇。吁介淩

波。凌波（小旦上）小姐我在那裡煎茶。叫我怎麼。（前腔）（旦）問凌波這是誰一箇鶯。忽地來尋禍。（小旦）打將開看。什麼東西（旦）不消解他。（小旦）這箇何妨。待凌波解開來。（解看介）小姐。你道什麼東西。就是小姐的殘線頭兒。（旦）拿來我看。（小旦付旦看介）（旦）還有幾行字在此。（念笑介）他意兒錯。認作多情。依舊來還我。凌波你把窗兒且閉着。你把窗兒且閉着。（小旦作關窗介）小姐在窗隙裡看他。看是什麼一箇模樣。（旦）無情看怎麼。這喬才真箇是色膽天來大。

小旦作偷看介 小姐。我看他是一箇讀書的人人物
到也生得標致。旦 休要閑說收拾到裡倉去罷。小旦
瞧得 旦 緊摩船窗五尺紗。莫教心事等閑斜 小旦 落
花有意隨流水。流水無情戀落花。同下 生看介 旦作。
怎麼把窗兒緊閉了。是什麼意思 小旦 復上 小姐既
進去了。把窗兒仍舊開了罷。見生作指抹鼻介 老生。
我明日送杯苦茶來你喫 急下 生 方纔這妮子。說些
什麼。我一些也不懂。若是他鄉語。我那裡知道。諒他
有箇好意到我也未見得。趙哥哥未回。不免在此再

坐一回。

普天樂怕上林春認不得墻花朶。枉勞神在此空眺閣。我仔細思想起來。若是有這箇緣法。今年一定也中了。功名尚然不能勾到手。怎麼有這箇造化。想他也是枉然了。嘆杏花枝無緣到我。怎能勾身近姮娥我欲待不想。怎禁得心兒裡又動將起來。本待要把此情斷割。又難禁急煎煎燒得心如火。倘若得一舉登科。方好去央媒撮合。那其間怕不許我東床臥。

鏡裡花枝火裡蓮　只堪取影不堪憐

那能學取西江月　翻有屈波到廬圖

躍鯉記

詰妻

（旦上）命薄遭姑棄見孤失所依夫君惟順母不辨是和非奴家龐氏不幸被婆婆趕逐寄住隣姑家內昨央隣姑看取婆婆病體聞說愛喫江魚奴家替人績麻撚苧換得一尾江魚爭奈廚下無柴不免前到蘆林之中檢些蘆柴煮碗魚羹與婆婆喫也盡奴家一點孝心（走介）

（古普賢）蘆林驚起鴈鵝飛只爲無柴到這裡檢取那

一枝拾取這一枝。〔看介〕呀。誰到此。休步入。遠觀一漢子。好似姜郎模樣兒。

遠見一人來了。好似姜郎。不免閃過一傍。待他到來。把日前之事。問他一聲。有何不可。〔虛下〕

〔前腔〕〔生上〕娘親有病少良醫。問卜求神到這裡。轉過了小溪。行過了柳堤。〔看介〕呀。遠觀一婦人。手抱蘆柴他慌無措置。好似三娘麗氏妻。

那壁廂似三娘。我過去。他必然攔阻。我有道理。把扇子遮臉而行便了。〔走介〕〔旦〕姜郎。那裡去。這等走得快。

生有事去得慌。旦夫妻家。相叫一聲。何妨。生揖旦。婆

婆病體如何。生這是我的母親。你問他怎的。旦便是

你母親。也是我婆婆。難道問不得一聲。生病體依舊。

旦安安可好麼。生書館讀書。旦你呢。生我一身在此。

何消問得。旦今日蘆林相見。也是天教相逢。請問你。

婆婆為甚將奴趕出。生怎麼你到今日。還問婆婆為

甚將你趕出。你有三不孝大罪。所以將你趕出。旦那

三不孝。生一不孝。私買衣穿。旦二不孝。生二不孝。私

造飲食。旦三不孝。生三不孝。後園搭起三層高臺。焚

香兒罵婆婆。早死早滅。所以將你趕出（旦）一不孝。私買衣穿。何人知見。（生）你買好的衣服。穿在裏面。外面穿些舊衣。瞞過婆婆一雙眼。就是了。何人知見。（旦）這也奴家甘認了。（生）怕你不認。（旦）二不孝。私造飲食。何人知見。（生）你把好的東西在房裡喫。那箇知見。（旦）安安常在房中。難道不見。（生）安安是箇小孩了。你多把他些喫。他就不說了。（旦）你今回去。手執板子。把安安打幾下。他自然說出來了。（生）說得是你背地裡喫了東西。到教我打兒子麽。（旦）這也奴家甘認了。（生）怕你

不認。（旦）我只把三層臺子盤你。你家後園墻有多少
高。（生）有五尺高。（旦）三層臺呢。（生）搭起來有八九尺高
（旦）臺既高似墻。墻外豈無一人看見。（生）這是婆婆親
眼見的。（旦）既是婆婆親眼見的。何不當時一把拿住。
叫安安到書館中。接你回來。那時三面說破。莫說將
奴提出。便問成一箇死罪。我也甘認了。（生）這由你分
解了。婆婆病體沉重。要一戶江水喫。你自早至晚。沒
有半碗水回來與他。可不是抵觸婆婆麼。（旦）姜郎。你
不說起江水便罷。若說起江水。好苦那。（生）取江水。又

你要錢買。有甚好苦。旦那日奴家到江邊。遇着風狂浪大。水桶漂流。衣衫盡濕。若没有白鬚公公相救。莫說一箇妻子。就是十箇妻子。也不能勾見你了。生我在江邊走了半世。從不曾見箇白鬚公公。你去得一時。就有箇白鬚公公來救。那箇信你。旦你不信。同去江邊問來。生你有這等閑工夫。我没有這等閑工夫。

降黄龍旦自適君家。侍奉箕箒。並無差池。不奉婆婆見逐。望姜郎相勸。休將奴棄。生要我相勸。今世料難。旦我想被逐之時。一街兩岸人。都説這是姜秀才的妻子。此時聽得此言呵。聽兒。只得含羞忍耻。念奴家上無親。下無依倚（生）既無依倚。何不回娘家去罷（旦）豈不曉娘家可去。曾記當初遣嫁之時。爹娘囑付。兒那。你今到人家去做媳婦。須要孝順公婆。和睦妯娌。敬從丈夫。我今遭此不孝之名。有乖婦道了。縱回歸。有何顏再見得江東父老兄弟。

（前腔生）不知姜氏門楣（旦）把妻子趕了出來。還說什麼門楣（生）我既讀孔聖之書。怎違親意。（旦）瞞過婆婆。娶奴回去罷。（生）你要我私妻背母。外人豈不譏笑姜詩是箇忤逆。旦姜郎。你好分緣虧。生非是我分緣虧。
還是你不度己。旦嘆介生謾勞你短嘆長吁。噬臍何
及。
前腔旦傷悲倚靠着誰。念奴家出嫁從夫。怎生離異
生你是不孝之妻。理當離異。旦你須要責人以禮。奴
又不曾犯了七出條律。生你有三不孝。還說不曾犯
七出條律。旦方知婦人家的身已。百般苦樂事。皆由
他人心意。豈不聞公冶長。他在縲絏之中。亦非其罪
前腔生姜詩非是痴迷。旦一箇妻子也留不得。還說

不痴迷。【生】你是箇不孝之妻。理當離異。當日娘親有病。都爲伊家惱亂他的情緒。你回歸別尋一箇夫主

【旦】寧死隣姑家裡。斷不嫁人。【生】隣姑是寡居之婦。你依得隣母一世。前日休書已付你了。自今以後。斬斷竹根。各自生芽。你東我西了。從今後。縱相逢不下馬各自奔着前去。

【去介】【旦扯生介】

【滚遍】妻郎不記得一夜做夫妻。百夜恩情美。夜半無人。枕兒邊私語時。君須記取。君須記取。【生】休來胡纏。

休來胡纏。你是箇買臣妻。覆水如何收得起。傍人見不好看。你須回避。你須回避。

〔丢介〕

前腔〔旦〕君莫負山盟。妾難忘海誓。望君家相勸婆婆。息怒停嗔。娶奴歸家裡。〔跪介〕〔生〕我是箇男子漢。大丈夫。也難屈從妻兒情意。自古道人倫重。孝義堅。難從你。

〔推起介〕

尾聲〔旦〕恩情悄似鹽落水。中道分離各淚垂。好似鐵

捧打開鸞和鳳。何日成雙作隊飛。（旦哭下）（生）且住。他
清晨到此蘆林中。倘或做些醜事出來。可不玷辱了
姜氏門楣。待我叫他轉來。問箇明白。放他回去。三娘
轉來。（旦內應介）不轉來了。（生）你轉來。有好處帶你回
去相見婆婆。（旦上）聽得姜郎叫。使我心歡喜。莫不是
婆回心。夫轉意。娶奴歸家裡。娶奴歸家裡。姜郎回去
罷。（生）還早哩。我問你。又道婦人不可出閨房。你今清
晨。到此蘆林之中何事。若在此做些醜事。自己一身
不打緊。一來壞我姜氏門楣。二來安安長大。也要做

人。切不可如此。切不可如此。(旦)你問我在此何事。我且問你。既婆婆有病在家。你爲甚在此閒行。(生)我爲娘親有病。前往水濂洞問卜求神。在此經過。怎麽閒行。(旦)你來也爲娘親。我來也爲婆婆。(生)你那些爲着婆婆。(旦)昨日央隣姑看取婆婆病體。聞說愛喫江魚。奴家有尾江魚在那裡。爭奈厨下無柴。故到此蘆林。撿些蘆柴回去煮。一碗魚羹與婆婆喫。(生)婆婆將你趕出。你心上還怨恨他。你難道又煮魚羹與他喫。(旦)婆婆將我趕出。是我命該如此。怎敢怨恨婆婆。(生)既是命該如此。不怨恨他。我人問你。江魚是那裡來的。
旦 奴家替人績麻撚苧換來的。生 你說檢柴。柴在那
裡。旦 地面上的都是。生 你一人怎檢得這許多。旦 自
早檢到如今。手被蘆刀割破。姜郎不信。你看手指上
血痕現在。生 看哭介 妻那。你果是箇孝心媳婦。我娘
不知聽信何人讒譖。將你一時趕出。待我回去。勸取
娘親便了。走介 又住介 旦 姜郎。你甚的欲去不去。生
三娘。非是我欲去不去。我想婆婆性拗。料然不聽分
解。此去也是枉然。哭介 旦 這等怎生區處。生 妻。丈夫

今日有句言語。不好說得。（旦）有話何妨。（生）你還到娘家過活罷。（旦）娘家斷然不去。（生）不然。央隣母爲媒。另嫁一人。完了終身也罷。（旦）我生是姜家人。死是姜家鬼。斷不嫁人。（生）你不肯回娘家。又不肯嫁人。丈夫還有一言。只是說不出口。（旦）夫妻家。有事就說何妨。（生）你既終身無靠。尋箇自盡。免我掛懷。妻。（旦）不應介（生）妻。你不答應。敢是捨不得一死。（旦）哭介姜郎。姜郎。奴豈捨不得死。只是我死之後。心下有三不足。（生）那三不足。（旦）人家娶得一房媳婦。指望奉養婆婆。如今婆婆有病。不能奉侍。一不足也。（生）二不足。（旦）人家娶得一房妻子。指望百年諧老。我你半路相抛。二不足也。（生）三不足。（旦）我自從到你家來。止生得安安一點骨血。尚未成人。我死之後。你少不得再娶一房妻子。若娶得賢惠的。安安也不思我親娘了。若娶得不賢惠的。安安要穿不得穿。要喫不得喫。動不動就打。動不動就罵。我死在九泉之下。怎放得安安我那兒。（哭介）這三不足。君須記取。這三不足。君須記取。（生哭介）妻。今日蘆林之中。聽你三不足言語。莫說是人。便是鐵打心腸。也應裂碎。也應裂碎。

【駐雲飛】（凡）的痛殺嬌妻。自恨你生來不遇時。我娘不知聽信何人語。無故將伊棄。嗏。我娘不辨是和非。將人凌逼。今日裡好似混濁池兒。不辨鰱和鯉。你孝敬之心。只有天地知。

【前腔】（旦）憶配君時。母訓閨儀已熟知。怎敢違姑意。怎敢私造衣和食。嗏。婆婆不辨是和非。將奴離異。今日裡相會蘆林。今日裡相會蘆林。纔曉得妻兒意。（生）我急勸娘親不待遲。（旦）你回勸婆婆莫待遲。

（旦）姜郎緣何不認妻（生）娘親言命怎敢違

（合）夫妻本是同林鳥　大限來時各自飛

[illegible]

斷髮記

走雪

（淨丑扮更夫上）長安三尺雪。人道十年豐。我們是東都守城的軍人。今有柳秀才。要到裴府裏成親。送我些酒錢。教我留下城門莫關。待他好往來。今夜遇這大雪。怎麼好。（丑）老哥。已四更鼓了。將城門開在這裏。冷鋪裏睡去。管他。（淨）說得是。大家去睡。（並下）

【步步嬌】（旦走上）婦女宵行羞難顧。急走多顛仆。倉惶喘未蘇。四下裏寥寥。絕無人語。却教我淚如珠。走遍來時路。

前腔【貼上】夜色朦朧如銀霧。城郭重雲護。夜行燭又無。到處裡驚惶寸心無主。賺得我向迷途。此恨堪誰訴。

前腔【老旦上】姑嫂中宵相遁夫。強放金蓮步。行行怯路衢。猛可裡誰知。故家兒女。忽聞得哨聲呼。恐怕遭巡捕。

憶秦娥【老旦】雲垂幙。長安古道風如削。【貼】風如削。彤雲黯淡。六花零落。【老旦】冥冥夜色迷城郭。天寒苦恨衣衫

薄。【旦】衣衫薄不禁熅。淚。嗒偷彈趨。【老旦】來到城邊已
傳四鼓。【旦】喜城門半開。可出矣。【出城介】【老旦】小姐慢
慢走。這雪路崎嶇。不好行。【旦】積雪杳漫漫。雪風吹鬓
寒。在家千日好。出路半朝難。【行介】
漁父第一【旦】是則是路途中蕭索。滿江山六花布繞。
疎林外陰風惡。只聽得戍樓中數聲曉角。撲簌簌吹
落梅花調。翻與人愁添寂寞。遮不得撲頭撲面紛紛
落。滿地瓊瑶人不掃。【老旦】小姐天色漸明。趲行幾步。
【合】我只見灑玉塵。滚銀沙。滿空鸞鶴。頃刻裡青山已

老。（老旦）呀。錯走了路。快轉去。（合）最苦是途迷。故把人擔閣。虛怯怯行來身軟弱。（旦）我受冷兼饑。神衰力少。奶娘。我腹中饑餓。行不得了。怎麼好。（老旦）你昨夜只顧啼哭。不肯喫飯。這是曠野之中。沒計較。（貼）曾聞漢蘇武飡氊嚙雪。可以充饑。此間有冰。你須喫些。（老旦）取冰介（旦）喫介把寒冰口嚼。（吐介）透饑腸痛煞煞轉如刀割。（合）呀。此間又沒路了。那更是溪流凍斷層冰合。野渡無人空自惱。（老旦）這條小河。常有渡船來往。今日凍了。怎生過去。（旦）曾聞漢光武到滹沱。冰堅可渡。我們就在氷上行過去罷。(老旦)且緩着。待我蹅一下看。(做跳介)(驚介)(老旦)沒事。緩步而行。(行)行過(介)戰兢兢臨深履薄。滑喇喇氷兒上難移小脚。(旦跌介)不覺弓鞋跌綻了。(坐介)我猛地裡愁寃渺漠。怎禁受江空野曠無停泊。冒雪衝寒途路遙。爲只爲我爹爹不諒人。逼背窮寃。裴淑英裴淑英顛不得死塡溝壑。(貼)你本欲盡孝情。來承顧托。都變做長吁短嘆愁眉怨貌。悔不盡悔不盡此來差錯。(老旦)奉勸你姑姑嫂嫂又何必啼啼哭哭。把臉兒矇着。我只怕。我只怕傍人知覺。
入賺合歲寒松栢幾曾凋。甘做潚溧一餓莩。冐雪衝
寒。豈憚勞。
老旦前面有條小嶺。大家趲行上去。旦奶娘這裡沒
人。我與姑姑畧坐一坐。老旦小姐。冬天日短。步刻天
晚。林深路黑。怎麼行得。你眞箇惱殺人啊
二犯皂羅袍旦非是我不行坐倒。奈饑寒到此半步
難裁。望介嶺頭一望路迢迢。不由人心下多焦燥。鞋
弓襪小。脚兒怎蹻。躭驚受怕。雪兒又飄。千辛萬苦捱

誰告老旦前面有箇酒店不免把首飾換些東西來

喫旦使不得餓死事小失節事大貼嫂嫂言之有理

合前村裡酒旆搖斷魂從此不須招饑寒際節義牢

節和酒價定誰高

前腔貼我輩幸今節操賴奶娘救護不憚煩勞謾誇

積雪勝瓊瑤妾家那得瓊瑤報老旦老身不打緊只

苦了二位娘子貼膏皆自焚蘭馨自燒貌親家心險悔

香舌巧教人落在他圈套合恨行處獨木橋過時須

挽柳枝條心驚戰氣怎消魂隨流水去滔滔

〔前腔〕〔老旦〕思想相公堪笑。把娘行賺得痛苦無聊。長空裏洒鵝毛。中途姑嫂傷懷抱。冰容雪態。丹青怎描覓裳波襪。孤貞自保。此行真把冰霜傲。〔合〕孤村外。隱白茅。遥隨虎跡度荒郊。人烟少。狐兎驕。婦人到此亦雄豪。

〔内作樵歌聲介〕〔旦驚介〕駐雲飛。驀地颻飄。奶娘。是甚麽人聲〔老旦〕是打柴的唱歌。你慌甚麽〔旦〕呀。我只說是相公使人趕來。聽得歌聲鬧採樵。怨遇人强暴。使我心驚跳。嗟薄命偏逢

遭把咱圍逩。眾口譊譊。半路相要。插翅難逃。怎得開
交。我甘做赴水投崖。姑姑呵。你把誰來靠。（合）猛地思
量珠淚拋。

前腔（貼）數陣狂飈。凍得渾身似水澆。岸火明漁棹。罷
却寒江釣。嵺山路越岩嶢。石門深岫。雪滿林臯。鶴唳
猿號。薄暮靑霄。寂寂寥寥。真箇是地僻人稀。形影空
相弔。（合）冷地思量心下焦。

老旦天色將晚了。

前腔野寺鍾敲。寶剎懸燈照九霄。野鳥棲寒巢。家遠

人難到。嗏。墜雪响芭蕉。亂鴉喧鬧。寒影瀟瀟飛遶林梢。枯樹危巢。絮絮叨叨。怎知道我路遠人愁。偏向愁人噪。【合】暗地思量容鬢消。

【清江引】【合】怹行數里人靜悄。回顧山林杳。誰道我家遥。昏黑應須到。到家時。只須向靈前哭到曉。

【並下】

台系帛　望雲　五十九　數

望雲記

遇妖

（丑上）事不關心。關心者亂。娘娘命我監送。分明使我謀他。只見駕傍一卒。緊行緊隨。慢行慢隨。前衝後突。左遮右攔。故此不能下手。我想他困守房州。乃囊中之物。甕中之鼈。不必急他。今晚且暫在驛中安歇一宵。明日回朝復命便了。正是漏聲纔到枕。月影又移花。（內起更介）（旦上）晝角動譙樓。透壁燈光影未收。鈎挂蝦鬚簾不捲。優游。人倚金峰十二樓。奴家非別。乃花月之妖。素娥者便是。上帝命我戲弄三思耗他精神。灰他心志。使他不能成其大事。來此已是驛中。不免假說商人之婦。隔窻挑引則箇。正是紅葉休題句。淸喉可當媒。

〔兩頭蠻〕一更裡敲。一更裡敲。風送鐘聲出曉樵。節殘粧斜把熏籠靠。想起初交。想起初交。兩意相投漆與膠。戲鈎魚把我肝腸釣。戲鈎魚把我肝腸釣。

〔黑夜了〕〔丑〕這非是蓬壺瑤島聽簫音起鳳騰蛟。頓令人蒐暗消。雖未覩如花貌。語句兒辨出多嬌。何不抱却琵琶。逢人別去調。也强似擔煩受惱。也强似擔煩受惱。

兩頭蠻【旦】二更裡敲。二更裡敲。花影橫窗月轉高。淚珠兒不覺腮邊掉。獨坐無聊。獨坐無聊。步出香閨偷眼瞧。望將穿不見才郎到。望將穿不見才郎到。

黑夜了【丑】向只道天台路杳。知咫尺便是藍橋。恨無絲繫赤條。狠把我鬼靈弔。害相思怎樣開交。似織女臨河。我無由駕鵲橋。不能勾穿針乞巧。不能勾穿針乞巧。

兩頭蠻〈旦〉三更裡敲。三更裡敲。你在誰家醉舞腰趄。
風流別戀人年少。負我良宵。負我良宵夢破簷鈴鐵
馬搖。睡朦朧頻把心肝叫。睡朦朧頻把心肝叫。
黑夜了〈丑〉悄似多情蘇小。訴衷曲動我心苗。是桑間
婦可挑惱殺人縈懷抱舌尖兒勾引風騷。何不擁篲
前來。郵亭宿一宵。儘風月鸞顛鳳倒。儘風月鸞顛鳳
倒。
兩頭蠻〈旦〉四更裡敲。四更裡敲。一下下搥胸苦怎熬。
影陪形止有孤燈照。蚤口如刀客口如刀。賺我河邊

拆了橋全不顧却被傍人笑全不顧却被傍人笑。

黑夜丫（丑）你那裡憂心悄悄。俺這裡意攘神勞。好教人空打熬。不住口頻頻叫。綻破了一點櫻桃。你若抱璞藏珠。終身沒下稍。勸你回頭須早。勸你回頭須早。

兩頭鐙（旦）五更裡敲。五更裡敲。跡似楊花撒野飄。說山盟瞞不過靈神廟。和你開交。和你開交。狠性丟人人始拋。再不信你這虛圈套。再不信你這虛圈套。

黑夜丫（丑）數點殘星破曉。未黎明穴隙難瞧。恨春深鎖二喬。坐待旦心焦躁。透骨髓心痒難搔。可憐妝綫當年。形孤賦雉朝。願厮守同諧到老願厮守同諧到老。

清江引旦五更敲罷天將曉脩竹啼棲鳥風飄繡帶輕。露漬金蓮小。我一靈兒被他勾去了。

丑天已明了。開門看來。見介旦跪介丑你這婦人。好不達理。我駿馬勞頓。在此安息。你絮絮叨叨。攪我一夜不睡。是何道理。旦奴家被薄情拋閃。無門控訴。對月長嘆而已。丑擡頭起來。旦擡頭介

江兒水丑呀。一覷如花貌。靈犀似火燒。我要收你。你

肯隨我麼。〔旦〕願隨老爺。〔丑〕姻緣夙世吾曾照。今朝邂
逅卿來到。半推半就伊懷抱。〔旦〕只恐丈夫回來不便。
要去就去了罷。〔丑〕低聲莫使人知道。若漏洩機關反
做了驚蛇打草。
乖乖。你快上馬來。我踹了左右。和你去罷。〔旦〕不會騎
馬〔丑〕抱上馬走介
〔沽美酒〕坐雕鞍身戰搖。坐雕鞍身戰搖。賽昭君馬上
嬌。聳動雲鬟壓翠翹。奔文君司馬挑。挈西施范蠡逃。
不想憂愁。番成歡笑。駕羊車西郊瞻眺。共鸞衾南窗

寄傲。俺呵。斷絃琴，續膠可調合。歡杯典餞可邀呀。尭

下陳。寵專房同歡同樂。（下）

四喜記

弄月

花心動【旦】上 翠被生香。被流鶯喚回瑣窗春夢。嬌眼正酣迷醒。雲鬟鬅鬆。繡裙移步金蓮小。愛取花檻橫凭肩峭寒行遍百花芳徑。宿醒未解宫娥報道。別院笙歌會早。試問海棠花。昨夜開多少。妾乃韓夫人是也。喜得百花爛熳。不免喚出小紅翠紅。同到後花園中。賞玩一廻。小紅翠紅那裏天下樂〈貼小旦上〉〈貼〉忽聽窗外喚小紅。月痕猶自在簾櫳。〈小旦〉玉人何事驚春夢。知是芳心戀曉叢。〈合〉羅衣寬欲褪瘦怯五更風。

小紅翠紅那頭。〈旦〉起來。〈貼小旦〉小姐。如今天色未明餘寒尚在。喚起我二人。有何使令。〈旦〉喚你二人。別無甚事。如今花園百花開放。和你二人同去遊玩則箇。〈貼小旦〉小姐。正是青春易過。佳景難逢。請先行。我二人隨後。

如夢令〈旦〉門外東風何早。昨夜海棠開了。料峭五更寒。人倚闌干清曉。鴉噪鴉噪。怕問落花多少。

蜂蝶紛紛鬧曉風。惜花春起看芳叢。誰家酒散笙歌
罷。[illegible]閣羅幃睡正濃。
二犯朝天子繡閣羅幃睡正濃。悄悄春寒透夢初醒。
貼 小姐。那枝頭鳥兒再得好。旦 綠楊枝上亂啼鶯。忽
聽得賣花聲。忽聽得賣花聲。被他毎喚起春情把芳
心早驚。小旦 小姐。那花開得鮮艷。旦 見花枝笑臉相
迎。貼 小姐。前面雨來了。旦 到牡丹亭上躲一會。旦 看
催花雨晴把六曲闌干凭門掩花陰靜從倚遍牡丹
亭。從倚遍牡丹亭。緩步穿芳徑。貼 小姐。這大風然的

輕狂（旦）曉風輕曉風輕教奴鸞鏡蛾眉畫不成。

小旦 小姐。那花紅得好。待我摘取一枝過來。（如夢令）

（旦）花覆鞦韆影裡。翠袖雕闌斜倚。纖手採花枝。斜落

一天紅雨花氣花氣。薰透滿身羅綺。曉起看花幽徑。

行南閣二月雨初晴鶯聲喚起尋芳徑。鸞鏡蛾眉畫

不成

（前腔）鸞鏡蛾眉畫不成。手撚花枝豔罷曉妝。（貼）小姐。

你的繡羅裳也香了。（旦）小紅。正是花香襲繡衣。百花

薰透繡羅裳春晝長。（貼）小姐。你看那鶯燕。都飛來在

粉墻上。（旦）只見紫燕黃鸝飛來。在粉墻花前翠袖飄揚。（貼）小姐。你看這海棠花。與荼䕷花。真開得好。（旦）愛只愛荼䕷共海棠。花壓闌干上。羅帶風中颺。行步步綺羅香。行步步綺羅香。（貼）小姐。你看那蜂蝶逐人飛。（旦）粉蝶相親傍。引蜂狂。引蜂狂。笑他閑逐東風為甚忙。

（小旦）小姐。天色已晚。月兒又上來呵。如夢令（旦）深院月明清影。露下瑤池風冷。斗轉與參橫。人在梧桐金井。夜靜夜靜。坐愛不知更永。花下歸來香滿衣。多情猶自戀花枝。忽看月掛梧桐上。庭院沉沉玉漏遲。
前腔庭院沉沉玉漏遲。（貼）小姐。看那月兒圓得好。（旦）
碧海冰輪上。月正圓。畫闌斜倚對嬋娟。晚妝殘。（小旦）
小姐。只管在此玩月。忘却去睡。（旦）教奴家貪看清輝。
繡床懶眠。（貼）小姐。夜深了。身上寒冷呵。（旦）夜深玉露
涓涓。透羅衣峭寒。人在瑤臺畔。宿鳥驚初散。畫閣已
更闌。畫閣已更闌。寶鏡臨妝面。轉堪憐。轉堪憐。教奴
家坐對梧桐樹影偏。
翠紅。你把金盆盛些水來。（小旦）水在此。（如夢令）（旦）寶

月碧空纔展。玉手金盆新盥。孤影落清波。手把廣寒

團轉。休嘆休嘆。人與姮娥不遠。花正芳菲月正圓。人

間天上兩嬋娟。貪看碧海飛金鏡。坐對梧桐樹影偏。

【前腔】坐對梧桐樹影偏。露冷瑤堦靜。月正明。小紅。你

兩人擡水架過來。【貼】水架在此。【旦】金盆玉手弄輕盈。

瀉銀瓶。【小旦】呀。小姐金盆內。也有一箇月。【旦】只見孤

影清波。相看有情。桂花玉兎雙清。望依依玉京。仙掌

驪珠迸水。月光相應。小紅。你二人拿定這金盆。待我

把手捉住此月。纖手把廣寒攀。纖手把廣寒攀。【貼】小

姐。月兒走在中間了。〔小旦〕正是水中提月。費盡心機。

〔旦〕轉覺冰輪正漾清濵漾清濵。好似水拍銀盆弄化生。

〔尾聲〕賞花時月半晴陰。玩月樓臺似水清。但願得人月團圓。花枝照眼明。

沉香亭上百花新　燕子樓前玩月明

惟願年年花月好　朱顏綠鬢共青春

阻約

【石榴花】（旦上）聽殘玉漏。展轉動人愁。思量起。竟含羞。適纔月到中庭。如今月又西斜了。傍孤燈捱數更籌。玉簪兒敲斷鳳凰頭。出乖露醜。我想前宵之事。豈是出家人所爲。因見潘郎人才出衆。語句溫存。因此上出乖露醜。這事兒反落了他人後。我想潘郎與我好。比做那件來好。比做園內之花。牆外之蝶。未採其花。眷戀不捨。既採其花。飄然而去。寃家。想昨宵兩約雲期。今番做鳳流鸞愁。

〔前腔〕〔生上〕悄來月下。恨殺那人畱。〔見介〕呀。陳姑。你往常一見小生。歡天喜地。今日歡無半點。愁有千般。爲甚事淚雙流。武陵人抱悶悠悠。夜深沉不餌魚鈎。我心中暗愁。〔旦〕愁什麼。把人丟下就是。〔生〕這話兒好教我猜不透。我在姑娘跟前。千方百計。得到此間。今日所爲何來。實指望楚雨巫雲。怎反做綠慘紅愁。

〔旦〕我想未得之時。如珍似寶。到如今情還未久。便這般丟人、罷罷罷。早些開交。早些開交。

羞顏回從今後從今後。休想那風流。一霎時忽却綢
繆。你來說就來。不來就說不來。哄人怎的。要人怎的。
寃家。歎奴家黃昏獨自。直等得月轉西樓。你本是得
意無情漢。那有真心到我身。當初指望交情好。誰知
好後便忽交將人便丟。那些箇見你情兒厚。打生掌
介生陳姑。非是小生故意來遲。走到半路。却被狠心
姑娘冲見。他強留我同到禪房。他說我一面打坐。你
一面看書。待我入定。方可就寢。因此纔得轉來。非是
故意來遲。望乞陳姑恕罪。旣介旦背介我只道他爲

着甚的而來看他雙膝跪在我的跟前。心下何忍呢看他愁模樣堪愛堪憐。定不是將沒作有。定不是將沒作有。起來罷。（生）陳姑。笑一笑。纔好起來。（旦）我不會笑。（生）陳姑不笑。我一世不起來。（旦）冷笑介（生）自古道冷笑無情。我一發不起來。（旦）多情反被無情惱。為你寃家想殺人。想當初雲雨會陽臺。忍教他雙膝跪塵埃。這還是姑娘心狠。奴家見寃。奴家見寃。待奴家向前去。笑顏開喜盈腮。喜笑顏開。畢竟去。畢竟去攙扶我那寃家你便起來

（扶生起介）

【前腔】（合）一月隔三秋。鴛鴦結牢鎖心頭。新紅一瓣。魂靈兒都被他勾。何曾下口。莫恁了燈下鞋尖瘦。我若是浪蝶狂蜂。須教做裾馬襟牛。

【尾聲】從今莫恁神前咒。今夜裏情難罷手。怎能勾閏一箇更兒。和你相聚久。（摟旦下）

所著錄

負薪記

整威

大齋郎（淨扮張癩子上）白飯餿。一條鰍。無端討箇粉骷髏。一朝花發把人偷。區區出醜。好教拷打做蜒蚰。（內）蜒蚰只怕烏龜。（淨）烏龜呵口氣。蜒蚰就縮退。（內）這等你是烏龜了。（淨）老哥。老哥。你若討了這樣老婆。不怕你不做烏龜哩。（內）承教了。承教了。（淨）咳。小子精悔氣。白日撞邪祟。哄我討老婆。冤家來湊隊。纖毫懶動手。諸般都不會。煑飯像蔴糍。煑粥似鼻涕。替他掇馬子。替他掃房地。若是一些遲。頭皮都扯碎。索性人物好。甘受惡滋味。兩奶像搾袋。兩脚似踏碓。前門跎搭頭。後面鷄冠痔。倭子到城邊。只消他殺退。賽過襄陽砲。夜夜只撒屁。城門都震開。倭子稱千歲。朱家水布襖。我穿沒人替。昨宵正月半。寺裡去遊戲。若論拐婦人。和尚稱爲最。要知山下路。問我過來輩。多分着他手。教我沒處置。着實打他娘。方顯我威勢。在那裡。〔且內應介〕這狗癩。又見鬼了。〔淨磨拳介〕哦。哦。你來須仔細。打你一佛鑽上天。二佛鑽出世。投河不得投。縊死

不得鑑。桂起做一〻索。放下做頭睡。痛痒一齊發。夫綱
纔得濟。我張西橋。站在人前。坐在人上。肐膊上走得
馬。羊山上數一不數二。實是一條好漢子。誰想討了
朱買臣的妻子。我昨日不在家同着一顆歪刺。去各
處寺院裡。問那和尚討茶喫。天那。天那。這和尚是好
惹的。張西橋。張西橋。不道你的老婆。落在這箇圈兒
裡。今日叫他出來。打他一〻千。弔他一年。方顯得做丈
把勢的有殺手裡。婦人那裡。快來。快來。
【前腔】旦上往事休回首沒巴臂難消白晝。一身落泊

水中鷗。（嘆氣介）拋琴換瑟。接木移花。鵲屋藏鳩。（淨）藏鳩藏鳩。打做蚰蜒。（旦）蜒蚰蜒蚰。賞你龜頭。（打淨頭介）（淨）吙。這是我平日引壞了他。待我整起威來。（喝介）吙。（旦）哇。（淨）呵呵。（旦）啊啊。（淨）阿也。阿也。你做婦人家。要曉閨門規矩。那許你胡行亂走。作歹爲非。（旦）啐。平白尋死的狗癩。你青天白日。撞見落水殤亾了。請箇有法的道士。來祛遣祛遣。纔好。（淨）沒髮的和尚。好如有髮的道士哩。（旦）這怎麽說。（淨）你昨夜去看燈。尋那箇和尚。去做上門買賣。好好招出眞情。我到替你隱瞞做箇開眼烏龜。你若遮掩不說。我要冲撞了。莫怪。莫怪。

旦 呸。可惜你娘。不幹這樣營生。便幹這樣事。怕你阻擋了不成。

淨 阿約。阿約。氣死我也。

旦 氣死了。又去嫁一箇好的。

淨 罷了。罷了。

金落索 投胎做女流。只把閨門守。你被那箇主兒誤了。這分人家姓張。

旦 曉得。你是張瘋子。

淨 不比朱家。任你沿街走。

旦 這遭老娘走一走。你看看。

淨 你看。你看。無端闖寺門。惹光頭。惹那光頭了不休。

旦 你那曉得。

淨 和尚叫做色中餓鬼。色中餓鬼妝喬擺。這樣主

兒。尚且不放清過。懸下粗臂也上鈎鈎。方纔市上回
來。人都道。（旦）道什麼來。（淨）你同和尚織絲絲紬。（旦）織絲
紬。怎麼說。（淨）你想一想。（旦）我想不來。（淨）說你是一張
機子。（旦）啐。你家娘。你家姑姑嫂嫂。姐姐妹妹。到同和
尚去織絲紬。（淨）鎮日裡撲粉搽油。招主顧人前扭。

前腔（旦）你腌臢臭蠢牛。（淨）匾匾到是香的。和尚有些
光棍氣哩。聞一聞看。（旦）夾着黃牙口。（淨）阿約。阿約。（旦）
不要不識高低。（淨）曉得高的是牌樓。低的是糞窖。（旦）
野鳥文禽。自是原非偶。（淨）遲了。遲了。（旦）狗癩。你養漢

老婆不過。那箇教你來粘手。【净】也不曾凍餓你來。【旦】終朝筭米數較柴頭。養不過長裙及早休。【净】到叫我早休。【旦】天那。指望有箇出頭的日子。脫離虎口中豹尾。撇却窮酸又撞死囚。【净】唉。好罵哩。【旦】咳。左右想不出好來了。不如死。一雙眼合在荒坵。【净】死不成哩。【旦】又沒箇兒女牽攬。天那。怎生禁得惡僝僽。（揜面哭介）净弔介【旦】阿也。不好了。【净】不好了。請你喫箇鯽魚湯。【旦】反了。反了。隣比人家。救我性命。【净】隣比人家。那管閑事。【旦】地方。地方。張癩子打死人。【净】你看你看。還要無狀。（又打介）今日要你認得張西橋哩。（又打介）（旦）狗癩。放我下來。（淨）不要說是箇綿軟婦人。那鐵硬的石頭。逢着我老張這雙辣手。都變做荳腐一般了。這番罵狗癩不罵了。（旦）還要罵。（淨又打介）

節節高憑他硬石頭。造牌樓兩傍獅子咱鑿就。誰能彀滾繡毬。張開口。兩條螭虎如龍鬬。百般花草如針繡。（合）打你婆娘嘴婁搜不愁搗杵不歸臼。

前腔（旦）將奴性命畱。再三求。（淨）這番何如。（旦）從今不敢先發咒。（淨）做什麼。（旦）為會鬬。（淨）怎麼待我。（旦）兩意投親算篇。（淨）曉得手段了麼。（旦）這番利害都識透。（淨）夜來怎麼。（旦）上牀不敢輕唱嗽。（淨）又打介（合前）（旦）張西橋饒我性命罷。（淨）認得張西橋了麼。（旦）認得了。（淨）不許叫張西橋。（旦）要叫什麼。（淨）叫親丈夫。（旦）親丈夫。（淨）要叫親親親丈夫。親哥哥。（旦）親親丈夫。親哥哥。

（尾聲）親哥哥穩便休閃手。（淨）且放下來。（旦）做死介（淨）死了麼。叫擒瑪蝗背去燒了。（旦）阿喲。打得我皮開綻肉。（淨）有殺手麼。（旦）哭介我那朱買臣那。（淨）罷了。罷了。今夜三箇做頭睡了。（旦）悔殺我半世和他作對頭。

〔淨〕你想前夫好處。我後夫只是打哩。〔旦〕便饒我罷。〔淨〕我親親老婆。再不打你了。若再打你。手上生箇西瓜大的疔瘡。〔旦〕我走不得了。〔淨扶介〕自今以後。我和你如魚似水。夫唱婦隨。你不可罵我。我不可打你。快快活活過了千年。又作區處。你且進去了。〔旦哭淨扶介〕恩愛兩夫妻。〔旦〕傷心不覺悲。〔淨〕如今曉得了。〔旦〕早知燈是火。〔淨〕飯熟已多時。你走不得。抱你牀上去罷。〔抱旦下〕

登科記

試節

桃花浪生上春日融和。撚指如梭。賞芳辰正好吟哦。留心討論。奮志磋磨。一寸光陰休錯。

爲學如登萬仞山。層崖須用小心攀。前途儘有無窮趣。只在功夫不斷間。今日與衆朋友遊翫耽閣。不免挑燈。讀一會便了。

駐馬聽陋巷規模。樂道安貧吾所欲。每加工夫百倍。朝耕二典。暮耨三謨。一朝貨與帝王都。却不道書中自有黃金屋。〔合〕着意磋磨。光陰瞬息休虛過。

〔前腔〕白飯香蔬。淡食其中滋味多。每對青燈黃卷。〔合〕

晚可憐。只見雙吐金蓮。想是預報我連科。一朝榮膺

享天祿。却不道書中自有千鍾粟。〔合前〕

〔睡介〕〔魁星舞驚介〕

〔前腔〕獨坐吟哦。呀。我只道是妖魔鬼怪。原來是踢斗

魁星來映吾。只見光輝燦爛。助我神思揚我文波。一

朝僥倖呵。堂堂後擁與前呼。却不道書中車馬多如

簇。〔合前〕

被魁星耀滅孤燈。無光可讀。

〔前腔〕影隻形孤。又有明月穿窓來伴吾。如此高興處月恍疑似登臨月殿。手攀丹桂。身近嫦娥。一朝榮居相府結絲蘿。却不道書中有女顏如玉。〔合前〕

〔旦扮金精上〕麗水生來色燦然。雙南價重世相傳。八卦位居乾兊地。五行數內我居先。奴非別者。黄菊金精是也。塵埋數載。未得出現人間。天庭見賞。禹鈞陰隲浩大。注他五子富貴。教奴試他長子竇儀。果德行渾全。賜他一品當朝。今凝變成形。投來書院。倘問姓

乔。奴是金精。拆名朱青。有千金。渾爲千金小姐。〔見生
介〕〔生〕呀。夜靜更深。小娘子因甚到此。
隔黃龍〔旦〕迷失桃源。奴只因難覓天台。蓬萊仙苑求
此荒郊曠野。沒箇綠户、朱門。都是花街柳岸。〔生〕何不
投宿酒店〔旦〕難言。汗顏腼腆。到如今四顧無門。没奈
何只得强投書院。望矜憐積德施恩。願君去贅頭獨
占。〔生〕聽言。嘗聞聖賢。男女授受不親。理當別遠。〔旦〕豈
不聞柳下惠之事乎。〔生〕須效魯男子閉户不納。不學
柳下惠坐懷不亂。〔旦〕可效顏叔秉燭。〔生〕更闌燭盡燈

殘。怎如魯顏叔。秉燭天明。漢雲長接光待旦。早回旋。
我本是美玉無瑕。怎受青蠅之玷。【旦】幸然天假良緣。
月白風清。斗明星爍。乞留一宵。無可報荅。朱顏委謝
望君家美目青盼。【生】避嫌瓜田李園。【旦】那是日間。如
今黑夜。何人知道。【生】豈不聞天知地知。你知我知。念
甲人二畏存心。四知常念。勸你早回旋。我本是美玉
無瑕。怎受青蠅之玷。
【旦】既來之。則安之。況今黑夜。雖無燈燭交輝。可
啄木兒。幸有風和。盪月正圓。風月情懷非偶然。古云。

客至罷琴書。我與你對清風，弄瑟調琴，臨皓月，跨鳳乘鸞。（生）小娘子，有弄玉文君之思，念小生非蕭史相如之輩。請早回，莫使玉簫聲斷，行雲散，念卑人難允相如念。（合）自古佳人遠別嫌。

（旦）驟夜投奔，四顧無門，幸遇君家呵

（前腔）正是天意緣，人意堅，天意人情渾兩全。不敢求百歲千飛，只願效銀河七夕之交，賜玉樓一夜之歡。

（生）我非牛郎之輩，此非銀河之所，織女枉自停針線。儻爲鸞鳳豈爲鴛鴦伴。（合前）

〔生〕你是何方女子。姓甚名誰。貪夜投奔書齋。出言無
狀。〔旦〕奴家姓金。雙名米青。號爲千金小姐。若論本事。
針指工夫。詩詞歌賦。無不通曉。〔生〕女工是你本等。就
把詩詞歌賦。盤你一盤。〔旦〕不棄。就將扇爲題。聯詞一
曲。玉骨冰肌孰不奇。形也相宜。體也相宜。清風明月
兩依稀。動也相隨。靜也相隨。〔付扇與生介〕〔生答介〕素
紈空自出天奇。動由吾兮。靜由吾兮。乘風步月入秋
闈。歡樂仙姬。冷落仙姬。〔還扇介〕〔旦〕還是早。決要成對。請
莫推辭。〔生〕月明星稀。今晚斷然不雨。〔旦〕天寒地凍。此

宵必定成雙（生）決不成。（旦）待奴也出一對。子女並肩偶合人間之婦。（生不荅介）（旦）君子好差。伊出對。我就對。我出對。伊不荅。何也。（生）你有心對我。我無心對你。（旦）旣不荅對。奴有白扇一柄。浼君與我寫詩一律。（生）這箇通得（旦）這詩不可直寫。要首尾相聯。式如明月團圓之象（吟詩介）吟客遊時芳草碧。碧荷香處賞舟停。停盃且染霜毫筆。筆凍呵來遣興吟。（生寫詩介）鏵鍬兒（旦）豈不聞詩詠雎鳩。君子好逑。奴本是玉葉金枝。休猜做殘花敗柳人家婚娶呵。還要封羊奠鴈求媒媾。我今做了。銜玉求售。我與你雙雙一對呵好。似魚比目蓮並頭。君子。如今由不得你了。事到頭來不自由。正是樹欲靜風不肯休。【生】說那裡話。我堅白守。磨涅無由。誰知我至誠至德無聲無臭。我是禹門浪裡錦鰲頭。你緣木怎求。小娘子。休錯了念頭。吾非張敞筆。何郎手。空自沒來由。讀書人。反面無情勸你休則索罷休。【旦】君子聽剖。奴今出乖弄醜。那箇不知我到此。玉石難分。薰蕕相扭。說下斷頭話。若是赤繩繫足不成就。決要去白練套頭。那時節難免池魚怨。

林木憂則怕事到頭來不自由。你欲休那人不與你干休。（生）語言不投激得我怒冲牛斗。你去不肯去。只恐反做了月缺花殘珠沉玉碎。（旦）你到約我前來。（生）咄有何憑據。又無紅葉題詩逐御溝。何爲引誘。我這仲舒堂。休作何氏樓。莫待事到頭來不自由。得好休則索早休。

（寄生草）（旦）君子你旣不是引誘我何故與我聯詩句。臨風月鼓琵琶琴。（生）有何憑據。（旦）你只道調情答對無憑信。扇面上詩是伊親筆証。私休則可到官啊。任你

儀通口舌難分辨到不如上和下睦兩同諧婦隨夫
唱相厮稱。
前腔〔生〕任你賣弄丰情性難動我鐵石心。你那禰嬌
鶯雛鳳相調引。俺這裡心猿意馬牢拴定。勸你收拾
閑丰韻。也不是青年秀士親筆証。還是你紅顏女子
多薄命。
〔旦〕背介看此人女色不動。錢財不苟取。不免指破他
前程大事。不日洞房花燭。君子既不肯諧親事。望受
此扇。留為後驗。

餘文此扇呵雖非五明七寶聲價亦無九華六角文崇聯與蔽那元規塵頗有奉揚仁風。但君前程事業。只此素紈詩句中。來時呵只道有緣千里能相會。到做了無緣對面不相逢

閃火光下生呀。一閃火入地。不免鑿地。看是何物原來是窖黃金。非義之財。不可苟取。那女子道姓金。名米青。分明是箇金精二字。看扇介就是廻文詩句。一面上寫着君問前程。左右狀元。位至三公。乾德四年乾德。乃西蜀王衍之年號也。一時難解其意。且由他

窓前勤讀夜更深　忽見魁星燦爛明

猶有素娥相問荅　誰知今夜值千金

ISBN 978-7-5010-7426-6

定價：300.00圓（全二册）

奎文萃珍

怡春錦曲

上册

［明］冲和居士 選編

文物出版社

圖書在版編目（CIP）數據

怡春錦曲 / (明) 冲和居士選編. -- 北京 : 文物出版社, 2022.7
（奎文萃珍 / 鄧占平主編）
ISBN 978-7-5010-7426-6

Ⅰ. ①怡… Ⅱ. ①冲… Ⅲ. ①昆山腔 - 折子戲 - 作品集 - 中國 - 明代 Ⅳ. ①I236.53

中國版本圖書館CIP數據核字(2022)第017894號

奎文萃珍

怡春錦曲 〔明〕冲和居士 選編

主　　編：鄧占平
策　　劃：尚論聰　楊麗麗
責任編輯：李子裔
責任印製：蘇　林

出版發行：文物出版社
社　　址：北京市東直門内北小街2號樓
郵　　編：100007
網　　址：http://www.wenwu.com
郵　　箱：web@wenwu.com
經　　銷：新華書店
印　　刷：藝堂印刷（天津）有限公司
開　　本：710mm × 1000mm　1/16
印　　張：59.5
版　　次：2022年7月第1版
印　　次：2022年7月第1次印刷
書　　號：ISBN 978-7-5010-7426-6
定　　價：300.00圓（全二册）

序言

《怡春錦曲》，全名《新鐫出像點板怡春錦曲》，六集，明冲和居士選編，明末刻本。

此書爲明代傳奇散出及散曲選本。據王重民《中國善本書提要》所説，此書原名《纏頭百練》，《怡春錦曲》乃後來鏟改。書前有空觀子《纏頭百練序》，引俗語云『千金買一笑，不惜錦纏頭』，書名即取自于此。序又云：『冲和居士，别號曲痴子。殊非知音者，往往興意所鐘，偏痴歌曲。……風朝采一調，月夕載一音。敲字于花欄，譜宫于酒榭。游今昔人，一宫一商，情辭猋麗中，竟爾忘死。』是其人真痴謎于曲者。《怡春錦曲》即收録其所作《西廂餘韵》套曲（題『曲痴子』）。冲和居士又號清溪道人，瓠落生《纏頭百練二集引》有云：『清溪道人素爲著作手，更邃于學，先我有心，嘗簡拔名曲爲《纏頭百練》，已自紙貴，今復精遴爲選之二。』

《怡春錦曲》按儒家『六藝』即禮、樂、射、御、書、數分爲六集。這六部分的分類標準不統一，或以内容分，或以作者身份、名望分，或以南北曲分，或以昆弋聲腔分。首集爲幽期寫照禮集，録《西廂記》《紅梨花記》《紅拂記》等傳奇劇散出十七種十七出（如赴約、佳期、私奔等）；二集爲南音獨步樂集，收《玉玦記》《明珠記》《綉襦記》等南曲傳奇十四種十五出；三集爲名流清劇射集，收《曇花記》《還魂記》《西樓記》等名家傳奇十一種十四出；四集爲絃索母音御集，專收《歌風記》《焚香記》《寶劍記》等傳奇之北曲十三種十五出；六集爲弋陽雅調數集，專收《琵琶記》《荆釵記》《金印記》等弋陽腔劇碼散出十四種十四出。以上均爲傳奇劇曲散出，内有劇碼重複及有目無劇者。五集爲新詞清賞書集，選録了十五位作者的二十五首散套，依次爲陳大（天）升（聲）五首、梁伯龍三首、張伯起（風翼）兩首、劉東升兩首、王漾陂（九思）兩首、杜圻山（子華）兩首、高東嘉一首、王雅宜（寵）一首、楊升庵（慎）一首、沈青門（仕）一首、李日華一首、周逸民一首、文衡山（徵明）一首、鄭虚舟（若庸）一首、曲痴子一首。

全書有插圖十五幅，爲名工洪國良刻。綫條秀勁，刀法精妙，意境深遠。洪國良（約一六一五—一六七〇），徽州（今安徽歙縣）人。曾與項南洲、汪成甫同刻《白雪齋選訂樂府吴騷合編》插圖，又與黄建中、黄汝耀、劉啓先、劉應祖同刻《新刻綉像批評金瓶梅》插圖。此書及續本《纏頭百練二集》插圖爲其獨刻。

《怡春錦曲》又有乾隆重印本，卷前空觀子序署『乾隆五十七年（一七九二）夏之日空觀子漫草』。

編者

二〇二二年四月

纏頭百練序

語曰千金買一笑不惜錦纏頭何費音之至也音律所通曲為最然曲數元猶詩之唐騷楚之辭六朝大約云爾其實元之後麗曲

實多元大樂此調聱牙其妙
者在不工而工今有沖和居
士別號曲癡子殊非知音者
往往與意所鍾偏嗜歌曲還
其不工而工者求其工而工風

朝來一調月夕載一音敲字於花
欄譜宮於酒榭遊令昔人一宮
一商情辭淼麗中竟爾志
死我見其點之又圈之又合之合
有六南與北合令雨昔合麗情

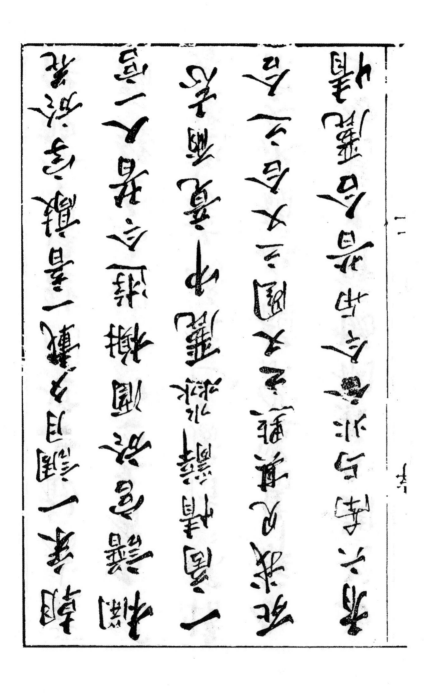

另弋調合若調協辭不雋勿与
合辭雋還求韻永韻永又索
情深深情處色侵嬌艷趣盡春
風不爾又要与合此六合纏頭
歲我勸無世間鍾情人聊供

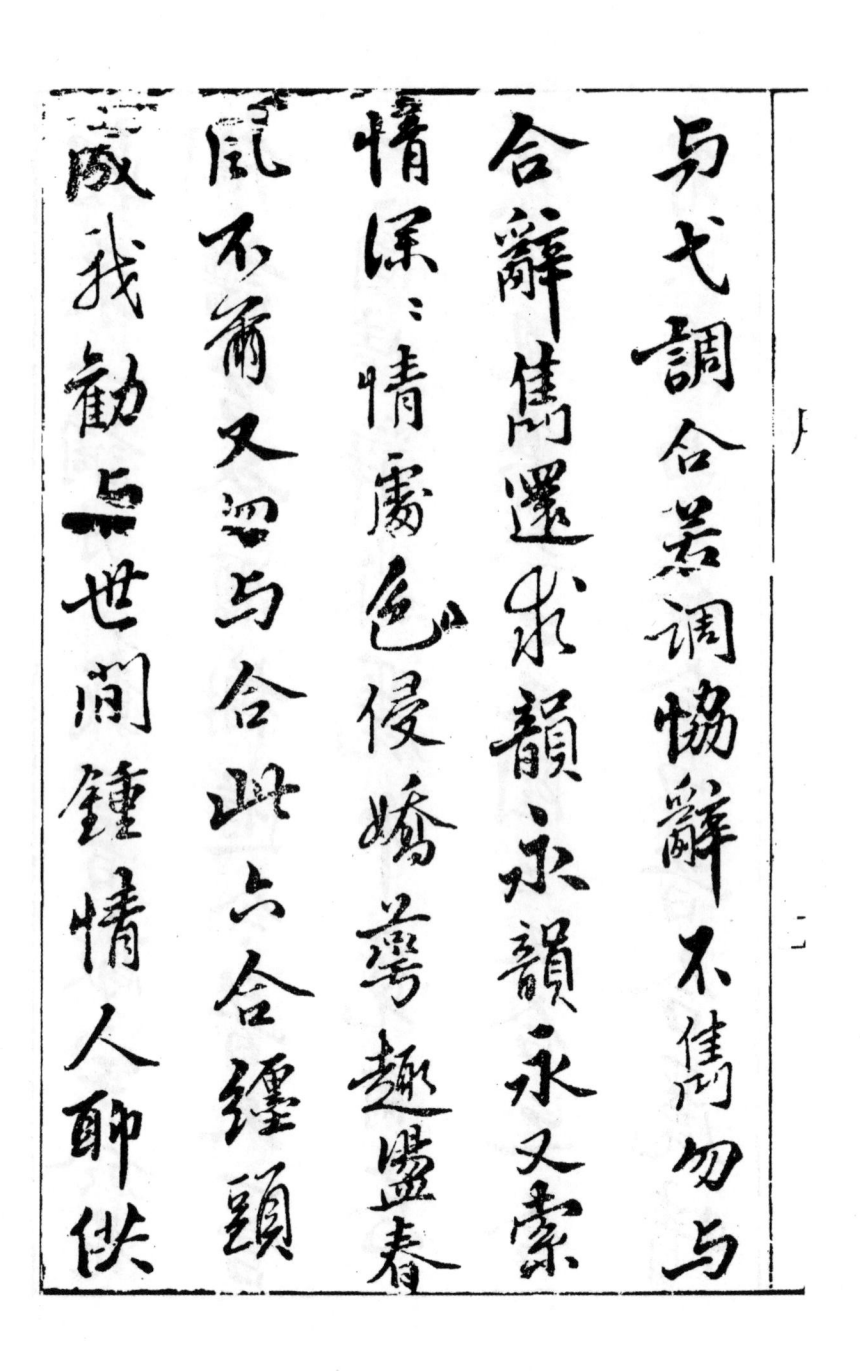

一縷因想作鍾情人無曲作鍾
情人倦合是曲俏情怡神和
一展玩何必不愜遊人之目樂
韻士之襟澈情郎之況千
金一笑在乎是矣便六朝金

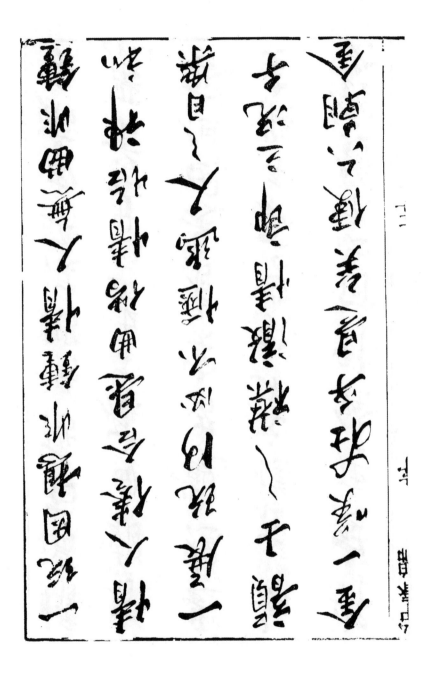

粉楚唐餘叶何必不鏗鏗若
都在僅元季北曲、癡子縱之
是想觀者實有是因但容
有嘲曲、癡子者以其音麗
情瑶而蕩偏嬲浪子曲癡子

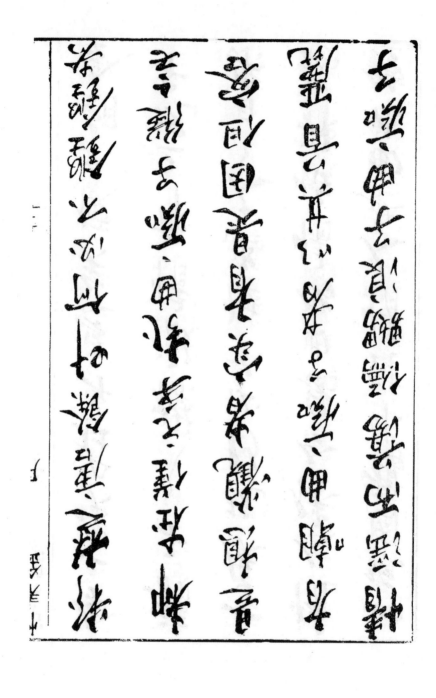

曰桑濮之音爲樂之謳狂童
艷姬三百篇首而不廢亦嬲
浪子否与客相視而哭自命
曲痴洵痴乱若因六合調付
六合春謾握纏頭一屡徘徊

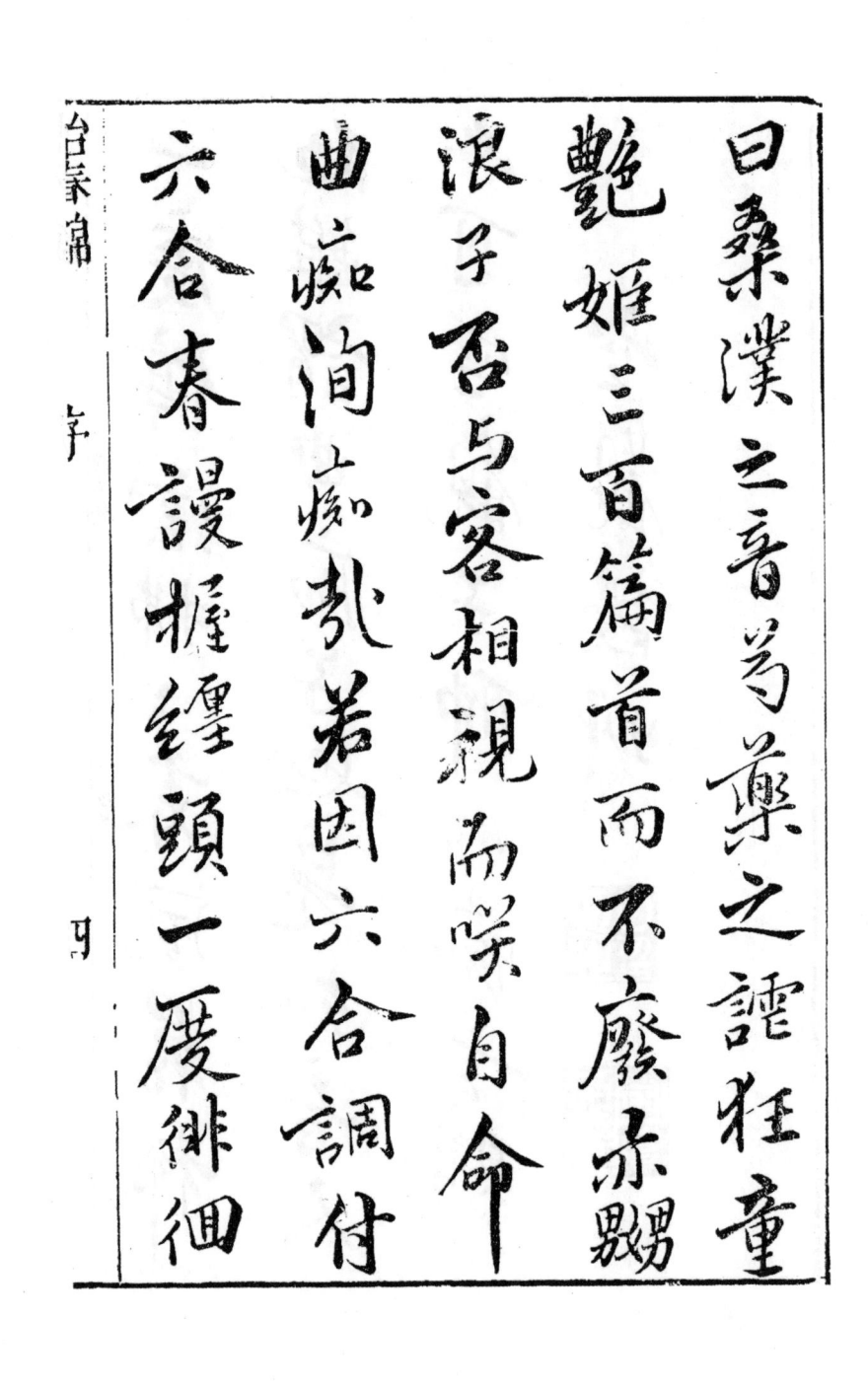

一度停雲拂〻春風花柳

也雖謂曲鄙子也是知音人

亦可空觀子聊 以上鄙言贈

空觀謾艸

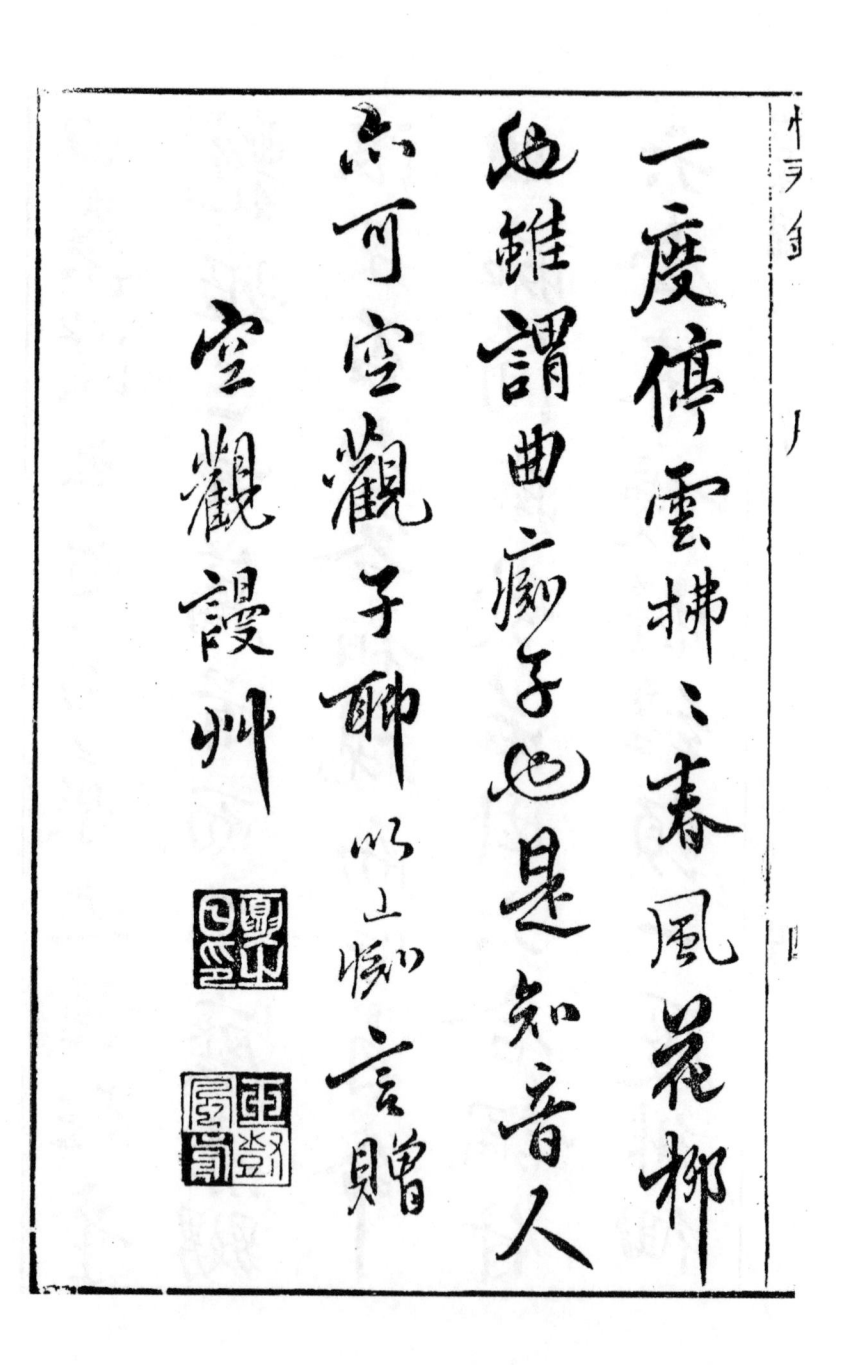

新鐫出像點板怡春錦曲幽期寫照禮集目錄

新鐫出像點板怡春錦曲南音獨步樂集目錄

新鐫出像點板怡春錦曲名流清劇射集目錄

新鐫出像點板怡春錦曲絃索元音御集目錄

新鐫出像點板怡春錦曲 新詞清賞書集目錄

秋歸後　秋景　　相逢久笑　秋懷

天長地久　離恨　　瑣窻人靜　宮怨

隔牆新月　閨怨　　帳掩香消　懷舊

伴孤燈　閨怨　　燈兒下　怨別

側耳聽琴　餘韻

點板怡春錦曲弋陽雅調數集目錄

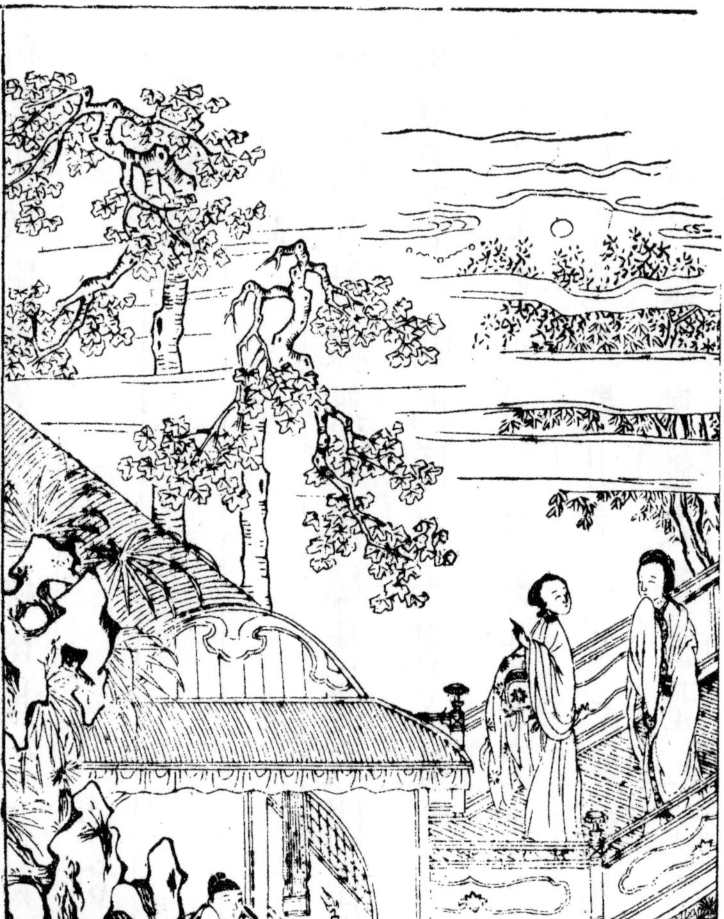

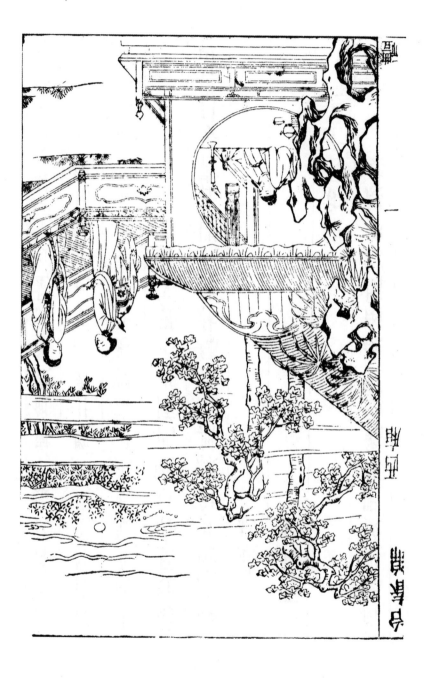

新鐫出像點板纏頭百練幽期寫照禮集

冲和居士選

西廂記

踐約

【臨江僊】（旦）針線無心倚繡牀。那人悶在書房。封書曾約赴高唐。紅輪西墜也。不覺又昏黃。

小庭春寂寞。涼月夜㵾㵾。正是春色惱人眠不得。月移花影上欄杆。昨日着紅娘送緘帖兒。約張生今夜相會。待紅娘來。與他做箇商量。（紅上）着意求不得。有時還自來。小姐着我送簡兒與張生。許他今晚相會。
我只怕小姐又有變更。斷送人性命。非常要處。如今
是時節了。〔旦〕看他怎麼說。〔紅見介〕〔旦〕紅娘。收拾臥房。
我要去睡也。〔紅〕姐姐。你睡了不打緊。怎麼發付那生
〔旦〕說甚麼那生。〔紅〕姐姐你又來了。送了人性命。非當
耍。你若又番更。我去出首與老夫人。你着我將簡帖
兒。約下他來。〔旦〕這小賤人。倒會放刁。羞人搭搭的。叫
我怎麼去。〔紅〕小姐。有甚羞處。到那分際時。只把眼兒
閉了便罷。看你

祝英臺〔紅〕玉精神、花模樣、看他無倒斷、思量一片志

誠、今日方知、兩下裡赴約高唐、只爲他竊玉偷香、勾

引得春心飄蕩、料裏王先在陽臺之上、

〔旦作難介〕紅娘。雖然如此。實是懶去。〔紅推旦介〕待我

携了衾枕。去去去。老夫人睡了也。〔旦走介〕〔紅〕俺姐姐

語言雖是强。脚步早先行。〔同下〕

供養引〔生〕竚立閑堦、夜深香靄橫金界、瀟洒書齋、悶

殺讀書客、

書當快意讀易盡。客有可人期不來。小姐着紅娘。送

求緘帖兒。說今晚成事。這時候不見來。敢又是謊了。正是人間良夜靜不靜。天上美人來不來。

臨鏡序（生）彩雲開、月明如、水浸樓臺。風弄竹聲、只道是金珮響、月移花影、疑是玉人來。意孜孜雙業眼急、攘攘那情懷、倚定門兒、待只索要呆打孩、青鸞黃犬信音乖、

小生一日十二箇時辰。無一刻放下小姐。你那裡知道呵。

前腔（生）昏昏情思眼慵開、夢魂飛入楚陽臺、早知道

無明無夜因他害想當初不如不遇傾城色小姐這早晚還不見來。夫人行料應難離側多管是寃家有些不自在小姐若這一遭不來呵。安排害准備擡舁鄉身強把茶湯攧

（紅）抱衾枕同旦上姐姐。你在這裡站着。待我敲門。張先生。開門。開門。（生）是誰。（紅）是你家前世娘（生）小姐來了麼。（紅）又不得來。（生）若不來。你就替替。（紅）張先生。放尊重些。休得驚了小姐。且接了衾枕進去。（生接介）是。不敢。（紅）張先生看你如何謝我。（生）小生一言難盡。惟

天可表。當效犬馬之報。【生見旦跪接介】張珙有何德能。敢勞神僊下降。【旦】請起來。

羅香令【生】先前見責、誰承望今宵歡愛、看小姐這般畱心、我張珙合當跪拜、【生跪旦扶起介】【生】小生又無潘安貌、子建才、【生回看旦介】覷着可憎模樣、不勝感戴、小姐只是可憐見我是孤身客、

前腔【旦】我見你多愁多害、其實難捱、只因你廢寢忘飧、可憐你十分不快、【紅】虧你真心耐志誠、捱小姐的心迴意轉、張先生你否極泰來、這其間、畱得形骸在、

生跪介謝小姐不棄張珙。今夜得就枕席。異日當思報效。不敢有忘。旦妾千金之軀。一旦棄之。此身托于君子。勿以他日見棄。使妾有白頭之嘆。生小生焉敢如此。紅你兩人進去睡罷。我去看老夫人。醒也未醒。生旦携手介雙雙携素手。款款入書齋。下紅吊白你看張生好歹。他兩箇公然進去了。竟不理着紅娘。教我悶殺人也。正是窗前獨步誰爲伴。謾自支頤恨咬牙。我想他兩人啊。

十二紅紅小姐小姐多丰采。君瑞君瑞濟川才。一雙才貌世無賽堪愛愛他每兩意和諧花心採柳腰擺露滴牡丹開香恣蝶蜂採一箇半推半就一箇又驚又愛一箇嬌羞滿面一箇春意滿懷好似襄王神女會陽臺一箇斜欹雲鬢也不管墮折寶釵一箇掀翻錦被也不管凍卻瘦骸今宵勾卻相思債張生當初許說事成之後築壇拜將謝我。如今兩箇携着手兒。竟自去了。更不管紅娘在門兒外待好教我無端春興倘誰排只得咬定羅衫奈（咬衣並足介）猶恐夫人睡覺來將好事番成害將門把叫秀才莫躭餘樂惹

非炎輕輕吽吽小姐忪披衣袂把門開看看月上粉
牆來莫恠我再三催

節節高〔生旦〕披衣上春香抱滿懷暢奇哉渾身上下
都通泰無聊賴難擺劃憑誰解夢寬飛遶青霄外知
伊昨夜夢中來愁無奈〔合〕今宵相會碧紗厨何時重
解香羅帶

前腔〔合〕花陰下蘚堦楚陽臺襄王雲雨今何在重歡
愛歸去來何時再年時相見教人愛霎時不見教人
恠〔合前〕

【尾聲】風流不用千金買，賤却人間玉與帛。（生）小姐若不棄小生，（跪介）是必破工夫明夜早些來。

（旦）紅娘。我和你回去了。怕夫人醒來尋我。（紅）張先生。且喜且喜。你如今病醫好了麽。（生）謝紅娘姐。我病已去九分了。還有一分未去。（紅）這一分如何不去。（生）這一分還在你身上。紅娘姐不棄。一發救了小生這一分何如。（紅）呸。（扶旦下）

寄緘傳書在用功　　聽琴聯句向墻東

今朝賸把銀缸照　　猶恐相逢是夢中

盡偏憐隨手鬆朦微纖閣
獨撚紅絲蘇偎把錦箋寄書
暖家嬌香淺鳳釵鬟墜鬢
針黹資纏綫入蕊珠宮

右調山花子　楊醒山人

炎城楚史

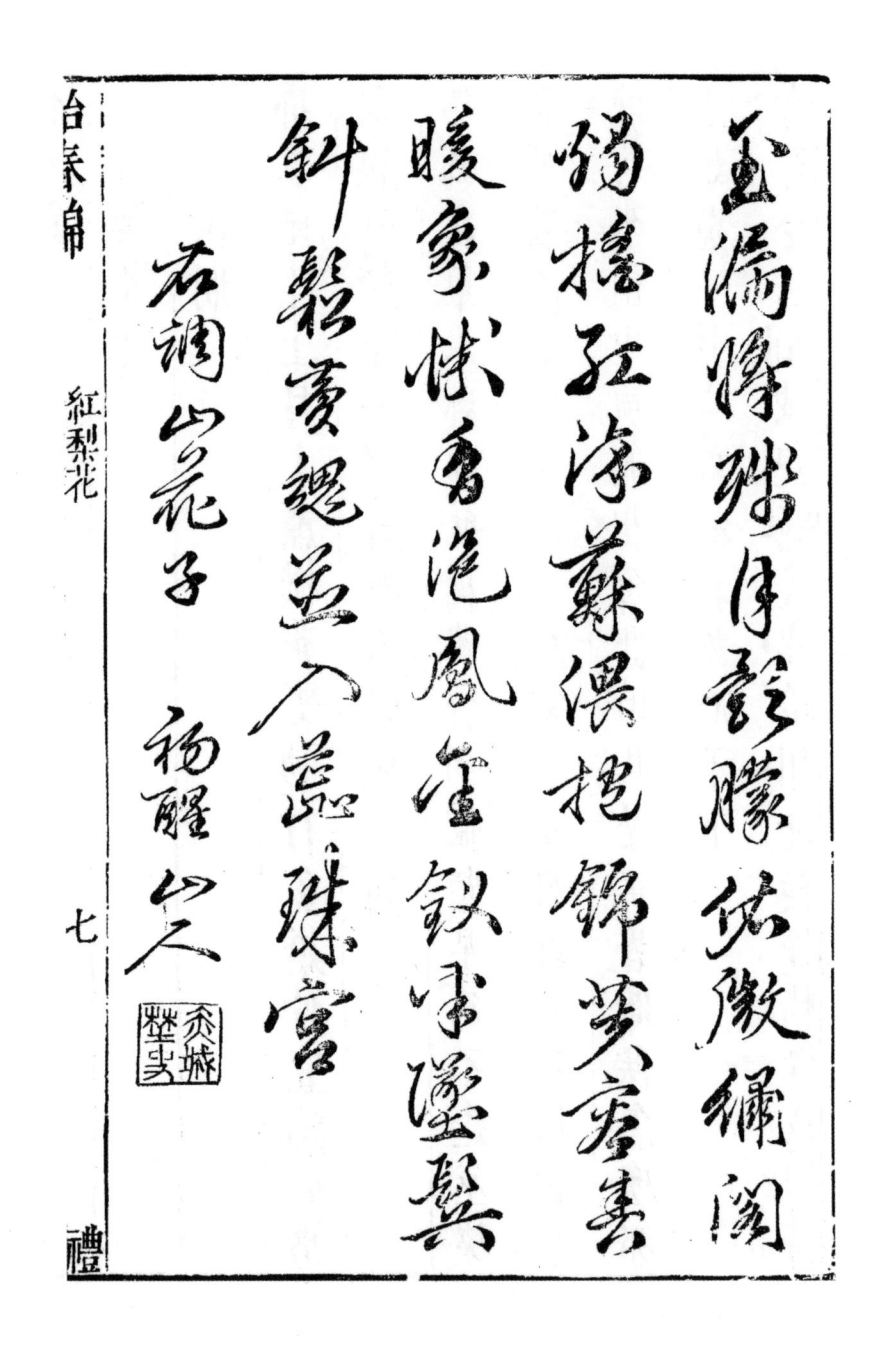

紅梨花記

佳期

〔掛眞兒〕〔生上〕月上簾櫳花影動、待多嬌佇立臨風、再剔銀缸頻添寶篆、好教人口兒作誦

冷鋪紋簟水粼粼。紅藕花香到檻頻、早爲不逢巫峽夢。可堪閒憶似花人。小生蒙那小姐昨日相期。說今晚再來園中與我相會此時已是黃昏時候。怎麼那小姐還不見來。好教我放心不下。

〔宜春令〕他傾城貌、絕代容、恰相逢、便覺情深意濃、待

把湘寃哀弔誰知又遶高堂夢喜今宵解珮相從勝
兩下傳情題咏（旦）我想此時夜色將闌。怎麽小姐還不
見來。教人把佳期佇望早已漸聲催動
（旦小旦執燈籠上走介）
前腔（小旦）穿芳徑入錦叢他望懸懸聽殘暮鐘（小旦）姐姐
快走些。那趙相公等久了。明日還要去回覆劉老爺
哩（旦）羞苔苔的教我怎生去。（小旦扶旦走介）花間緩
步蒼苔露濕歹鞋重此間已是待我扣門。（作扣門介）
（生）如今是了。（急走開門見旦揖介）（小旦）小姐來了。眞信人

也請進裡面去。〔進介〕〔生〕小生今日蒙小姐錯愛似幾
瓊暫離瑤宮、愧劉阮誤迷仙洞、〔小旦〕小姐。你在此與
趙相公少叙。我回去看老夫人醒未。再來接你。趙相
公走來〔背〕他是箇柔枝嫩蕊、須索緊偎輕動、〔小旦下〕
〔生〕小生想那日綺陌遥瞻。誰望採蓮於玉井。今宵綉
帷繾綣。多幸折花於貝宮。承小姐不爽明星之期。使
小生得遂上宮之約。恩沾肺腑。感佩死生〔旦〕偶爾相
逢。過蒙垂盼。因慕梁園之客。敢偷青瑣之香。自愧無
媒。深慚自獻。望君勿以鶉奔見棄。使妾終以桑榿與

嗟（生）小姐說那裡話。小生怎敢忘却小姐來。
繡帶兒（生）困孤幃寒衾自擁，明月一簾殘夢，喜今宵
消受軟玉溫香，怎肯忘却倚翠偎紅。我看小姐的容
貌，比初見時更自不同了。（生持燈看旦羞低首介）（生）
芳容似海棠含艷迎風弄，嬌無力枝頭春重，最相宜
雲鬟翠籠，今日喜逢伊，想藍田曾種。
（生）小姐請睡了罷。（旦）與君清話一宵，不睡罷了。（生扯
（旦）旦不肯介）天色尚早。（丑扮老子淨扮更夫上）夏月
當差使，炎天去守更。我們是洛陽郡，差到趙相公書

房內守宿的。今日來遲了。快去敲門。扣門介生是誰
扣門。小姐你且在此避一避。我去開門看來。開門看
介你們是什麽人。丑小的們。是輪來上宿的。生今夜
不要你們上宿。你們回去了罷。丑這箇却使不得。劉
爺知道。要責罰小的們。生我與劉爺說便是。淨相公
口說無憑。求相公一箇帖。我們纔敢去。生可惡。只管
在此胡纏。推丑淨出閉門介丑老兄。他旣不要我們
守宿。我們自去了罷。假手脫身去。歸家自在眠。下生
進介是兩箇値宿的。我打發他去了。小姐請睡了罷

（旦）奴家此來。相慕才華，豈貪情慾，幸勿把淫奔女子相待。（生）小生豈敢。

【前腔】（旦）情濃，他把絮語將人調弄，我欲言又怕鶯簧傳送。（生）小姐有話，但說何妨。（旦）羞答答背却銀燈，低（介）怕東風驟剪芙蓉。（背介）相逢，話在舌尖，只自懂。我真恩愛倒把假情陪奉。（生）小姐請聽了罷。（生扯旦介）（旦）他緬覥教我挑腮暈紅。（生）似蓋怯遊蜂，嬌柔千種。

（生吹燈抱旦下）（小旦上）

瑣窗寒，漏將殘，月影朦朦，綉閣依微燭半紅。姐姐，你

終日思想那趙相公。今朝遂你意兒了。流蘇偎抱鬟
滴芙蓉、象床春暖香迷、鳳親愛、用錦衾、幽夢幸逢、似
雙雙並入蕊珠宮、免教相思瘦損嬌容、
天色已將了。這會還不起來。〔生旦披衣上〕
前腔〔生旦唱〕矇矓、朧夢裡、綢繆怯曉鐘、〔小旦〕
進介小姐你了。看你的鬢兒都亂了。〔旦〕金釵半、
墜雲鬟斜鬆、〔小旦〕與旦整衣介〔生〕春衫重整、麝蘭飛
溯似瑤臺月下相逢、〔小旦〕天色將明了。我們快些回去。
〔生〕小姐今宵一別。何日再來。〔旦〕母親拘束得緊。後會

尚未可期。我若得空。便來與你相會。（生）意濃、須叟鳳
去鸞臺空、何時再睹芳容、
（小旦）怕老夫人醒來尋你。快快回去。（生送旦出介）（小
姐。）千萬得暇再來。翡翠屏開綉幃紅。（旦）青鸞飛入合
歡宮。（小旦）欲知別後相思夢。心有靈犀一點通。（旦小
旦下）（生吊場望介）你看那小姐。似聲漸遠。蘭澤猶馨。
蓮步輕移。閃殺人是幾瓣芳印。漪揚顧盼。留情處那
一轉波光。這相思呵。須索害殺我也。
（尾犯序）繡帳麝煙籠、一宿郵亭恩、愛深重、玉枕蓮衾

覺香尚濃、光瑩、他嬌柔似花房蘸、雨我偎抱似梨雲迷、夢恨殺、那鷄聲催、起雲雨霎時空、

一飲瓊漿百感生　玄霜搗盡見雲英

藍橋便是神仙窟　何必崎嶇上玉京

頻將玉杵祈反作金鏵計
蒲柳一微姿敢與松筠比
花蕊借春光聊解饞滋味
憐惜賴東君未慣風和雨

右生查子

文魔

錦箋記

尼奸

老旦曲徑通幽處。禪房花木深。旦山光悅鳥性。潭影空人心。這裡靜室。老旦是。奶奶明日來。旦明日。老旦芳春姐。旦隨後到也。老旦指介小姐卧所在這廂。阿姊們在那廂。旦起動。

風馬兒小旦林徑逶迤隱精廬雲封幽邃

見介老旦正在此動問。小旦多蒙垂念。老旦阿姊。陪小姐在房中坐。我去去來。旦請便。老旦偏陪了。下旦

芳春你看

繡帶兒　山房淨纖塵不至，自是一般風趣。試看他紙帳梅花，不減我繡襦芙蕖，偏宜蒲團木榻，湘竹几閒賞玩，頓添清思。合　推窗處松月離離，香馥郁風采巖頭桂樹。

丑捧茶上　松戶有佳期。香茶慰所思。末扮金甲神擊沓介　丑　呀。藥在裡頭。沓了。如何好。者得師父罵。背地和些白湯。不效不干我事。復下

前腔　小旦　幽居木石擁泉聲不住，時有靈禽偶語，分

明是福地、洞天、詎甚金谷、瑤池、棲遲、尨爐夜、靜燃、栢子、恁清絕、疑非塵世、（合前）

（丑復持茶上）茶在此。（旦小旦）起動。（生上）欲赴桑間約。來尋溪上期。（丑攔介）（旦）慢些。

獅子序（生）我中熱難自持（丑扯生退介）急濠還、愁杷玉威、潛身松牖下（窺介）細、細偷窺真箇是千、嬌百媚

（旦）飲茶（介）（生）看他撫茶甌（小旦挑燈介）（生）挑、燈爐（旦）凭几（介）（生）憑、几席（旦）如何倦怠起來（生）幾、番私語、（介）明玉、樹傍、着瓊枝、（生丑作潛聽介）

降黃龍（旦）睡思迷離（小旦）待奴拂席小姐安置（旦）謾整衾裯好收簪珥本待要睡山窗良夜忍辜負明月清輝呀堪奇（小旦）却怎麼（旦）心兒搖曳猛可的如醉如痴且待我和衣隱几安息須臾（凭几介）

前腔（小旦）有些寒思依稀寒粟生肌（想）秋入銀屏露凝離砌怎麼也覺倦怠神昏意懶似柔條着雨欹垂支頤欄干頻倚做不得愛月眠遲小姐也待我偷安一霎共爾徘徊

（小旦下）（老旦上）半偈兩傳法中峯又掩扉事禮怎麼

丑都不做聲了。老旦這等。送相公進去。待我念起呪來。丑應介老旦念呪介

前腔生前趨丑小姐還坐着哩。生應到華胥你看他鳳眼微含嚲鬟低曳更那香腮桃腕好一似藕上芙蕖丑扯生低接須知雲雲雨雨可憐他嫩蕋嬌枝必索用輕輕軟軟款款徐徐

生押旦閃介旦醒介丑急扯老旦同下

前腔旦驚疑還應是夢結寃離生見介妹子休驚動。我實在此旦哥哥你徑路何媒生笑介自有來處。旦

難道是御風插翅（生）雖非插翅御風。實無知者。（旦）冰
霜自比怎管他魚鳥難窺（生）接休迷艮晨難遇况爲
伊歷盡嶔崎趂今宵好相傾倒莫更躊躕（生摟介）
撲燈蛾（旦）拂衣介君心何太痴若心何太痴越禮奚
端始韞匵匪沽名期將完璧歸于也你看桑間濮上
迄今千古尚貽譏（生）罷罷想鴛駘難當雅意（走介旦）
那里去。（生）趂重湖秋水管取整微軀（旦）好好。要學那
自經溝瀆的。
前腔（生）我矢從溝瀆歸矢從溝瀆歸（旦扯介）難道官

也不要做了。〔生〕名利如塵膩好恨你夜深豺虎徑立

地驅人歸去也〔旦笑介〕何嘗教你去。〔生〕不去。終不然

披蓑卧月和那薰籠斜倚待鳴鷄〔旦〕笑狂狙孳孳滑

睡拿着燈隨我來。〔生携燈介〕那裡去。〔旦〕來麼。有安身

佳處〔推介〕付你好支持〔作掩門下〕〔生推介〕怎到反關

我在此。〔小旦上〕呀。相公何來。〔生〕小姐送我來。却又反

鎖門竟去了。

滚遍〔小旦〕小姐。小姐你素將玉杵祈素將玉杵祈沓

做金蟬計〔生〕姐姐你須憐我。休學那小姐。〔小旦〕蒲柳

微姿敢與松筠比相公。我雖是借春花蕋辭饒滋味

也須知未曾慣風和雨

生攜小旦欲下丑潛上介小旦閃介窓外甚麼。

前腔生月明花影移月明花影移夜久重門閉好整

衾幬早赴陽臺會小旦他日休怨此時。生海山堪誓

天神鑒取不要說姐姐。就是小姐的賢德。我口兒言

心兒印難忘巳並下

丑低叫師父。師父。老旦上怎麼了。竟不諧。到拿

去作成了芳春姐。老旦有這等事　貞潔。又且賢

會難得。難得。（丑）師父。那小姐莫不是

（尾聲）剖恩締口謀深秘（老旦）那有此話。（丑）這等那芳

春姐好造化。（老旦）自古道佐酒得嘗非戲（丑）師父只

是你的咒欠靈（老旦）噯。又不道心正何愁着鬼迷（丑）

我想他們此時呵。

男顏欣欣女顏悅　　惆悵只愁明日別

（老旦）無情何事管多情　（丑）流蕩此心難共説

蘭房深處笑聲〻窗香風
團雜嬋娟銀缸隱見貌增
妍情態堪憐　細〻雲鬟
零亂津〻宝唾微沾遊蜂慢
簇淡幽黄浮混春穠
古畫堂春　生〻子

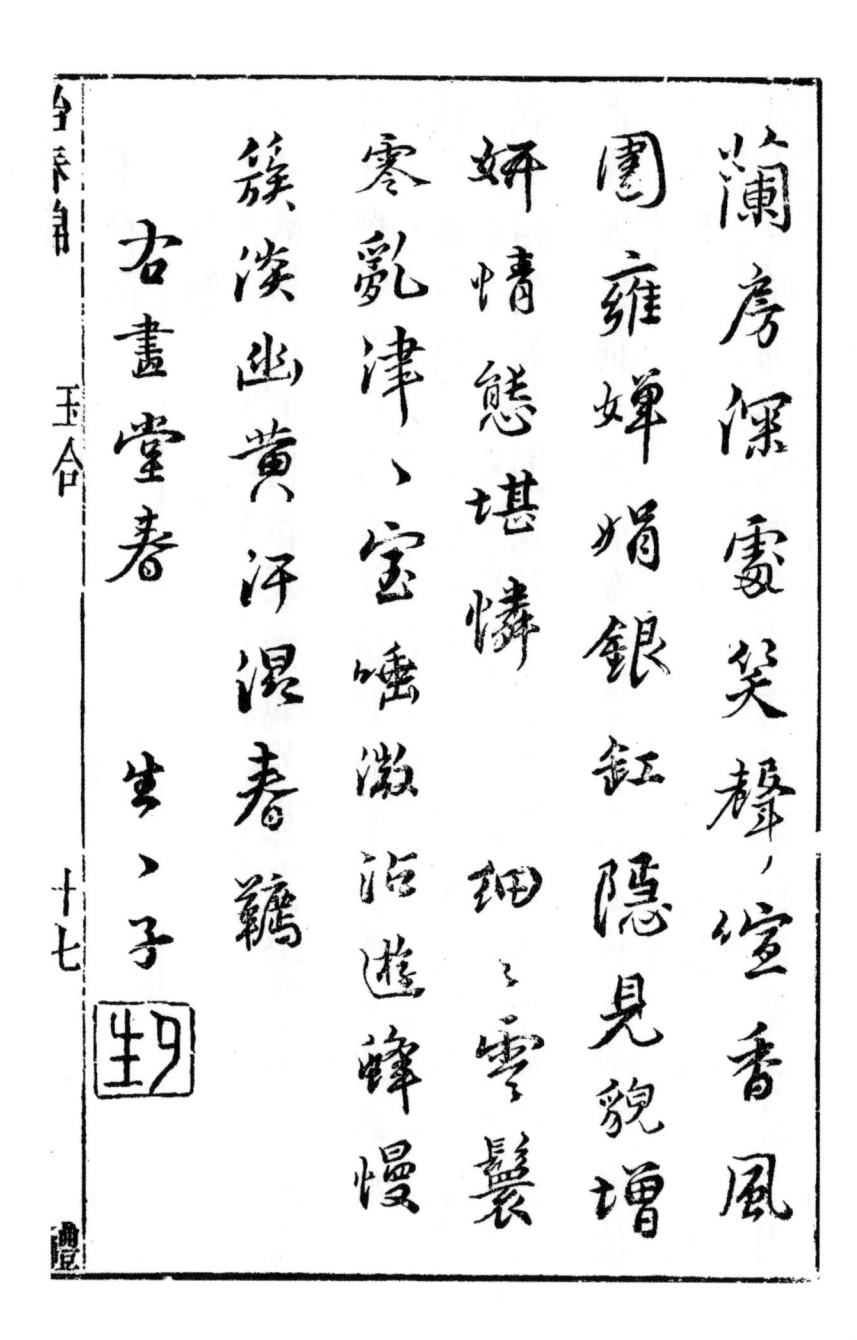

玉合記

義姤

一江風（貼行上）怯春寒、綠襯芳茸淺、嬌護金蓮倦、我遣了韓君平玉合錢。又透出他實信來。回覆姐姐去。做躧媒、着意、花間逗得花心亂、東家望眼穿、東家望眼穿、西樓好夢圓、說話之間。不覺已到。呀。如何鎖上門在此。試問一聲。柳娘子今在何處（內應介）李家接去春明園了。（貼）姐姐你去則去。只恐你乘與而來。與盡而返。怕啼鵑洒血、空成怨、行來此間是韓君平門

首。如何也鎖上門。想是我郎君請去。韓郎。韓郎。你事
多難成。到不見我姐姐也罷了。怕啼鵑洒血空成怨、
這便是春明園。那花徑中。遮遮掩掩走來的。多是我
姐姐也。
前腔〔旦上〕惜春殘、遲踏飄紅遍、簇蝶香裙散、輕飄。你
來了。我今日粧束好麼。〔貼〕鬟兒梳得絕精。只是交黃
不正些。〔旦〕問安黃、不正纖纖鬟墨光浮渲〔貼〕韓郎好
生致意。早承鸞信。願協鳳占。〔旦〕飛鸞信早還、飛鸞信
早還、〔貼〕姐姐。他並未新婚。亦無外宅。〔旦〕住口。輕職口

情者金
暫緘怕金籠鸚䳇能傳愁前話只好你知我知。怕金
籠鸚䳇能傳愁
郎君自去邀韓相公。想必就到。我們一壁廂候也。（生）
小生衆作樂同上
海棠春（小生）開林選勝貪遊衍看巻畫樓臺當眼陰
洞宿煙迷曲檻餘寒淺（生）北斗城邊南山掌畔承露
金莖霄漢（合）把酒送春歸萬點春零亂
歸國遥（小生）春欲暮。滿地落花紅帶雨（生）惆悵玉籠
鸚䳇。單棲無伴侶。（旦）南望去程何許。問落花不語貼

早晚得同歸去。恨無雙翠羽。〔小生〕柳姬過來見韓相公。〔旦〕相公萬福。〔生〕柳娘子拜揖。這就是章臺柳麼。〔小生〕他久已深居。今特薦上客耳。〔生〕李兒。名園不殊金谷。麗人何減綠珠。仗此花神。願得青春無恙。白首同歸。〔旦〕相公與郎君同心聯璧。可參騎省之遊。賤妾澁指縫絲。良媿石家之婦。〔小生〕吩衆人們承應。輕蛾拂席。柳姬把盞。衆作樂。旦送酒介

桂枝香〔生〕柳簾銀蒜。拂纓珠串。啼粧半貼。鈿蟬手語斜飛金鴈。看花期漸闌。花期漸闌。露條香濺。風心紅

綻在長安人遠天涯近春歸客路先

（小生）韓兄。爾寒食佳篇。栁姬近來頗習。試歌侑酒。

比寄生草（旦）催風雨愁中節愁龍蛇原上田那花飛

細蓋胭脂絢門垂御栁金絲顫宮傳蠟燭青煙變知

何方火向客心然便禁煙也不禁侯家宴

（生）李兄。繡庭玉樹聲聲自合鸞歌。綠幌金荃字字偏

諧鳳律。不數四時子夜。絕勝郢國陽春。（小生）小生手

奉一卮。

桂枝香（旦）風回彤扇春催檀串璇題梓澤高騫玉桂梁

州低、按、韓兄請酒、把金樽再拈「金樽再拈、毒醾偷換、
清臚流盼、笑、嫣然引鳳停歌拍、驚、鴻試舞筵、
梛嫗。我久不見你舞了。好一折腰。試他垂手。（旦舞）衆
（介唱介）
比對玉環帶過清江引）碧玉珊、珊羅、裳風外單、紫燕、
翻、翻纖腰掌上安、頓趾却仍前迴、身斷復還飛雪流、
波盈盈舒媚眼、餘姿逸、態張猶掩、障袂、驚香散、急鼓
會繁絃白、紵縈清彈、乍猶矜忽、如疑、中似幻、
（生）有他嬌若遊龍。超踰集鳥。春風香徑。花前翠帯從

忄君金

風。夜月紅樓。樹下霓裳出月。是好舞也。（小生）當直把

酒移到瑤光臺。我們從金波橋過去。（移席介）（合唱）

（燒夜香）金波、蕩影、弄雲、鮮織、女橋、回幾、曲聯、洞口花、

源別、有天（合）別有天、邀客、儘留連、向晚、扇月斜窺繩、

河半展、

到介（生）王孫別舍擁朱輪。（小生）不羨空名樂此身。（旦）

門外碧潭春洗馬。（貼）樓前紅燭夜迎人。（小生）酒到。送

生酒介

（梁州序）瑤、臺、星列金波、虹、瞰十二、屏山不、斷、籠香拈、

翠臨春笑攬韶年、韓郎。你名士無虛。柳姬。你佳人獨立。一箇赤繩未繫。一箇玄的猶存。自合雙飛。貞難再得。便相配偶。不必遲疑。（指生介）看你詞華掞日、（指旦介）麗彩升霞、絕世俱堪羨、玉笙吹徹也、會雙仙一任天風駕、紫鸞輕賦、掌燭。柳姬送酒。（合）然錦燭開羅薦、把玄漿合巹、頻頻勸、酒來。我代你們一祝。（對天酹酒介）祝此二人。佳期之後。天長地久。夫貴妻榮。期百歲結良緣、

（生）李兄。他雖未抱衾裯。已在小星之列。小生後來烏

鵲敢分明月之栖。況你玉牒名流。合配金屏艷質。（指小生介）

前腔天潢貴種、（指旦介）星橋仙媛、掩映金輝玉璨絲、蘿喬木、根株豈合纏綿、（小生）咳。大丈夫相遇。杯酒間一言道合。尚許以死。何況一女子者。（生）大德不報。知己誠難。安得復勤子之施。奪人之好。况我窮林賦、鳥、幸舍歌魚、酒輒波飛、淺褰裳何處也、隔蓬山、敢望文簫、遂綵鸞、（合前）

（旦）郎君。妾方待歲。不止周星。弄管持觴。既免蒸梨之過。稱詩守禮。何來嘾井之譏。

前腔捧瓊蘇醉壓銀蹕點松肪光飛玉繭更沉香火

底襯李花前小生柳姬差了。你就是仙女。也有簫吹

簫碧落。怕不做悔藥青天。旦可是嫦娥奔月帝女乘

雲覷面將人閃悲介謾憐雙笑也鏡空圓翠影羞窺

舊舞鸞合前

貼姐姐。他相女配夫。韓郎。他爲君擇婦。佳人才子。真

如二曜經天。吉日良宵。試看三星帶月。

前腔道新人琬琰名鐫問才郎金華時彥看花房低

綴黼帳、高懸、郎君這是、推雲出岫、掇月移宮、好事行
方便、姐姐今朝遷次也、笑啼難一曲、離鴻、雜引鸞 合
前
小生 韓郎。你們當此星月之前。花燭之下。誓同
結髮都莫負心 生旦 拈香介
節節高 名香炷、博山、瑞鑪煙、拜天介 深深拜、發低低
願憑天鑒、交頸鴛鴦、雙飛燕、春光到、處常相見、風波縱
有休、輕散、合 一日長、安遍看花、管教早晚魁金殿、
小生 蒼頭們。將鼓樂花燭。送到園中西洞房去。眾唱

行介

前腔蘭房笑語喧、擁嬋娟、銀釭隱、見桃花面、香鬟亂、

寶唾沾、靈犀泮、遊蹤細、簇幽、黃淡、啼鶯、晴度、鸞紅散、

合前

尾聲銅龍午夜催、銀箭漏、溶溶香氣夢暖、生揖小生

介小生奉謝小生意氣相與。何所可謝。生你海棠恩

深石樣堅、

小生韓兄三日之後。伺楊姬到俺宅中。一言相告生

領教。

（生）仙史高臺十二重（小生）巧將花貌占春風
（旦）可憐今夜千門裏（貼）銀漢星回一道通
（生旦）吊場（生）栁娘子。向者紫陌閒遊。紅樓下遇。山陂相隔。恐成千里之遥。逢梗還逢。喜遂同根之願。我想起當日呵。
啄木兒紗窓倚、繡陌遊、不是從前相識久、猛偷傳一縷柔情、却空抛萬種閒愁、想今生沒路投機彀、東風怕不堪回首、可料浮萍替入舟、
（旦）那日綠栁煙勻。纔把繫馬。碧桃春老。欲喫停舟。將

無永絕今生，何意爲歡此夜。

【前腔】琉璃槅、翡翠樓、手捲真珠上玉鈎，擲年光幾樹楊花、羅春風甚處驊騮、記初窺薄怒頳相逗、將觧轉盼精堪授、今日蒙羞載、郢舟、

貼持燭上

【三段子】綿藤話、兜筭從前、相思盡、勾香甜、味投趣新來風、流上頭呀。韓郎你那得閑坐【生】他防身實、袜牢牢叩、鈋、鶩翠黛、輕輕皺、兀那一段鋪兎作、喜作羞

【貼】好不嚼濡的相如。

歸朝歡 留心的留心的緊、偎慢抽、姐姐恰好處些兒
着手、你們到要緊時。莫丟了我。針和線針和線記他
引頭、韓郎你如今真喚箇章臺折柳、姐姐。這替不得
你的。你怕他待怎生。（旦）怕他燈前光眼將人覷床頭
絮語將人搆（貼）韓郎走來、我教你箇七字經兒。（引生
務（旦）手介做道是軟款溫柔不識羞
上（旦）下（貼）他兩箇佯佯去了。郤怎生發付我來。你着

春風拂檻露凝香　花燭熒熒照洞房
盡是一樣玉壺傳漏出　南宮夜短北宮長

紅拂
二十五
豐

紅拂記

私奔

（旦紫衣紗帽上）自憐聰慧早知音。曾見英豪意已深。俠氣自能通劍術。春情非是動琴心。奴家自從見那秀才之後。不覺神寬飛動。我想起來。塵埋在此。分明是燕山劍老。滄海珠沉。怎得箇出頭日子。若得絲蘿附喬木。日後夫榮妻貴。也不枉了我這雙識英雄的俊眼兒。如今夜闌人靜。打扮做打差官員的粧束。私奔他去。早已被我賺出這門來也阿。

北二犯江兒水 重門朱戶、恰離了重門朱戶、深閨空自鎖、正瓊樓罷、舞綺席停歌、敢新粧尋鴛侶、西日不揮戈、三星又落、途鑾馭偷過、鵲駕臨河、握兵符怕誰行來問取、魏姬竊符、分明是魏姬竊符、雞鳴潛度討的箇雞鳴潛度、聽更籌戍樓中漏下玉壺。

（衆扮更夫上攔路介）此是何人。這般時候、往那里去。

前腔（旦）公門將佐、我是箇公門將佐、休猜做亾國虜、正懷揣着令旨、手執銅符、戴烏紗、衣掛紫、（衆）如今老爺睡也末。（旦）寄語主更夫、何須竟夜呼老爺、阿、自有絃上醍醐、燈下瞿曇、這時節向陽臺行雲雨、（衆）如此說、大人自去。我們就睡也不妨了。正是各人自掃門前雪。莫管他家瓦上霜。（衆下）（旦）你看這一夥人。被我兩三句話。都哄過了。女中丈夫、不枉了女中丈夫、人中龍虎、正好配人中龍虎、說話間不覺的喜孜孜來到草廬、

乘着這月色。又到了西明巷了。此是第一家。不免敲門則箇。（作敲門介）開門。開門

懶畫眉（生）夜深誰箇扣柴扉、只得顛倒衣裳試覷渠、

開門看（介）呀元來是紫衣年少俊麗兒戴星何事匆匆至莫不是月下初回擲果車

【前腔】（旦）郎君何事太驚疑（脫衣帽介）那里是紗帽籠頭着紫衣（生）呀元來是箇女子。（旦出紅拂介）我本是華堂執拂女孩兒（生）你緣何到此。（旦）憐君狀貌多奇異願托終身效唱隨

【前腔】（生）驟然驚見喜難持百歲良緣頃刻時庚門如海障重圍君家閫閾非容易怎出得羊腸免教馳馬追

〔前腔〕〔旦〕楊公自是莽男兒、怎會紅紛叢中援異姿。奴今逸出未帨追、我與你呵。正好從容定計他州去、一笑風前別故知、
〔生〕我有箇故人、劉文静。乃是智謀之士。見今在太原。我明日與你。扮做村中進香的夫婦。同往太原投他。再作區處。正是

籠裡籠前整羽衣　誰知相見即相隨
今宵久旱逢甘雨　來日他鄉遇故知

滿地瓊瑤光閃銅壺漏滴聲寒青鳥慇懃
潛探約代將卞子相憐遂爾隨機就計試
看玉鏡娟連　欲把朱提暗贈何辭雲印
金蓮素手相攜凝盼處等閑濮上桑間足
刻千金難換結成百歲良緣

右調何滿子

元美

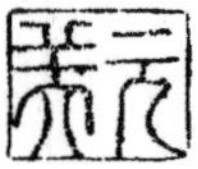

珠衲記

私訂

【小口上】人有所願。天必從之。奴家荷珠。正要與趙官人通箇殷勤。以托終身。恰好小姐。吽我扮做他的模樣。替他把金帛贈與趙官人。不免在此等候。怎麼還不見到來。

【梁州序】良宵人杳、銅壺漏轉、滿地瓊瑶光閃、殷勤青鳥、代將才子、相憐試把朱提蹭贈、寶釧相將好事行、方便、我將機就計也、兩攀援、倒意新知獲便緣【合生】

上因容約潛相探、行來不禁身驚顫、還卻步、避林間

小生趙旭。因小姐相約。特地到此。你看那亭子上。遮遮掩掩的。一定是小姐了。待我上前去。見介小姐拜揖。小旦哥哥。你來了。生小生蒙小姐。叫院公相約到此。不知有何見教。小旦哥哥到此。祖父祖母。因身子有些不耐煩。不及相見。奴家心甚不安。請問哥哥。近況何如。

前腔生一身落魄、頻年偃蹇、空有凌霄氣、岸炎凉世態、誰將青眼相看、小旦伯伯伯母。一向好麼。生不幸

雙親連喪隻影無依生計猶然歎（小旦）哎可憐不知曾有嫂嫂麽（生）糟糠未偶也歎孤鸞絲幙牽紅少便緣合（前）

（小旦）哥哥此來爲妹子的無可爲贈有白金二十兩金釧一雙聊爲薪水之費休嫌菲薄伏乞笑存（生）小生此來祖姑尚然不瞅不睬小姐雖爲兄妹一面不曾相識就蒙厚贈何以爲報（小旦）些須長物何足言報

（前腔）你天生才貌翩翩祇年來遭逢蹇蹇在至親情

分應得周旋。（生）多謝小姐美意。小生何以克當。（小旦）這到不勞哥哥掛念。還有一言相告。你既未婚。我又未嫁。今日一言爲訂。日後萬勿改移。（生）小生承小姐約婚。實出萬幸。只是中表兄妹。禮法所關耳。（小旦）哥哥。你説那裡話。試看溫郎玉鏡。中表連婚。自古流傳遠。（生）小姐今夜見許了。萬一祖姑不允。那時怎麼處。（小旦）奴家惟有死而已。就此奉別。（小旦作行又止介）哥哥。積雪滿地。路滑難行。你扶我過了這亭子何如。（生）義雖兄妹。嫌别男女。不敢相扶。（小旦）哥哥差矣。既禮

云兄妹。何嫌男女。（生）既如此。只得權且扶一扶。同行

（介）相攜素手也、且從權、（小旦摟生介）好向中庭種合

歡、（生）小生聞小姐周急之意。故冒昧到此。這苟且之

事。怎麼使得。（小旦）（合）情多、媚難雙、盼一時不禁心旌

亂顫、不得有人瞰、

（前腔）（生）感卿卿一念垂憐、綿綿百年姻眷、若桑間

野合、禮法依歸、（小旦）哥哥。我與你孤男寡女。半夜三

更。兩箇在此。總然水米無交。誰人肯信。（生）這箇何妨。

清者自清。濁者自濁。謾道隱微莫見、曖昧無知、清濁

由來辦【小旦】罷罷。奴家醜態出盡矣。何以為人。不如投水而死。【投水生扶介】小姐休要造次。【背介】我若使他投水。豈不辜負了他這片熱心。【轉介】小姐。不是小生峻拒。怕青蠅相點也。壁難完。辜負相如返趙年。【合】前攜手下【下】

節節高【末上】沉沉夜色闌。漏聲寒。砥因底事潛相探。小姐日間吩我去約趙官人。在園中相會。不知他們曾來也未。特來探聽消息。你看金蓮瓣。印雪間。沿堦遍。多分是兩相會。聽酬。心願私相授。贈多情。效此舉

惜春[illegible]

佳人最是奇不是偷香竊玉防人瞅〔下〕〔生小旦上〕

〔前腔〕翩翩美少年會嬋娟良宵此刻千金換情何限語甚甜心難捩風流被底流香汗霎時了卻終身願只恐分離各一天何時再得重相見

〔小旦〕哥哥你如今到那裡去〔生〕小生原有故人范仲淹在京。一向苦無路費。要去去不得。適蒙小姐厚贈。可以起身。如今就到京中去。既好訪舊。又好應試。連祖姑也不見了。就此告別〔小旦〕哥哥。若得成名。不要忘記了奴家。〔生〕這箇豈敢〔同拜介〕

哭相思（生）話別臨岐各黯然。相思兩地夢魂牽。今宵

把臂情無限。從此淒凉不可言。（生下）（小旦）你看他飄

然去了。待我拭乾淚眼。回復小姐去。心耿耿。意懸懸。

旋移蓮步復嬋娟。小姐。小姐。呀。怎麼影也不見。一定

先進去了。待我也悄悄的進去罷。閑心去住都無迹。

唯有風流事事傳。

雖結片時恩　　又成中道別

繡閣見嬌娘　　難將心事說

玉宇神僊伴風流謫世寰留情
青瑣慶眠飡就把半天丰韻付
青鸞
峭壁雲端聳嶝䞑上亦難樹枝
層躡免盤桓畢竟携雲握雨遍
巫山　右南柯子　醉花老題

青瑣記

贈香

意難忘（旦）上人靜更闌，正蟾光皎皎，花影珊珊。懷春愁滿眼，羞怯君為顏。（貼）上今擬得踐初言，雲雨近巫山。（合）只恐是花深柳暗，佳會間關。[redacted]

怨王孫（旦）夢斷漏悄。愁濃酒惱。寶枕寒生。翠屏塵繞。（貼）門外誰掃殘紅。曉來風。（旦）玉簫聲杳人何處。春風去。忍把佳期負。（貼）此情此恨此際。擬託行雲問東君。

（旦）春英。你說韓生今夜赴約。此時不到。又是誰耙了

（貼）汗巾詩句。特爲娉証。他是風流學士。豈肯忘情。小
姐耐心少待。卽刻就來也（旦）待之已久。好不自在。且
鬬步一回。（步介）
五更轉（旦）輕移步、雕欄畔（內鼓角介）聽樓頭鼓角嚴、
漏聲滴瀝蓮籌換、轉生你旣許阿。爲何有約不來教
人凝盼春英。只恐他爲墻高峻、不易登多稽緩、燈殘
香燼音蹤遠、餓眼愁竟先斷、
說的竹竿。曾竪起麼。（貼）早已竪起了。
前腔（貼）有樹枝無他患、任巍峩亦可攀（旦）只恐他不

慣這等事。（貼）恁般技藝、何須慣想、他是逐隊遊、聲尋群飛鴈、乘月色、趁風光、無拘絆、必待松梢移影、中庭半方、隔星郎渡河廝見、

（旦）既是這等。你往牆邊候他一候。來不來。再作理會。

（貼）小姐你坐着。我去就來。（看介生上）

【一剪梅】仰瞻峭壁聳雲端。上固艱難。下亦艱難。我那多情小姐。知趣春英。竹竿早豎起了。樹枝層躡免盤桓。指望團圞。畢竟團圞。

且喜有這樹枝傍牆。牆內又有太湖石。就容易了。呆。

把跳龍門手段。試一試。不施萬丈深潭計。怎得驪龍
頷下珠。〔跳介〕僥倖過墻了。不知小姐綉房在那里。〔貼
候介〕〔生抱貼親嘴介〕我心肝上愛的好小姐。〔貼〕啐。好
糊塗帳。人也認不眞。也要偷情。〔生笑介〕元來是春英。
我跳墻喫力。眼就花了。雖不是小姐正身。且把你次
身來適了興。小姐何不出來接我。〔貼〕小姐醉倒在花
臺上。事難成了。且請出去。〔生〕休取笑。快些進去。〔貼〕報
介〕小姐。新郎到了。〔旦扯貼介〕春英。你住在此伴我。〔貼〕
平日伴得你。今夜伴不得你。這樁事。不是三個做的。

只好兩個對手。我且迴避待你們事畢就來。〔推生進介〕做成鸞鳳青絲網。牢就鴛鴦碧玉籠。〔下〕生見旦介〔云〕〔憶秦娥〕春寂寞。可憐辜負花間約。武陵溪水。東風作惡。〔旦〕臂銷不禁黃金約。天寒尚怯春衫薄。那堪搵淚。爲君彈却。〔生〕小姐是金屋嬋娟。俯垂青盼。小生乃衡門薄劣。幸值奇逢。愛我之恩。至是極矣。感卿之德。何以報之。〔旦〕青瑣窺觀。風流入眼。黃昏眷戀。寤寐銷魂。擬結鴛儔。不惜千金之重。願堅山誓。同諧百歲之懽。〔生攜旦笑介〕小姐你姿容絕代。風度過人。

醉扶歸 似瓊樓玉宇神僊伴，多應是風流趣勝謫塵寰。只爲青瑣留情交相感，惹得旅覔飄蕩自此無拘管。受盡了千愁萬恨，廢眠飡，捱至此夕償心願。

前腔 旦 一從那日偷睛見，就把這半天風韻付青鸞。誰料得椰影花陰塵囂遠，爲你做下心苗愁種，空憶韶光變。今夜相會呵，整備着携雲握雨遍巫山。生 小姐不消分付，小生自當加意。旦 須仗你了郤相思欠。

生 小姐夜已深了，請上床。麄 玉手相携入綉帷，摠 將恩愛慰心期。旦 嬌枝未慣風和雨，分付東君好護持。

〔並下貼上〕無端春色亂芳心。今夜風流入夢深。消却相思多少恨。殷勤彼此慰知音。〔笑介〕我小姐與官人。六禮未行。先赴陽臺之約。兩情久協。纔通錦幔之懽。〔窺介〕我小姐呵。怯怯細腰。含羞謾展。温温嫩乳。鮮卻輕摩。起金蓮而弱態難支。度靈犀而嬌聲屢作。流紅一謝。春染鮫綃。翠舌半含。香傾脈脈。恍如鴛侶。何曾鸞交。誠仙府之奇逢。實人間之快事也。小姐呵。

〔解袍歡〕在青瑣霎時流盼。把芳心直恁迷亂。我爲你偷寒送煖通方便。今夜裏呵似巫娥遇襄王雲雨漏

漫、只見一個錦、襠鬆鉡、一個香、羅襭寬一個情生亘、
媚、一個眉、皺兩灣、愛殺怎合、懽被煖翻紅練顛飛鳳、
倒舞鸞、貼、胸交股樂、無厭看你兩人今宵事、宿世緣
千、金一、刻不容、閙、
前腔、小姐我爲、你傳、書寄、簡、擔驚怕受、盡多般、今夜
裏呵雙、雙自出風流、汗、把春莫呵窻兒外有、甚相干、
你兩個呵翠、幃香煖、我一個呵花、砌露寒、他也不管
金、爐烟斷、也不管、銀、漏點殘、好笑兩個分明、烈火乾、
柴、爆、春羅上、紅點、鮮、偷睛燈、下笑、相看、看了你們。我

好動興。風流趣〻一念間忍酸咬得衲兒穿

（内雞叫介）（貼）小姐快些〻起來。（生旦披衣上）

山桃紅〻雲情祢膩〻雨意方酣〻無奈那雞聲喚〻分開交頸兩鴛〻不覺顛倒羅襦〻不覺蓬鬆翠鬢只因趂此時盡此心總釋却傷春恁也〻今夜姻緣果是難（合）這風月眞稀罕〻梯墻往還但顧暮暮朝朝楚岫間

（貼）我看官人小姐兩個呵。

（前腔）芙蓉雙娥〻蹙〻屈纏〻可知道鏖情戰〻喜得懽忻美滿你們儘好受用。竟不顧春英呵。凍壞了瘦骨稜

稜熬殺了芳心戀戀待到月已西雞巳鳴恐有傍人窺聽也洩漏春光後會難【合前】

【旦】與香【介】此香出于西域。一着人身。經月不散。乃朝廷特賜。家父命奴家收貯。今諧伉儷。無以寄情。敢將此爲表記。香氣之着身。如妾之在懷耳。【生】受【介】此香非常。此會不易。香氣着我身而不散。即小姐在我心而難忘也。虧同口語。感與忻羨。【旦】奴家千金之軀託于足下。不止目前之樂。當爲日後之謀。【生】此是小生本心。不勞小姐分付。【貼】事已完了。言已盡了。請快些出去。夜間早些來罷。〔生〕小姐。小生別了。〔旦留介〕何忍相捨。

赴約鍾情贈異香　堪憐此會不尋常

百年恩愛今宵始　贏得風流第一場

流蘇帳捲香魂杳鶯錦拋人
驚覺爲宴抱琴急世調頓
曾傻了台有終漫綿似悼懶
入蓮集畫爲和傷粒意錯
只覓西廂約

博庵居士

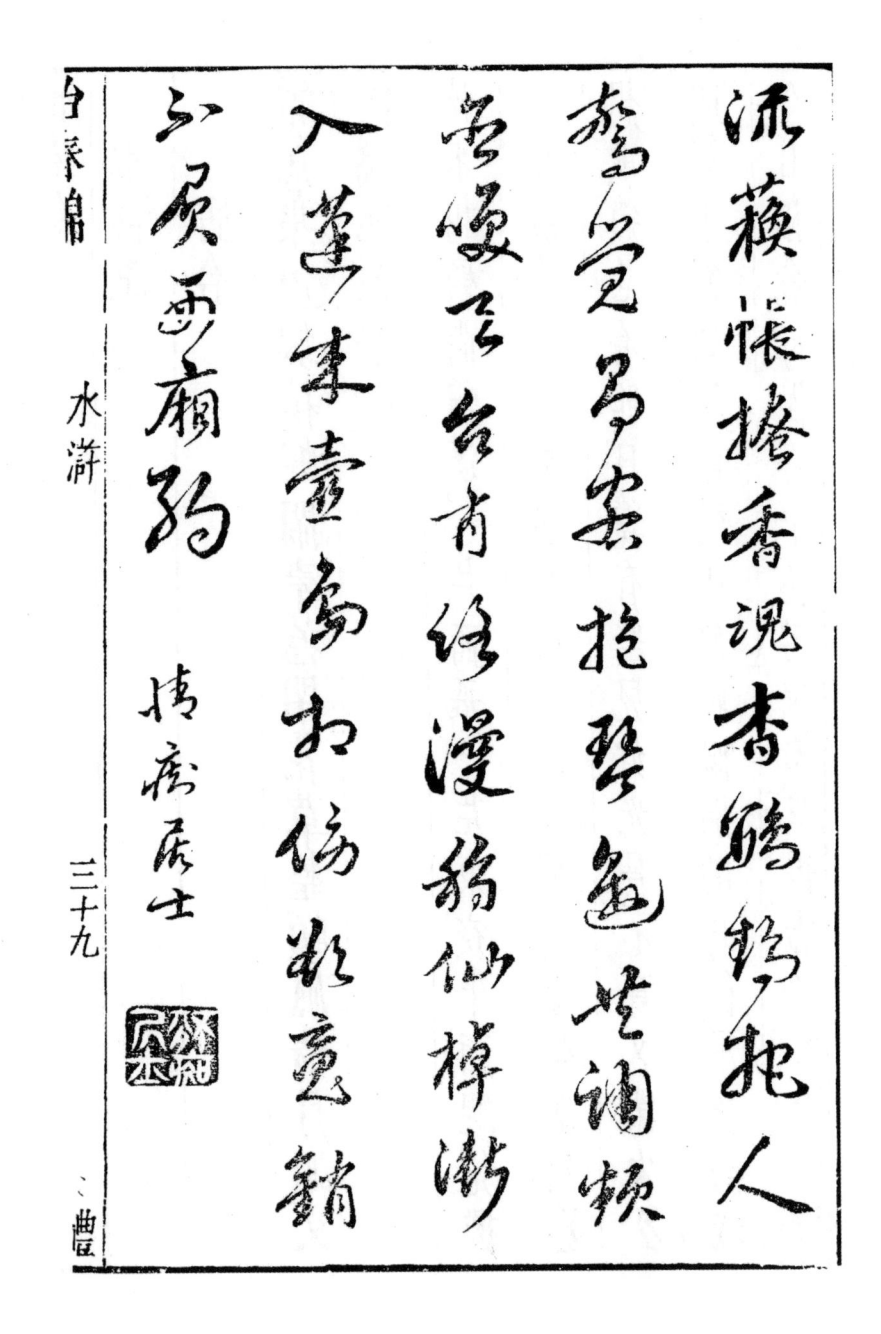

水滸記

野合

【霜蕉葉】（淨）蝶攘蜂鬧，牽惹閑花草。整頓風情月調，又何愁桃源路遙。

秋來相顧尚飄蓬。一片西飛一片東。夜半酒醒凭檻立。錯教人恨五更風。我張三郎，爲那閻婆惜瞇思夢想，廝殺怂（？）飡。昨日纔有些兒好光景，不意又爲宋公明歸來，鴛鴦驚散，雲雨倏收，臨別的時節，承他約我今日相會。可恨縣中公務偏多，只得撇了，去赴一遭。

則箇。〔行介〕

〔小桃紅〕日來縈係苦無聊、不知是那一點紅鸞照也、喜孜孜的千金一刻在今宵、〔丑上〕愁窺高鳥過。老遂衆人行。〔見介〕〔丑〕呀。張押司。你到那裡去。宋押司在我茶坊裡候你。〔淨〕你對宋押司說。我不得工夫來。〔丑〕曉得。兩地無千里。因風寄數聲。〔下〕〔淨〕哎。今日偏又遇着王媽媽。這都是遇、歎爻還怕他遠相追復相邀、仍相値、幸喜得這機會巧也、取次已到藍橋呀。你看怎麼閉上門兒在此。我只得從容等他。權延跱暫徘徊、敢

怡春錦

月下做僧敲

下山虎（老旦）閑來無事，甚逍遙。（作開門遇淨介）（老旦）驀地裡衙門開處，遇果車縹緲。老身見小女說押司昨日也到舍下來哩。你惠顧頻頻，慰伊寂寥。押司裡面請坐。小女身子不自在，還睡在那裡。他聽得押司到此。一定就起來了。孩兒快來。張押司在此。（小旦上）帳掩流蘇，香夢杳，忽被鸚鵡覺睡。朦朧，枕印消，猛可的臨邛容，抱琴共，調欽衾相邀。（見介）（小旦）不語低[illegible]

老旦孩兒。你陪張押司。在這裡寬坐一坐。待老身到市上沽一罇。與押司消閑。淨這箇怎麼好奉擾。老旦笑介如今是一家了。怎麼說箇擾起來。蓮花樓下風流客。試與溫存譴逐情。下淨尊嫂昨日叫小生關門。故此動問。小旦昨日今朝事不同。昨日要關。今日要開在這裡。淨呀。尊嫂不要把這話兒說遠了。你記得昨日麼。小旦昨日傻怎麼。

山麻稭淨昨日呵被洞口花相笑、笑我路入天台棹、阻藤梢今朝、特地裡來踐你的鶯期燕約、小旦這也

難些（淨）尊嫂。（小旦）甚麼尊嫂尊嫂。若說尊嫂。須知朋
友妻。不可戲了。（淨）這等。要小生叫甚麼呢。（小旦）我要
你叫娘。（淨笑介）這等。我被蘇州人罵着了。說是入娘
賊。（小旦笑淨摟小旦介）（淨）喜乘機纓冠掏李納履攘
瓜傍朔偷桃
五韻美（小旦）洧梁期西廂約無言息國娃耻效三郎。
你自思量。看你一向怎麼樣調戲我。我怎麼樣拒絕。
見金夫幾度相推調 那裡當得你這涎臉兒。偏憐竊
玉適零露相逢蔓草 你做墻花路柳嚲（小旦）携（淨

手介（小旦）直任你翠被鴛衾鸞顛鳳倒、
將下丑扮童子提酒上流霞分片片。消酒就徐傾。有人在麽。（淨小旦）驚轉身介（丑）你們媽媽。叫我先拿這酒來。（小旦）這等放在這裡。你自去罷。（丑）看淨笑介（丑）
客至從嗔不出迎。（下）（小旦）向淨今宵貰酒與君傾。（淨）
摟小旦下
蠻牌令（老旦）繡戶靜晝簾飄、（聽介）房櫳閉語聲嬌、三郎你崑崙誰、赤緊向郭府盜紅綃、（淨）忺整着衣裳顛倒、（小旦）忺整着釵髻蕭騷、母親你來多少時候了。（老

九九

怡春錦

（旦）已是來好一會。（向淨介）三郎也勾你了。請坐。（淨）小旦老旦坐飲（介）（合）鴛鴦侶鸞鳳交。這情踪一時不覺逍遥。

（丑上）畓垂珠箔畫沉沉。兩兩鴛鴦蘸水紋。（進見介）（淨）背（介）怎麽又撞着他。（丑）張押司。你説不得工夫。怎麽又在這裡。（淨）我因媽媽説宋押司要見我。特地來的。（丑）老身説宋押司在我茶坊裡不曾説在閻媽媽宅上。（淨）這等是我差聽了。（老旦）你們不要閑講。且坐了吃酒。（小）滿堂僧不厭。一箇俗人多。我自去了罷。（老旦）

王媽媽。你說那裡話（坐介）
五般宜（老旦）偶相顧潘安車儼然草茅適相左東方
千騎悵然寂寥聊把這鷄黍范張邀（丑）只是老身在
此。不當穩便（老旦）謾說是男女雜坐共相傾倒（丑）這
掩耳偷鈴堪笑早露尾藏頭空巧（向小旦介）這本等
不該老身管的。只是老身旣曾作伐。不得不說你。須
念他是今日英豪謾將他帷薄擾
（小旦怒介）王媽媽。你怎見得我帷薄不修。說出這等
話來（衆起介）

情者鈿

江頭送別〔小旦〕聽伊語聽伊語心煩意惱將奴做將奴做倚門獻笑吾亂吾自愛吾連城寶何必你舌鼓唇搖〔丑〕這等老身多嘴了。就此告別。〔淨〕我也要去了。酒逢知己千鍾少。〔丑〕話不投機半句多。老身不得陪押可同行。要往那一邊去哩。〔分下〕〔淨〕轉身小旦招介

江神子〔淨〕轉身望綺寮只見他笑臉相招〔淨携小旦手介〕香風拂拂鮫綃從容携手欲魂消〔老旦〕三郎。適纔也勾了你了。你還要通宵。咦。你好受用的是珠圍翠繞

銀漢星回一道通。青鸞飛入合歡宮。（下）（丑）有冤報冤。有仇報仇。那閻婆惜分明看上了張三。到在我跟前假狠。把我羞白了一場。我故此假意說要往那一路去。放張三一條門路。待他進去時節。我好捉他一箇破綻。只得在此伺候則箇。（內作狗叫）（老旦提燈上）往往雞鳴巖下月。時時犬吠洞中春。甚麼人在此。狗這等叫得緊。（開門照見丑介）呀。王媽媽。你為何在此。我曉得你了。見我女兒羞白了你。你在此要捉他的破綻。媽媽到進去摟一摟。放心回去罷。（丑）我那有這等禮的心。不覺羣心妬。休牽衆眼驚。〔下〕〔淨小旦上〕碧霄何路得相從。紫鳳啣花出禁中。呀。媽媽怎麼還不睡。〔老旦〕幾乎做出來。那王媽媽還在門前等你哩。幸得狗吽。被我出來撞破了他。方纔去的哩。〔淨〕有這等的事。

〔尾聲〕〔老旦〕他潛蹤秘跡眠芳草。喜犬吠籬邊相擾。三郎你這遭來。却要謹愼些兒。須防他一縷柔腸恨未消。

〔小旦〕羨爾優游正少年　〔淨〕謝娥行處落金鈿

〔老旦〕情多最恨花無語　〔合〕忍委芳心與暮蟬

四十五 禮

明珠記

珠圓

薄倖（生）脂粉魔消，烟花債了，謝東風爲我扯開愁網。覷玉人如畫，俏寬飛蕩。（旦）初相向，悄低首背燈無語，渾未脫漢宮嬌樣。

清平樂（生）漢宮眉小。一別三秋杳。（旦）握手相看偷眼笑。說盡相思苦惱。（合）可憐百樣艱難。方諧一對姻緣。不是靈橋烏鵲，如何得見嬋娟。（生）小姐，我和你兩點芳心。百年歡約。指望陽臺會雲雨。誰料平地起風波椒房寂寞。冷繫臂之紅綃。芸第淒涼。閒畫眉之妙手。
（旦）解元。我和你惜好花之無主。歎明月之各天。不如
上林蛺蝶。猶解雙飛。一似絕塞鴈鴻。自傷孤影。（生）驛
亭空撥琵琶絃。鸞膠未續。藍橋便是神仙宅。瓊液難
嘗。悵紅葉之空題。望鸞車而永泣。自謂今身緣已斷。
豈料夙世再相逢。斯豈人爲。若有神助。（旦）義士施偷
天之計。郎君秉介石之心。紅綃託磨勒以得脫。誰言
鐵壁銅牆。執拂因衛公而遠尋。信是龍與雲萃。苦盡
回甘。章臺之柳未折。死中得活。崔氏之桃再開。（生）從

今衷整戾宅之綺羅。作敗內家之粃束。草艸桎盤。敢辭野合。匆匆花燭。便諂出盟。（旦）假饒聘遮桂擁。等閒飛出廣寒宮。只恐燕妒鶯猜。好覓一枝深穩宿。（合）正是欲諸一對百年好。怎怕千山萬水行。

江頭金桂（生）想那日綺窗偷望、翻做深宮兩下狂、那更驛亭留恨、香車傳想、好姻緣惡磨障、怎見心腸死、生難放、好似藍橋玉杵、搗盡玄霜、玄霜搗成願始償、試向燈前細、看向燈前細、看雲英形狀、轉風光、真個巧笑如花、面嫦娥一樣粧、

前腔〔旦〕我和你是鴈行兩兩又結下于飛效鳳凰猛被揭天風浪打散鴛鴦苦相思怎相傷受多少春怨秋傷綠惆紅悵好似西廂月下目斷東牆東牆月滿始見郎你把裙腰試把裙腰試把也不似舊時模樣減容光真個病入裙腰小愁隨繡帶長

前腔〔生〕我只道烟迷霧漲又誰知雲開月再朗我有雲愁雨怨萬種思量待相逢盡說向相逢了一笑都忘兩情搖蕩好似倩娘香魂夜逐輕舫恍惚猶疑春夢怳漸相偎話舊相偎話舊真成歡賞謝仙方始信

續斷多、靈藥、還覓有妙香、

前腔〔旦〕可憐我椿萱獨喪、那更故園桑梓荒、留下柔枝嫩蕊、兩處飄颺、喜今朝花再芳、解元只恐漏洩春光、鶯猜蝶攘、〔生〕小姐不須憂慮。押衙已分付。我與你逃入他鄉便了。〔旦〕便做楊家紅拂、敢換衣裝、審跡潛蹤、出帝鄉、向山林深處、山林深處、避些波浪、永成雙、莫負神明力、難將義士忘、

〔生〕小姐。你且說。咱們今日相逢。是誰的氣力。〔旦〕適來說起都是古押衙的機謀。〔生〕這個不必說還有一個。

旦敢是採蘋他曾冐死齎詔不可謂無功生也不是
旦其外更沒有誰生小姐我和你遭此大禍小生監
押行裝小姐覊留京國若非明珠表意怎得勾兩下
相思後來在驛路相逢小生目斷東牆小姐獨眠孤
館若非明珠寄恨怎能勾兩下廝見更兼買求義士
贖取香軀皆明珠之功不可忘也旦正說得是我前
日臨別與你的珠兒何在生取珠介在此巾上你留
下那一顆珠兒安在旦在此囊中兩人各出珠看介
旦咳仔細看來事豈偶然莫非前定非關明珠成就

之功皆是神明護持之力。
羅鼓令(生)小姐你看輕盈夜光長在佳人掌分飛兩
行又逐人漂蕩只道洛浦音沈塵埃無望謝穹蒼人
珠兩下都相傍今宵不負團圓相光輝依舊照華堂
(合)姻緣不斷天教再雙堅心厮守永無散場從教醫
郤相思癢明珠端的是良方
前腔(旦)寄恨傳情引得人魂颺緒尾收稍成就人歡
賞誰料寸珠功勞千樣共仙郎今宵重得同鴛帳(生)
千金一刻休輕漾莫教花影轉迴廊小姐夜深了請

禮了罷、（旦）含羞無語背却燭光、芳心無主笑入洞房、
從今勾却相思帳、明珠端的賽紅娘、
（生）誤入蓬萊喜欲狂、（旦）羞將嬌體付檀郎、（合）始知仙
客真仙子、合與無雙作有雙、（生）携燈且吹滅（下）
解袍歌（貼上）張（介）沒來由擔萬死、爲他尋訪、却把俺
美前程一旦都捨、俺這里忍酸含苦、悄偷眼他那里
悄低頭把詘臉兒沒處遮藏、一個强鬆縷帶、一個軟
貼繡鞋、一個眉頭半皺、一個心性忒荒、只聽得枕邊
掉下金釵、響流蘇戰、鳳枕忺斜、舒玉臂抱檀郎、奴把
禮

今宵樂、權讓了前世娘、明朝依舊上奴牀、（下）

（前腔）（五上）我雖是個驢前廝養、論風月也蕭意、思量爲甚麼擔驚受怕、相依傍、只圖個好時節、拖帶風光、官人呵你却喫一看兩、我便食不下腸、你却繡幃香煖、我便凍得半僵、思量情理、忒無狀、衾兒薄、夜又長、怎生捱得這淒凉、俺猶自可、他怎當、可憐煞、小梅香、

生旦執手穿衣上（介）（生）兩邊心事未全降、（旦）萬種相思此夜償、（合）最是五更留不住、向人頭上着衣裳、

〔丑〕你兩個。只好這般了。〔丑〕街鼓發擂了也。請官人小
姐早行。〔旦〕我和你投那里去好。〔生〕有兩條路。一頭是
鄧州故鄉。那里有幾家故舊。最好藏躲。一頭是西川
成都府。那里有幾個親戚。也好安身。搴鴻。却是投那
里去好。〔丑〕告官人。襄陽是大路。官員往來。被人識破。
不可去。成都府是水路。船上去。隱僻些。更兼京城窎
遠。官司追究不到。那里最好去。〔貼〕只一件。此去須打
從潼關過。要文憑看驗。方纔得去。〔生〕不妨。古押衙已
替俺做下也。〔旦〕事不宜遲。隨即便行。

玉山頽(生)東方未明趁人稀離却草堂料天邊只有
殘月知心想山中猿鶴也悒怏(丑)山花風蕩柳梢頭
露沾羅幌(合)只怕人來往自心兒驟聞啼鳥也彷徨
前腔(旦)梳粧鹵莽避人時步貼花黃度垂楊怕有鶯
猜掩芳林不容花放(貼)把蛾眉重障巧做出村庄模
樣(合)雲雨初歡賞又風霜桃花洞口也笑人忙
十二時(合)錦江萬里風濤壯爲恩愛要尋個扁舟重
上但願四口兒平安免禍殃

改換衣裝出帝都　管教瞞過把關徒

這回好向臨邛去　尋取文君舊酒壚

寒送荼蘼月半痕九生樓重小孫
被添香銀缸剔燭翹首望催聲
仙帝此夕幽期准鵲夢渡河
津鳳妝頻務金釵半溜鬢嗁
愁鬟雲

吉少年書

風流主人

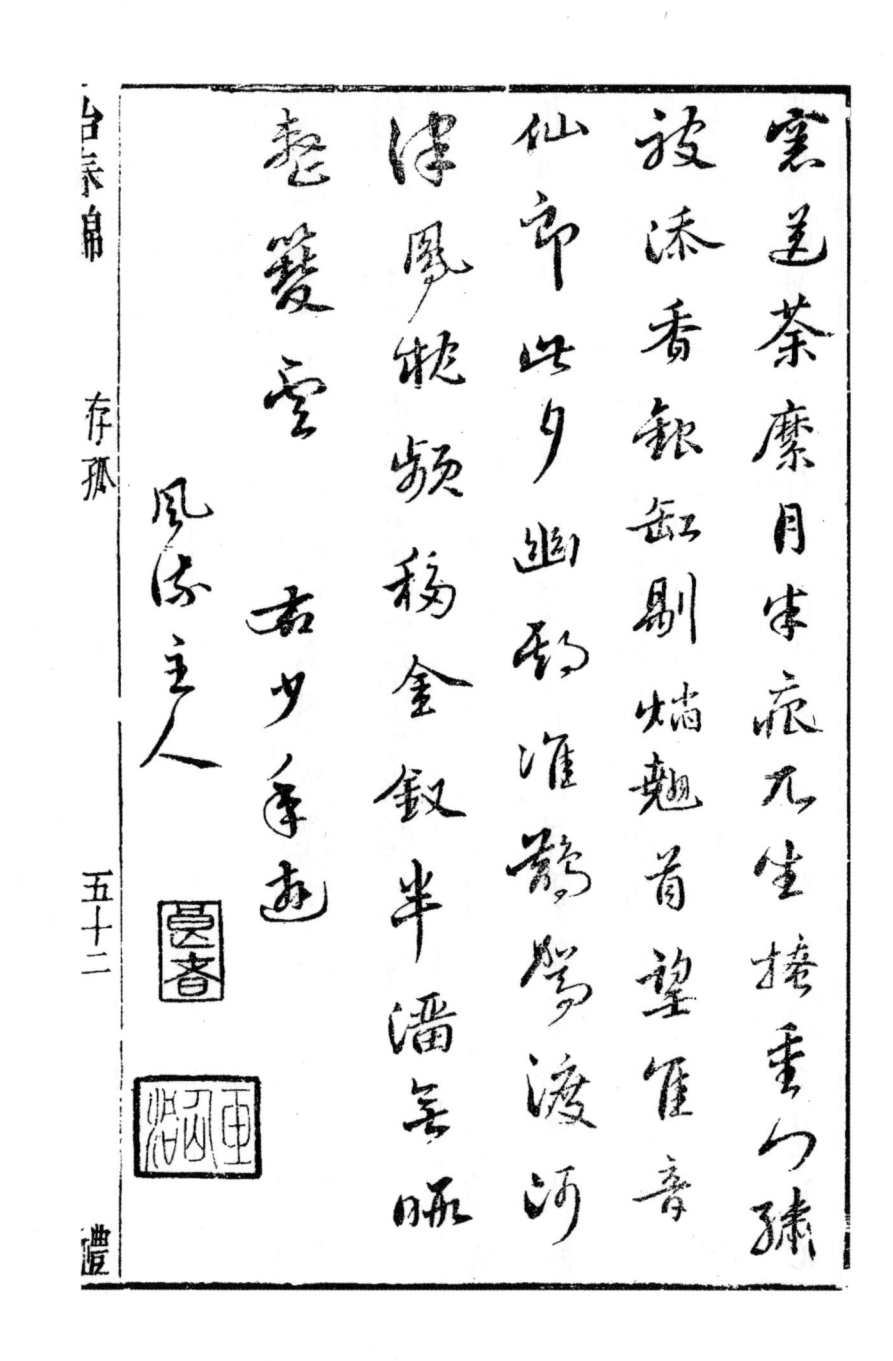

存孤記

私期

【秋蕋香】貼老旦丑同上　小閣蕙煙初燼。無奈晚粧人困。雲邊青鳥遲芳信。露濕遍海棠花粉

【小重山】新月曲如眉。空望團圓意。紅豆不堪看。滿眼相思淚。○食桃擘桃瓤。人在心兒裏。兩朶隔墻花。何日成連理。我與秦官。幾次相約。俱不能勾成就。今日聞得老爺在莵苑宴客。定不還第。早間與他相約。在黃昏時候相會。料想這番得諧。春燕秋鴻。你是我心

腹人。這樁事。料瞞不得你們。你與我將外面角門兒
不要關上。等秦宮來時。悄悄報與我知道。老旦丑應
介
懶畫眉 貼 歲蕤不遣閉重門、把繡被添香着意熏、窗
家這早晚還不見來。教人盼得眼睛昏、做驚介 那窗
外影兒。想是他來了。起身介 忽見那人兒花外烏紗
隱、老旦丑低聲稟介 秦宮哥哥。還不曾來。貼 呸。却原
來是颸送茶蘼、月半痕、
小生扮秦宮上 早上夫人約我。今晚相會。只因老爺

宴客。一時不得脫身。如今老爺醉了。正好去赴他約。
〔前腔〕佳期曾約在黃昏。無奈提防是那人。覷他醉後
暫抽身。喜香堦正睡。金鈴穩。〔驚介〕是誰人扯住我。呸。
却被他謊這一謊。原來是花刺勾小將白練裙。
〔老旦丑低聲稟介〕秦宮哥哥來了。〔貼起迎介〕寃家。等
得我好不耐煩。只道你又失約了。〔小生〕老爺咨不曾
散。不能勾脫身。因此來得遲些。〔貼凭小生肩介〕秦郎。
我和你雖則寸心相許。其實對面如違。今夕何夕。不
知是夢是幻。莫謂暫寬昔日之恨。但願不替將來之

懽。（小生跪介）蒙夫人不惜千金之贈。一旦棄之。秦宮
身非草木。敢不知重。倘負大恩。天日可鑒。（貼抱起介）
（醉羅歌）眼角、眼角初承領、離恨、離恨幾曾經、燕約鶯
期屢無憑、把蜂蝶堪誰倩、（小生）羅幃寂寞難禁夢醒、
青衫狠藉常、看淚凝、喜今宵得厖凄凉境、（合）山爲誓
海作盟、蒼天應鑒、兩人情、
（貼）春燕秋鴻。你與我把門兒關了。只在這裡伺候着。
貼携小生入內介（丑）你兩個進去了。我們在這裡。冷
冷清清。如何麥得過。

惜者錄

皂羅袍【老旦】香靄淡籠幽畫、似陽臺咫尺、目斷行雲、鵲橋幾度待河津、喜仙郎此夕佳期準、【丑】春燕姐。我十分熬不過和你去窗兒外。略張他們一張。如何。【老旦】不肯介【丑】好姐姐。不要敗我的興。和你略張一張兒。也當做望梅止渴。【扯老旦張介】【丑】只見綠窗掩處、燈兒半昏、繡衾翻處、香兒正溫、只索把羅衫袖襯住牙兒忍、

【老旦】快些過去罷。他兩箇好起來了。【丑作諢介】貼小生攜手整衣上、

前腔【貼】嬌怯怯、纔離鴛枕、任釵兒溜、却怕整雙雲起
來央、繫石榴裙腰肢、減盡郎堪信【小生】看他花嬌玉
軟、情見正渾、粉殘脂褪、臉兒越真、未行時頻把來期
問、
【貼】秦郎。今後但遇老爺入朝的日子。千萬偷工夫早
些兒來。春燕秋鴻。送秦宮出去。把角門關了。【小生】先
【下】【貼】春燕秋鴻。這樁事。只許我三人知道。切不可漏
泄。使聞之外人【老旦】外人到沒要緊。只怕老爺後日
知道。須要連累我二人【貼】這箇你們不須憂慮。便是

忻春錦

老爺得知。我自有法見鉗制他。先年皇帝宮中。放還美人支通期。他寄番爲外室。生子伯玉。我欲劾奏。他再四央我母親叩頭謝罪。方寢其事。今日便是千百箇秦宮。也贖不得支通期一人。料他不敢犯我。你二人放心。秦宮早晚出入。須要你們經心。我自多多做些好衣服。打些金銀首飾。酬謝你二人。【丑】衣服首飾。都讓與春燕姐姐。我都不要。【老旦】你都要甚麽。【丑】我只是秦宮哥哥來一遭。我也排一遭頭兒便了。【貼罵】休得胡說。

老只誰道明河未可親〔丑〕一朝寒谷驟生春

〔小丑〕不知後會應何夕　只恐相思暗損人

雲瑣幽房竹徑斜獨步訪僊
姬情露題紅佳句含愧解羅
襦寃孽債染緇衣儘歡娛今
宵恩愛兩意綢繆百歲難移

右訴衷情

玩世君識

玉簪記

詞媾

清平樂【曰】西風別院黃菊都開遍鸂鶒不知人意懶
對對飛來池畔
雲淡水痕收。人傍淒涼立暮秋。蛩吟無斷頭。心上事。
淚中流。懶把黃花插滿頭。見人還自羞。自與潘郎見
後不覺心神恍惚。情思飄蕩。對此困人天氣好生傷
感也。

綉帶兒【曰】難提起把十二箇時辰付慘悽沉沉病染

相思恨無眠殘月窗西更難聽孤雁嘹嚦堆積幾番

長嘆空自悲怕春去留不住少年顏色

奴家身體困倦。不免穩睡半晌則箇。（作睡介）

宜春令（生）雲房靜竹徑斜小生病起無聊。好生煩悶。

不免往白雲樓下。閑步一回。多少是好。欲求仙根着

天台路迷問津何處傍青松掩着花千樹悄地行來。

乃是陳姑卧房。正值他獨睡在此。（作看書介）這是他

看誦的經典。裏面爲何有字一幅。却是陳姑詩稿。詞

云。松舍清燈閃閃。雲堂鐘鼓沉沉。黃昏獨自展孤衾。

欲睡先愁不穩。一念靜中思動。遍身慾火難禁。強將
津、唾嚥凡心。爭奈凡心轉盛。細觀此詞。陳姑芳心盡
露。敢是天就我的姻緣。把此詞做箇供案。伴殘經香、
泖金猊、題紅句情含、綠綺、心知、此詞入手阿。天付姻、
緣送來、佳會、待我揭帳戲他。看他如何回我。陳姑。陳
姑。（旦作驚起介）
降黃龍（旦）驚疑、悶得我魄、散魂、飛、倦體、輕盈、倩誰扶
起、（生）小生相扶。（作抱介）（旦怒介）你是書生、班輩、好箇
書生班輩、錯認仙、姑比、做神女、（生）差不多兒。文君幸

見相如。兩下情同魚水。(旦)休題文君佳趣，這其間相
如料難是你，(生)多分是小生無疑。(旦)潘郎好生無禮。
我對你姑娘說來。(生)說我何事。(旦)秀才們偷香竊玉
意亂心迷。
醉太平(生)非痴我，青燈愁緒，聽黃昏鐘磬，夜半寒雞，
孤衾獨抱，未曾睡先愁，不寐相思，靜中一念有誰知。
慾火炎遍身難制，把凡心自蘇，只少箇蕭郎同做彩
鳳同騎。
浣溪沙(旦)你臉兒涎，情兒媚，話蹺蹊，心自猜疑。(生)不

必猜疑。〔旦〕尋詞介〔生〕小生拾得在此。〔旦〕好好還我的
詞來。若不還我。把你做賊論〔生〕偷書不爲賊。〔旦〕這場
冤債訴憑誰、當初出口應難悔、罷罷。一點靈犀托付
伊、〔背介〕幾番羞解羅襦、〔生作拜介〕
滴溜子〔生〕合拜跪此、情有誰堪比、慢追思此德何年
報、取誰承望今宵牛、女銀河咫尺、間巧一似穿針會、
兩下裡青春、儂桃豔李、
鮑老催〔旦〕輪情輪意、鴛鴦已入牢籠計、恩情怕逐楊
花起、一首詞、兩下緣、三生謎、相看又恐相拋棄等閑

忘却情容易也不管人憔悴

生 妙常。你道小生忘了此情。跪介 老天在上。必正若忘了妙常今日之情。天誅地滅。

合 兒墜 生 皇天在上照証兩心知。誓海盟山永不移

旦 從今孽債染緇衣歡娛。看雙雙一似鳳求鸞配

尾聲 天長地久君須記。此日裏恩情不暫離。從此後情詞莫再題

今夜燈前見。還疑夢裡來。下 丑上 我東人在此。吟風弄月。夜去明來。終久要他刮上了。

清江引【丑】堪愛、堪愛真堪愛、鸞鳳情深如海、攜手上陽臺、（三）却相思債、他怎知有箇人在窓兒外

皂角兒【生旦同上】兩情濃同下藍橋、戰兢兢歡娛較、少、成就了鳳友鸞交、休忘却天長地老、我為你病懨懨只自軃瘦、怯怯難自保、為着今朝相偎相抱、力怯體嬌、你休把私情漏泄、兩下裡供狀難招、

前腔 奴本是柔枝嫩條、休比做墻花路草、顧不得鶯雛燕嬌、你恣意兒鸞顛鳳倒、須記得或是怏或是閙、或是遲、或是早、夜夜朝朝、何曾知道這些關竅、春風

一度教我力怯霓消、
【尾聲】從今淡把蛾眉掃、一箇內家腔調把往日想
思一旦兒拋、
【丑】不好了。不好了。觀主知道。去叫地方。拿你們兩箇
送官。怎麽是好。【旦】如何是好。【丑】不妨。我與你箇兒。適
纔我替你遮瞞過了。我只要提箇頭兒。【生】我在此。你
休得這等胡說。【丑】既然相公在此。你只叫我一聲【旦】
教我叫你什麽。【丑】隨你。【旦】進安哥。【丑】不好。除下了哥
字。添上相公二字。【旦】難道是進安相公。【丑】正是。正是。

[illegible]

旦作難介丑我就叫將起來。旦也罷。我便叫他聲進

安相公。丑笑云出菴奶奶。生怎麼叫做出菴奶奶。丑

没有我進安相公。安能奶奶出菴。生叱下

濟夜月盈庭寶篆香消户半扃兩
約不來腸欲斷難禁窻外風吹鐵
馬轂恍惚夢竈驚奇俊檀郎踐玉
盟不語嬌羞渾帶咲懽欣依舊春
生翡翠屏　右南鄉子
浣華傭

紅鞋記

踰墻

鎖南枝（小旦）懸金鏡，照玉屏，琉璃碾破光滿盈，冊葉點苔茵，梧桐落金井，專心待笑臉迎，那墻頭上，果然擲過一隻紅鞋來了。（作看介）呀。又不是。錯認了晚風吹落花影。（丑隨生上介）

前腔（生）人初靜，月正明，悄來墻外潛影形，赴約特相臨。何緣至巫嶺，愁蟾照。（丑犬吠諢介）惱犬聲（丑）爭奈粉墻高，怎接徑。

生金葳。你將這紅鞋。與我擲過東墻去。丑這墻高。怎麼擲得過去。生墻邊有梧桐一株。我扶你扒將上去。丑背介噯。你是偷老婆。到教我去扒墻。上墻擲鞋介小旦墻頭上已擲過紅鞋來了。待我去拾一看。問介馬相公來了。丑摟小旦諢介小旦悄悄的還要羅唣生扯丑下丑呀。相公好掃興。區區正在妙處。怎麼扯我下來。跌脚介可惜。可惜。生怒介唗。胡說。快扶我上去。丑哦。哦。扶生過墻介丑下生娘姻姐。小姐在那里。小旦你是甚麼人。夜半三更。來此做賊麽。生好姐姐。

不要唬我。引我去。（小旦）不要唬壞你。引你去。（行介）這裡就是小姐卧房。（生）好齊整。真箇是謂阿嬌金屋也。小姐怎麼不見。（小旦）小姐在露臺。陪相公夫人賞月未回。你且躲在牙床之後。暖閣裡邊。待小姐來。（生）小生興發如焚。既小姐不在。求姐姐暫解片時之渴何如。（摟介）（小旦推介）相公快不要如此。倘小姐一時同房衝破了。豈不悞了你的大事。（生）天賜這一箇奏巧的機會。沒奈何。乞姐姐見憐則箇。（小旦）相公果有愛妾之心。天長地久。相會有期何必性急。且耐心在此

等候（生）既如此說時。且放你去。但這一件。決饒不過
的。摟住親嘴（介）（小旦笑介）實是箇書獃。好極險也。（生）
笑（介）多情來綉戶。幽閣候佳人。（下）（小旦）且暫睚片時。
前腔（旦上）金烏墜、玉兎升、銀河耿耿夜氣清、幽恨向
誰評、私情繫方寸、窓雖掩門半扃、準擬托終身、把好
盟定、
方纔在露臺上。與爹娘賞月。辭以疲倦先回。那馬生
不知可曾到此否。這綉房中銀釭半滅。寶篆香消。嬝
嬝又不知在那裏去了。呀。那元來在此睡着。嬝烟。嬝

烟。（小旦）呀。馬相公來了。小姐等得你好苦。（旦）是我。（小旦）只道是馬相公。却元來是他令正。（旦）墻頭上。可有紅鞋擲過來麼。（小旦）那裡見有紅鞋。（旦）此際是什麼時分了。（小旦）有二更了。（旦）哎。好悶人也。嬝烟脫了衣服。放了帳兒。去了簷前鉄馬。不要驚動着我。（小旦）曉得了。

【宜春令】（旦）燈初滅、月轉庭、聽咿嗚頻吹角鳴、那東墻人靜、紅鞋不見、閑追省、珊瑚枕强着雲鬟、水沉香殢、銷金鬥這裏情、且和衣暫卧、無奈有辜春興、（作睡介）

鎖寒窻〔小旦〕那嬌娃欲締姻盟悶聽樵樓鼓二更想苦磨舌劍交戰心兵梨花憔悴海棠凋梗苦難禁篆灰怎教心冷馬相公快出來。你的前世娘睡了。〔生上〕看〔介〕〔小旦指〕〔介〕你看麽莊周夢蝶已將成惺惺的好惜惺惺〔生低唱〕〔介〕

〔三段子〕〔生〕流蘇帳青下金鈎絕無點塵他膺脂射屏覆鴛衾光搖短檠桃花見綉就鴛鴦並桃花點頰雙紅暈似沉醉西施一般行徑

〔摟旦〕〔介〕〔旦醒〕〔介〕

（東歐令）（旦）我神方定、睡思寧、又不是風吹鐵馬驚耳
邊、恍惚聲相應、若箇將身近、瘦腰肢一撚覺輕輕身
伴是誰凭、
（小旦）小姐是我。（旦）你怎麼摟我。
（三換頭）（小旦）悄悄休要做聲、我欲言難罄、你檀郎到
也、那書生志誠、（旦）佯怒（介）是那箇引他入來。（小旦）還
不過去、跪見小姐。（生）小生就跪。（小旦）小姐你前言已
定、這其間只索把那嬌羞權時頓、他滿抱風流興、要
春生翡翠屏、才子佳人、眞箇是一對夫妻天合成、

小旦扯生向旦介這裡來。

劉潑帽小旦象床邊上、借雙姓、俏書生全不聽明、那紅鞋巳、有深盟證你好不作伶、小姐你這般心腸硬、

生旦並坐介旦背作羞介

大聖樂旦小丫頭果會逢迎、你與他言常唷省、千金之體無虧損又爲肯恁相輕、只爲我三生舊注婚姻定、更兼他幾句新詩伉儷情深思再驚、只恐怕一朝輕諾悞了半世前程、

小旦快過來。對天發誓。生我就盟誓。小旦待我去。粧禮

香。你二人就拜了天地

〔解三醒〕〔生〕爇沉檀烟籠寶鼎，透輕紗月映疎櫺，親書下生辰八字當天證，好姻緣永不違盟，敢忘了東墻夜渡黃金屋，敢忘了綉戶瑕污白玉玷，我的心相應須不做風中柳絮浪裡浮萍

〔小旦〕馬相公。我有一句要緊的話兒分付你。〔生〕有何見教。

〔三學士〕〔小旦〕他閨中生長嬌痴性，你須要款款輕輕

馬相公，男如負女身還須小姐，女若違男命必傾小

如。我與你一件東西〔旦〕什麽東西〔小旦出巾介〕這一
幅鮫綃温又軟、怕腥紅隼要試異綾、
〔旦〕要他做甚〔小旦〕極要緊的。少刻小姐自有用處。鵲
橋巴架。你與牛郎好去相逢。我與你放下帳子。息了
銀燈。〔旦〕嬝烟。你在這里。不要出去〔小旦向旦唱介〕
節節高〔小旦〕衷情久、欲傾、假粧、徨狂、聹顧、惜花嬌嫩、
〔小旦下〕〔生旦〕真佳境、犀渡靈鴛交頸、一團和氣春風
映、雙雙携手同懽慶、管教恩愛與天高、期同久遠如
松盛、〔生摟旦下〕〔小旦上〕

撲燈蛾（小旦）人間、二鳳鳴、天上雙星並、倫覷這般情、不覺令人心動也、看欄杆、月影照鸞幃、公子會奇英、合歡衾幾番掀動、添情興、料花心已被蝶相侵、

皂角兒（生旦上）喜孜孜同結并盟、美甘甘共交鴛頸、笑吟吟並起紗厨、情戀戀難教分影、須記取東墻月、枕邊言、山海誓珍重、非輕、（內作喊介）（小旦）老爺已將人朝了。馬相公快出去罷。送你東墻上去。（合）舊愁已釋、新愁又縈、肯終交白頭嗟嘆、一事無成、

（旦小旦下）（生跳墻介）

【前腔】（生）心怯怯、難當戰、兢兢步、匆匆趁、蹄不定、足縮縮
猶、如有循、金薇喚、聲聲不開相應（丑嘿生介）等、得我
意、如痴心、如醉眼、又朦心、怯冷、受怕、兢驚（合前）
（丑）相公。你如今出得侯門。不可又投尼舍。還到新豐
市上。安心溫習經史。不知意下何如（生）此言甚是有
理。即往庵中收拾行李。辭別庵主。前去則箇。
【尾聲】欲、攻書、史心、須靜、虎榜標名姓、怎肯辜負東
牆人、月情、

婚姻作別痛人心　展轉難禁欲斷魂

侯門難說深如海　難把蕭郎作路人

郊外遊絲醉曉烟春山遍處聽
帘鵲嫣紅姹紫撩人思爲畫
亭臺是閣迷情緒碎夢兒
領扣斜鬆衣帶寬手抱郎腰嬌
影顫亂襯常遠牡丹前

新召外臣

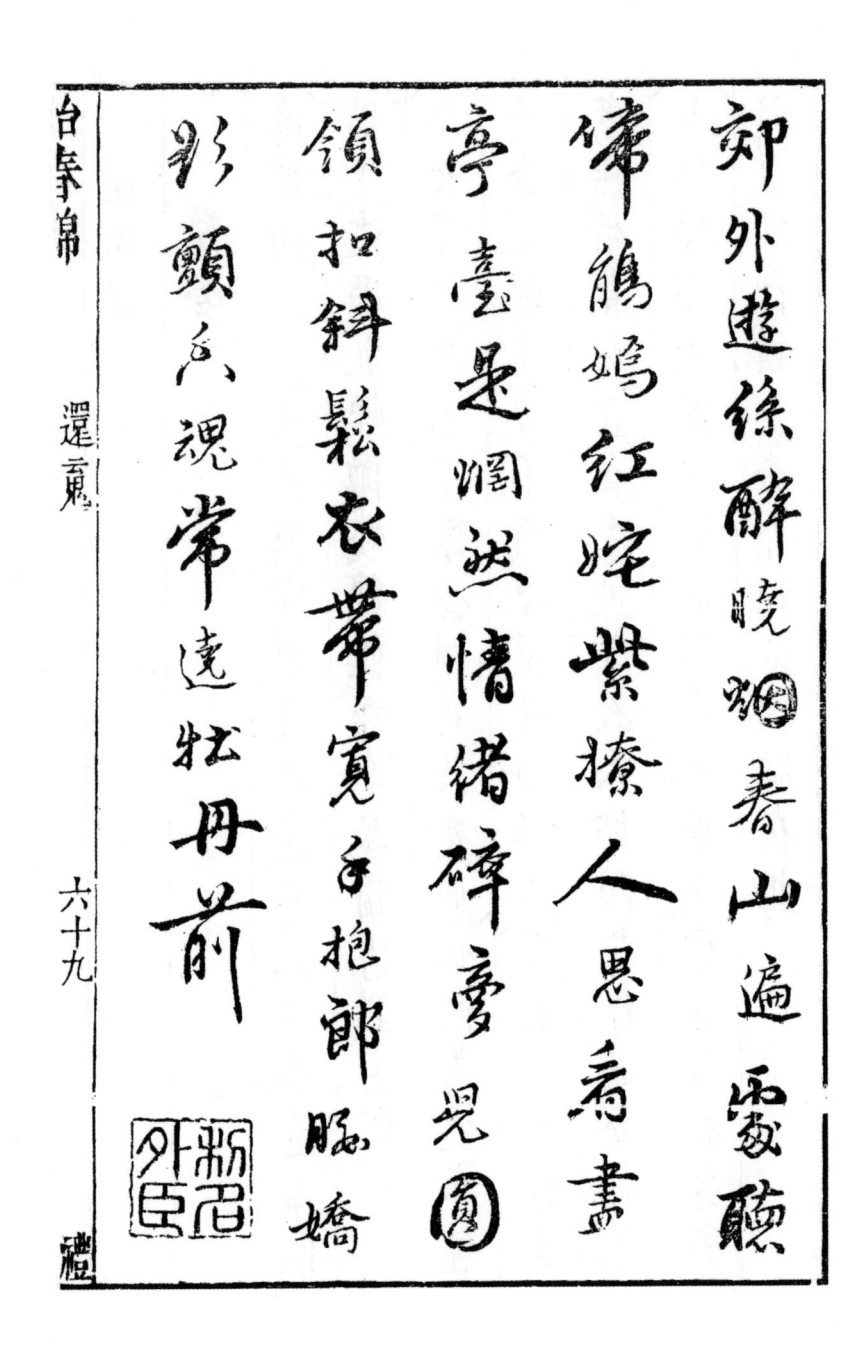

還魂記

驚夢

（旦上）遶地遊夢迴鶯囀亂煞年光遍人立小庭深院

（貼上）注盡沉煙拋殘繡線恁今春關情似去年

（旦）烏夜啼曉來望斷梅關宿妝殘（貼）你側着宜春髻

子恰憑欄（旦）翦不斷理還亂悶無端（貼）已分付催花

鶯燕借春看（旦）春香可曾教人掃除花逕（貼）分付了

（旦）取鏡臺衣服來（貼取鏡臺衣服上）雲髻罷梳還對

鏡羅衣欲換更添香鏡臺衣服在此

步步嬌（旦）裊晴絲吹來閒庭院、搖漾春如線、停半晌、整花鈿、沒揣菱花、偷人半面、迤逗的彩雲偏、（行介）步香閨怎便把全身現、

（貼）今日穿插的好。

醉扶歸 你道翠生生出落的裙衫兒茜、艷晶晶花簪八寶塡、可知我常一生兒愛好是天然、恰三春好處無人見、不隄防沉魚落鴈鳥驚喧、則怕的羞花閉月花愁顫、

（貼）早茶時了請行（行介）你看畫廊金粉半零星。池館

搴苔一片青。踏草怕泥新繡襪。惜花疼煞小金鈴。（旦）不到園林。怎知春色如許。

（皂羅袍）原來姹紫嫣紅開遍、似這般都付與斷井頹垣、良辰美景奈何天、賞心樂事誰家院、恁般景致。我老爺和奶奶再不提起。（合）朝飛暮卷、雲霞翠軒、雨絲風片、煙波畫船、錦屏人忒看的韶光賤、

（貼）是花都放了。那牡丹還早。

（好姐姐）（旦）遍春山啼紅了杜鵑、荼蘼外煙絲醉軟、春香阿牡丹雖好、他春歸怎占的先、（貼）成對兒鶯燕呵。

合 鬧凝盼生生燕語明如翦、嚦嚦鶯歌溜的圓、

旦 去罷。貼 這園子。委是觀之不足也。旦 提他怎的。行介

隔尾 觀之不足由他繾、便賞遍了十二亭臺是棡然、到不如興盡回家閑過遣、

作到介 貼 開我東閣門。展我西閣床。瓶插映山紫。鑪添沉水香。小姐你歇息片時。俺瞧老夫人去也。下 旦嘆介 默地遊春轉。小試宜春面。春呵得和你兩留連。春去如何遣。咳。恁般天氣。好困人也。春香那裏。作左

右膲介又低首沉吟介天呵春色惱人信有之乎常觀詩詞樂府古之女子因春感情遇秋成恨誠不謬矣吾今年已二八未逢折桂之夫忽慕春情怎得蟾宮之客昔日韓夫人得遇于郎張生偶逢崔氏曾有題紅記崔徽傳二書此佳人才子前以密約偷期後皆得成秦晉長嘆介吾生於宦族長在名門年已及笄不得早成佳配誠爲虛度青春光陰如過隙耳淚介可惜妾身顔色如花豈料命如一葉乎

山坡羊沒亂裏春情難遣驀地裏懷人幽怨則因俺

生小嬋娟，揀名門一例、一例裏神仙眷、甚良緣，把青春拋的遠、俺的睡情誰見、則索因循腼腆、想幽夢誰邊、和春光暗流轉、遷延、這衷懷那處言、淹煎、潑殘生除問天、

身子困倦了。且自隱几而眠。（睡介）（夢生介）（生持柳枝上）鶯逢日暖歌聲滑。人遇風情笑口開。一徑落花隨水入。今朝劉阮到天台。小生順路兒跟着杜小姐回來。怎生不見。（回看介）呀。小姐。小姐。（旦驚起介）（相見介）（生）小生那一處不尋訪小姐來。却在這裏。（旦作斜視

不語介生恰好花園內。折取垂柳半枝。姐姐。你既淹通書史。可作詩以賞此柳枝乎。旦作驚喜欲言又止介背想介這生素昧平生。何因到此。生笑介小姐。咱愛殺你哩。

山桃紅則爲你如花美眷。似水流年。是答兒閑尋遍。在幽閨自憐小姐。我和你那答兒講話去。旦作含笑不行生作牵衣介旦低問介秀才。那邊去。生笑介轉過這芍藥欄前。緊靠着湖山石邊。旦秀才去怎的。生低介和你把領扣鬆衣帶寬袖稍兒揾着牙兒苫也。

則待你忍耐溫存一餉眠。[旦]作羞[生]前拖[旦]推介[合]

是那處曾相見。相看儼然。早難道這好處相逢無一

言。

[生]強抱日[下]末扮花神束髮冠紅衣插花上[催花御

史惜花天。檢點春工又一年。蘸客傷心紅雨下。勾人

懸夢彩雲邊。吾乃掌管南安府後花園花神是也。因

杜麗娘小姐。與柳夢梅秀才。後日有姻緣之分。杜小

姐遊春感傷。致使柳秀才入夢。咱花神專掌惜玉憐

香。竟來保護他。要他雲雨十分歡幸也。

飽老催〔單〕則是混陽蒸變看他似蟲兒般蠢動把風
情搧一般兒嬌凝翠綻魂兒顫這是景上緣想內成
因中見呀淫邪展污了花臺殿咱便拈片落花兒驚
醒他〔向鬼門作丟花介〕他夢酣春透了怎留連拈花
閃碎的紅如片
秀才纔到的半夢兒夢畢之時好送杜小姐仍歸香
閣吾神去也〔下〕
山桃紅〔生旦攜手上〕這一霎天留人便草藉花眠小
姐可好〔旦低頭介〕〔生〕則把雲鬟點紅鬆翠偏小姐休

總了呵。見了你緊相偎慢厮連恨不的肉兒般團成
片也、逗的箇日上臙脂雨上鮮（旦）秀才你去呵。（合前）
（生）姐姐。你身子乏了。將息將息。送旦依前作睡介輕
拍旦介姐姐。我去了。作回顧介姐姐。你十分將息。我
再來瞧你那。行來春色三分雨。睡去巫山一片雲。下
旦作驚醒低叫介秀才。秀才。你去了也。又作痴睡介
（老旦上）夫婿坐黃堂。嬌娃立繡窗。怪他裙衩上。花鳥
繡雙雙。孩兒。孩兒。你爲甚瞌睡在此。旦作醒叫秀才
介咳也。（老旦）孩兒怎的來。旦作驚起介奶奶到此。老

【旦】我兒何不做些鍼指或觀玩書史舒展情懷因何
晝寢于此【旦】兒適花園中閒玩忽值春暄惱人故此
回房無可消遣不覺困倦少息有失迎侯望毋親恕
兒之罪【老旦】孩兒這後花園中冷静少去閒行【旦】領
毋親嚴命【老旦】孩兒書堂看書去【旦】先生不在且自
消停【老嘆介】女孩家長成自有許多情態且自由他
正是宛轉隨兒女辛勤做老娘【下】【旦】看老旦下介【長
嘆介】哎天那今日杜麗娘有些僥倖也偶到後花園
中百花開遍覩景傷情沒興而回晝眠香閣忽見一

生年可弱冠。丰姿俊妍。於園内折垂柳一枝。笑對奴家說。姐姐既淹通書史。何不將柳枝題賞一篇。那時待要應他一聲。心中自忖。素昧平生。不知名姓。何得輕與交言。正如此想間。只見那生。向前說了幾句傷心話兒。將奴摟抱去牡丹亭畔。芍藥欄邊。共成雲雨之歡。兩情和合。眞箇是千般愛惜。萬種溫存。歡畢之時。又送我睡眠。幾聲將息。正待自送那生出門。忽值母親來到。喚醒將來。我一身冷汗。乃是南柯一夢。忙身參禮母親。又被母親絮了許多閒話。奴家口雖無

言答應。心內思想夢中之事。何曾放懷。行坐不寧。自覺如有所失。娘呵。你叫我學堂看書去。知他看那一種書消悶也。（作掩淚介）

綿搭絮雨香雲片纔到夢兒邊、無奈高堂喚醒紗窗睡、不便潑新鮮、冷汗粘煎、閃的俺心悠步嚲、意軟鬟偏、不爭多費盡神情、坐起誰忺、則待去眠、

貼上晚妝銷粉印。春潤費香篝。小姐薰了被窩睡罷。

尾聲（旦）困春心遊賞倦、也不索薰香繡被眠、天那有心情那夢兒還去不遠、

春望逍遥出畫堂　間梅遮柳不勝芳
可知劉阮逢人處　回首東風一斷腸

灌園
七十七

灌園記

機露

七娘子【旦】小簾朱戶頻頻倚。盼幽期漫勞屈指。【小旦】多病嬋娟。少年覊旅。兩下一般愁緒。

小姐。前日老夫人問病時。我正要就這箇機會。對他說。你爲何到摇手起來。因此我只得支吾過了。不知你是何主意。【旦】朝英。你那裡知道。你就說出來。料毋親也定不依允。反要來隄防着我。却不悞了事。【小旦】小姐見得是。今早老相公已往西莊去了。老夫人此

時又睡了。乘此微月。我們去罷。（旦）只是我身子害病

去不得。（小旦）小姐。你的病。正該喫這服藥。我扶着你

去。

園林好（旦）月微、明朦、朧瑣、幃、（小旦）抱衾、裯把纖、腰手、

扶、挨不住一、腔衽、火（合）弓鞋、小蹅霜蕪、羅襪冷透、烟

莎、

（小旦）小姐。此間是他的房了。我上前喚他。阿呀。這般

没福。你看門兒鎖上。不如往那裡去了。小姐。小姐。你

往常時賊一般隄防人。不要我來約他。誰想今夜會

他不着。可不是自家悞了事。〔旦〕且等待他一回。〔小旦〕若等不來。恐反被別人撞着。不如回去罷。〔旦〕既來了。難道就回去。〔小旦〕我説你。看遠遠有箇人來了。我和你且躲在樹影底下。待他過去。

〔前腔〕〔生上〕夜深、歸、勢勢荷、鋤、慘清、霜寒、威切、膚、早是得了這件衣服。若只似前日這般单薄、嘆無衣怎生遮護、今夜裏自躊躇、何日得遂歡娛、〔小旦〕是他來了。〔旦〕早是不回去。〔小旦〕小姐喫你等着了。待我喚他一聲。王立哥。小姐在此。你拿了這被兒。與小姐少敘一

回。我去去便來。(旦)朝英。且在這裏。與你同回去。(生)出

他去去就來。(小旦)小姐留我。也不是真心。我也不住

在這裏。正是閉門不管窗前月。付與梅花自主張。(先

下)(旦)此處可有人來麼。(生)此處只有王立行動。況且

夜深了。那裡得箇人來。(旦)既沒有人來。我和你且在

這裏閑話片時。(生)小姐。待我開了門。房裏坐罷。此處

風露寒冷。(旦)不妨。你須是實對我說。你是甚麼樣人。

說明了。我纔進房去。(生)小姐。你猜我一猜。是何等樣

人

【忒忒令】【丑】莫不是蟬聯貴戚，莫不是鳳樓仙侶，莫不是是龍居淺水遭蝦相戲，莫不是泣驪珠鷓鴣羈縲絏沉埋在這裏。

【生】我也曾乘堅策肥，我也曾遍身羅綺，我也曾金尊綠醑雕盤甘旨，只因為遇明夷履艱危遭顛沛流落在這裏。

【旦】我何等待你。你只把閒話來支吾我。你今日尚不肯吐膽傾心。若後來發達。必然負我。我來差了。叫朝英。我要回去。我本將心托明月。誰知明月照溝渠。欲下生留介小姐。朝夾還不曾來。
川撥棹（旦）空留意、到如今你尚執迷、恨明月自照溝
渠、恨明月自照溝渠、料伊家是薄倖的、沒來由强問
伊、
前腔（生）我我的真情欲訴誰、我若好說不對小姐說
對誰說我的真情、只好天知地知、怕出言駟馬難追、
怕出言駟馬難追、怕隔墻有屬耳的、怕機不審惹是
非、
小姐不消只管問我。待我說箇誓罷。（跪介）皇天在上。

若法章有發達之日。負了小姐。天地不容。鬼神誅戮。
（旦）且住。你方纔明明說出法章二字來。可見你不是甚麼王立了。
尾聲（旦）分明露出眞名字。仔細從頭說與我知。管深藏不露些兒。
（生）罷罷罷罷。一時怵迫。說了眞名字出來。畢竟瞞不得小姐了。我本齊王世子田法章。那王蠋。就是我的太傅。只因他諫王被黜。我去救他。觸怒父王。發在此處安置。此後國破家亾。父王被害。太傅筭我不免。要將

寄在你家。把我假做他家養馬之人。把田字去了
畱傍、章字去了下截。改名王立。他說你今日爲王立。
厭你異日立爲王。但此事只可你知我知。若還洩漏。
我就不能安身立命了。（旦）既然如此說明。我就將千
金之軀。一旦付與你。也不枉了。如今和你進房去。

鸞交鳳友喜追隨　豈但鶼鶼寄一枝
雪隱鷺鷥飛始見　柳藏鸚鵡語方知

【懶畫眉】（小旦上）蜂媒蝶使簇花神、握雨携雲自苦辛、
須知寒谷已生春、想他芳菲零亂紅香褪、和葉和花

付與人、〔驚介〕那箇扯住我哞。

前腔原來是低枝抓住石榴裙、驚得我手顫心慌汗滿身、回頭顧影恍疑人、含酸受凍應難忍、嘖嘖。還不曾開房門。尚兀自雨打梨花深閉門、〔生持被上〕

前腔〔生〕夢中雲雨覺來真、誰道明河不可親、〔望介〕朝英來了。小姐出來。〔旦〕偷將羅帶結同心、〔生旦合〕只愁別後難親近、携手臨岐各損神、〔小旦〕小姐如今病好了麼。〔生〕被兒在此。你還拿了、〔小旦〕且留在此罷。省得下次又要拿來。〔旦〕還拿去。恐夫人不時來點檢、〔小旦〕

傍破介王立哥你自進房去罷省得有人窺覷生下

作回首介小姐昨晚說的話千定不可洩漏小旦小

姐怎敢輕言我只愁你洩漏了生笑下

前腔小旦看他羞蛾凝翠轉生春蝶粉蜂黃褪幾分

今宵一刻值千金作整髮介頭髮都亂了鸞釵半嚲

籠蟬髩小姐小姐每當朝英有些差遲動不動是小

賤人小賤人今夜裏受怕擔驚是小賤人旦小旦下

前腔生上盈盈羅襪步生塵且喜得睡穩金鈴不吠

人望介看他低回朱戶悄挨身幾時得戲魚波上尋

芳信定許漁郎來、問津、

恩情一霎時　審約兩無疑

久旱逢甘雨　他鄉遇故知

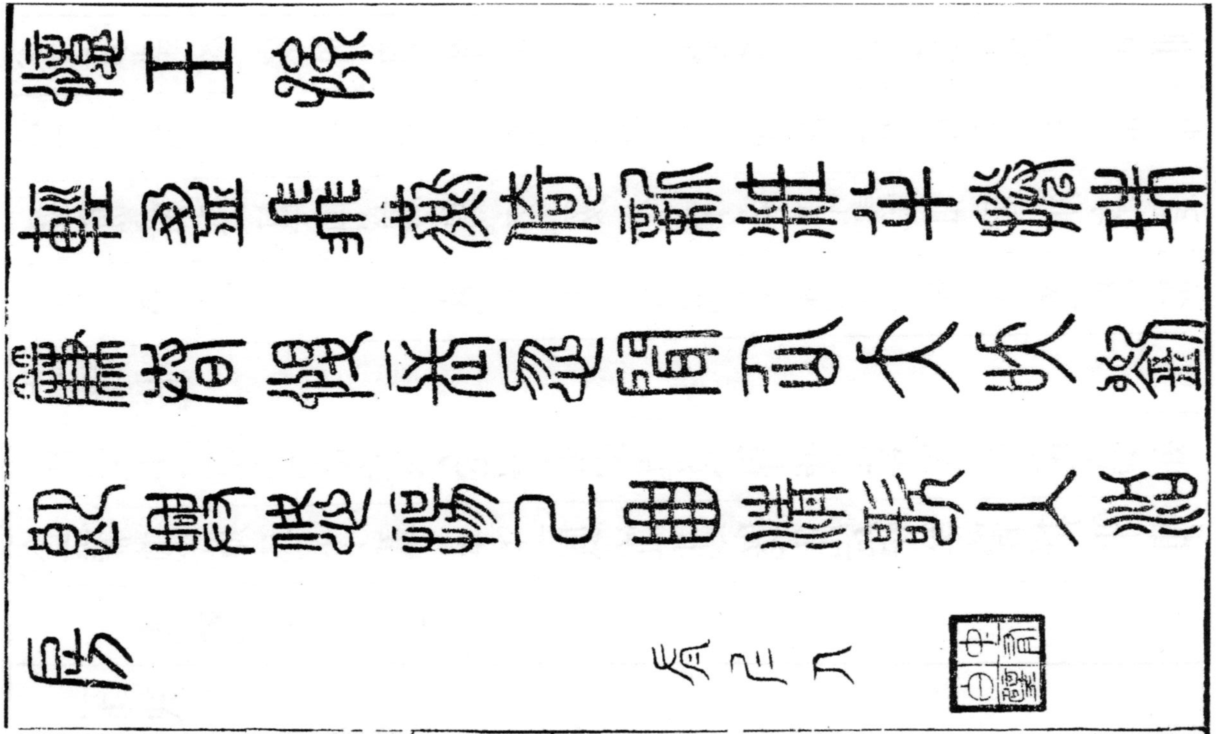

玉玦

入院

〈金瓏璁〉貼扮李翠翠上 風流悲既往，鉛華曾擅平康，徒老大在空房。黃金還散盡，教得歌舞成行，花塢外馬蹄忙。

花月樓臺近九衢。吹簫秦女繡羅襦。粧成每被秋娘妬，閒倚春風唱鷓鴣。老妾姓李名翠翠。祖居汴京。是宣和教坊一箇角妓。俺姐姐李師師，曾侍奉徽宗爺爺常幸。俺家姐姐死後。留下老身。聖駕遷都。隨到此住。有箇親生孩兒。喚做媚奴。年方二八。美貌無雙。吹彈歌舞。風流調侃。所事皆會。還有兩箇丫頭。從小兒買的。趕着孩兒。叫二姐。三姐。常伏侍俺娘兒每。人面前一般擡舉他。把些臙粉。東塗西抹。也哄過江湖子弟。覓些錢鈔。只是俺孩兒年小。不會哄人。這兩日我出去了。家裡沒客。不免叫孩兒問他則箇。大姐起來不曾。

（小旦）【前腔】春風驚繡幌。瘳梢初日橫牕。扶曉鏡照紅粧。青樓多薄倖。無那游子顛狂。空只學野鴛鴦。

媽媽萬福。貼孩兒來了。孩兒。我兩日喫酒忙。家裡有客麼。小旦那得客來。貼孩兒。我這樣人家。全憑着巧語花言。哄了人些東西。你却不曉得。故此沒有客。小旦怎麼的便好。貼但凡與人相處。喜要假喜。怒要假怒。笑要假笑。哭要假哭。真心不可使。實話不可說。這就是箇法兒。若還行得巧妙。不怕無錢與你。小旦如今人都乖了。不肯使錢。貼只怕他乖而不來。不怕他來而使乖。且看門外。有甚人來了。丑掇座常常醉。幫閒日日過。笑來都爲口。兩脚受奔波。大媽拜揖。貼解官人。貴人。一向不到俺家。丑便是。大姐有甚麼貼有。大姐來拜解官人。小旦見介丑好箇猻兒貼吓。不識羞。猻兒是你叫的。丑我怎麼叫不得貼也罷。說你慣鬬。你且解猻兒兩箇字。丑猻兒是山中小獸。善能與虎猻癢。那虎因他猻得快活。伏地不動。爬在虎頭上。猻破頂骨。喫了腦子。虎死尚然不知。比似你大姐。把俺子弟們。猻死了多多少少。終是迷而不悟。貼可知道哩。丑俺也問你。你是箇鴇兒。要解鴇兒兩箇字。貼鴇兒是山中之鳥。有雌沒雄。與百鳥交合。把來比俺們一般。丑這等。還叫做蛇兒便死。貼怎麼是蛇兒。丑你不聞道蛇與龜交。貼天殺的。到好話兒。小旦你曾也聽得人說。那曾見蛇與龜交。丑大姐想是偷的。不與人看見了。你看真武腳下那蛇兒。把龜子纏死也不放哩。貼且莫取笑。今日下顧。想必有好事作成俺家。丑有箇秀才。山東王侍郎的公子。特來請大姐。貼如此恰好。丫頭快看茶。丑待我門首看一看。

似娘兒生上懷抱易悲凉。尋翠館暫且徜徉。玉人家近天街上。門庭似水。笙歌競沸。笑語生香。

〔生〕解兄來了。有勞久待。〔丑〕不敢。不敢。大姐在裏面專等。〔生〕請。請。與〔貼〕〔小旦〕見介久慕芳姿。幸得一瞻。實慰素心。〔小旦〕貴游公子。屈過寒門。不勝光寵。〔貼〕東道已完了。快將酒來。〔生〕解兄。待小生先奉媽媽一杯。

〔排歌〕〔生〕好鳥調歌。殘花雨香。鞦韆麗日門墻。可憐飛燕倚新粧。半捲朱簾春恨長。〔合〕花源畔。玉洞傍。免教仙犬吠劉郎。瓊樓啓。翠幰張。不知何處是他鄉。

〔貼〕老身回姐夫一杯。大姐唱箇曲兒。〔丑〕大姐通書傳古。就說幾箇古人。比喻王相公。〔小旦〕如此汚耳了。禮北寄生草（小旦）河陽縣栽花客、（丑）是好一箇潘安。（小旦）錦宮城題桂郎、（丑）好一箇相如。（小旦）山公立志多豪放、張良舉足分劉項、蘇秦唾手為卿相、這相逢不似楚襄王、怕思歸學了陶元亮、

（生）起動。起動。小生與大姐同飲一杯。

排歌（生）薄扇回風、輕塵遶梁、凝雲塘激清商、樂中歌曲斷人腸、鶯囀春林、繡陌長、（合前）

（貼）敬解官人一杯。大姐舞一箇兒、我也把古時幾箇美人、贊着俺女兒。列位休要見笑、

比醉扶歸【貼】獺髓添、微絳【生】是像箇鄧夫人。【貼】梅瓣
貼、宮粧【生】是像箇壽陽公主。【貼】檀眉鬢來玉體香【生】
綠珠也不及。【貼】行踹金蓮上、【生】正好比着潘妃。【貼】謾
謊臨邛夜亾【生】好箇文君。【貼】索把章臺傍
【生】大姐到有柳氏之容。怕小生做不得韓翃。【丑】起動。
起動。我也敬一杯。【小旦舞介】
排歌【丑】佩轉鸞裾、斂低鳳翠、曲終初破霓裳、暖絲無
力自悠揚、轉更郎當、舞袖長【合前】
【貼】老身也謅一曲。合席奉一杯。

前腔【貼】寶帳流、蘇金、鋪洞房、枕屏、雙度、鴛鴦、淡雲微、
雨拂、高唐、兎走烏飛、不覺長、【合前】
【生】酒多了、【丑】天色已晚。小子送王兒入房。然後告別。
【生】深感盛情。盛與相訪可淹留。【丑】南國佳人號莫愁。
【小旦】日暮酒闌人已散。任他明月下西樓。【生丑先下】
【貼】大姐。你來。我看這王姐夫。是箇富貴子弟。這樣人。
到肯使一分好錢。你今夜陪他。與他箇甜頭兒。等他
心上熱了。起發他些東西。解官人去了。你進去睡罷。
【小旦】謹依母親指教。【下】【貼】待我關了門。【淨】乞兒【上】羞

者不做。做者不羞。（貼）呀。這貧子。黃昏時候。沒處討了。
（淨）我不是討的。（貼）你不討。到是鬬的。（淨）也說不定。（貼）
呸。癩蝦蟇想天鵝肉喫。（淨）媽媽。不瞞你說。我今日街
坊上。拾得一錠銀子。我想起來。沒福招乜。不如請箇
大姐。歇了一夜。送與他罷。（貼）有這等話。（淨）我不說謊
與銀看（介）（貼）你站在外邊。我與女兒商量。二姐出來。
（丑上）（貼）你去打發了那人去。（丑見淨諢介見貼介）不
知娘教我把甚麼打發他。（貼）要請你哩。（丑）不肯貼打
（介）這不做家的賤人。我只要有銀子。管他什麼好歹。

（丑）既然如此。教他把破衣服。脫在門外。洗了浴。與他睡一夜。明日五更出去了。只不要與人看見。（貼）也罷。那箇人進來。（丑見哭介）（淨）姐姐。你到與我好了。不要哭。明日去了。捨得銀子再來。（丑）呸。

堪笑窮兒暴富　（貼）有錢便是主顧

（淨）不是長久夫妻　也笑春風一度

簾半揭相桃兩目情私洽情私洽漫裁雲錦玳遶陳設香醪式盞窯媒蘖風流一刻圖歡悅圖歡悅死生盟誓枕邊輕說

右秦樓月　巨卿

義俠記

巧嫦

懶畫眉（小旦）昨日簾前事差迭，兩目相挑心共悅，重門一入暗傷嗟，水流何處花偏謝，路隔桃源雲萬叠，旦喜武大不在眼前，偶說出昨日心事，忽聽得小門兒响，想是乾娘來了。

前腔（丑上）庭院涼多暑消歇，（見介）娘子想你玉手初親針線帖，（小旦）乾娘我粧成未展繡文纈，你清晨何事降寒舍，（丑笑介）欲請神針特造謁，

老身向年。蒙一箇財主布施了送終衣料。遇着如今

閏月。急要做完。沒有好裁縫。斗膽央大娘子裁一裁。

從容尋人做罷。小旦若不嫌奴家做得不好。就是我

與乾娘做完。只不如今日日子好歹。丑娘子是一點

福星。何用選日。就煩貴步同行則箇。小旦旣如此。乾

娘先請。

前腔曲徑通幽省周折。過門丑隨行介丑纔過門兒

賓主別。坐介小旦乾娘試將雲錦漫裁截丑棒出介

天孫妙手被人間借。小旦剪介願壽比萬縷千絲不

情春錦

斷絕、

〔前腔〕針線初拈剪、刀撇、〔縫介〕〔淨〕盛服暗上嗽〔介〕〔乾
娘。連日如何不見〔丑〕門外誰人聲嚮徹、〔福介〕壽衣施
主偶相接、來得正好。進來看一看。〔淨〕小旦相見〔介〕〔小
旦〕背白〔介〕就是昨日那人了。〔淨〕看衣〔介〕乾娘這般妙
手難酬謝、不敢動問此位是誰家宅內客、
〔丑〕就是間壁。武大郎的娘子。〔淨〕小人只認得大郎。不
知他有這等福分。招得這一位好娘子。〔小旦〕官人休
要笑話。〔淨〕小人怎麼敢。〔丑〕娘子。你還不認得。這位西

門大官人。是陽穀縣第一箇財主。本縣老爺也和他
往來。家裡開箇大生藥舖。極肯撒漫。這段走就是他
與我的。（小旦）奴家有眼不識。（淨）折殺了小人。（丑）常言
道。一客不煩二主。大官人。便做箇主人。替老身與娘
子澆手則箇。（淨）最妙。取銀（介）乾娘。你就去備些酒飯
來。（小旦）不勞生受。（丑）酒菜俱有了。（淨）斟酒遞小旦（介）
香柳娘（淨）幸相逢舉觴、幸相逢舉觴、為娘稱謝、（丑）愧
無珍品堪陳設、（小旦）接酒（介）感伊家用情、感伊家用、
情飲（介）淺量為君竭、羞顏為君撇、（合）料三生契結、歡

情正奢可能卜夜、

（丑）呀。可惜買得酒少了。娘子陪大官人喫一盃。老身去縣前買好酒來。有一會耽擱哩。（淨）還是小人奉陪大娘子。（丑）縛門（介）天上人間。方便第一。（下）（淨）背（白）如今依了乾娘計策。把袖兒拂那筯子落地。只做拾筯揑他脚兒一揑看。（拂介）（揑介）（小旦）官人你有心。我也先有意了。你對天罰了誓。我就依你。（淨）對天揖（介）

（前腔）若忘伊此情、（小旦）要你跪了罰。（淨跪介）若負伊此情、暫時抛捨、願天罰我遭磨折、（小旦）掩淨口（介）（淨）

扯下（介）淨你也罰一箇誓。（同跪介）（小旦）天那聽金蓮誓言、聽金蓮誓言若忘了西門大官人呵。願聖手不相遮、天誅更不赦（淨掩小旦口介）（同拜介）（合前）

前腔（小丑上）有風聲到耳、邊有風聲到耳邊是女歡男愧梅湯一盞爲媒藥自家鄆哥便是。聽得街坊上人說西門大官人。要勾搭武大的妻子。每日在王婆店中。待我只做尋鬪。鬪將進去。看了些動靜。報與武大得知。出我前日那口氣。（看介）呀看門兒鎖、卻看門兒鎖、卻敢是討先設藏人、在房內也、（窺介）且潛身再

窺且潛身再窺、但見茶煙未絕、好似僧房客舍、
果然沒人在裡面。且自回去。明日再來便了。王婆這
老咬蟲、只教你閉門家裡坐。禍從天上來。（下）（丑上）聽
（介）
（前腔）聽人聲杳然、聽人聲杳然、想在枕邊低說、（開門
（介）你兩箇做得好事。（淨小旦急上跪介）乾娘、望你高
擡貴手、將人放、（丑）你們要官休。要私休。（淨小旦起介）
要官休便怎麼、要私休便怎麼、任你怎的說、誰人敢
道也、（丑）要官休報武郎、（淨小旦相看驚介）（丑）要私休

酬武郎（淨小旦）願把私休討設帕頭稱謝
（丑）旣如此。娘子你從今日起。每日不可失約。（小旦）只
依乾娘就是。（丑）大官人。你自不消我說得。所許之物。
不可失信。你們若變了卦我就與武大說知。（淨）乾娘
放心。决不失信（小旦）此時武大將歸了。奴家回去罷。
（淨）娘子。西廂記說得好。是必破工夫。明日早些兒來。
小人在此專候。（小旦）曉得了。不須囑付。

心有靈犀一點通　（淨丑）休教宋玉望墻東

（丑）結成鸞鳳靑絲綱　（合）碾就鴛鴦碧玉籠

邂逅佳人淚眷戀隔簾半露芙蓉臉䀹
角撩予心緒亂成嗟怨派蓬兀坐難排
遣夢寬何幸來花苑綺窗重會多嬌面
俛首無言心暗轉真腼腆片時結就三
生願

右漢家傲　　有容父

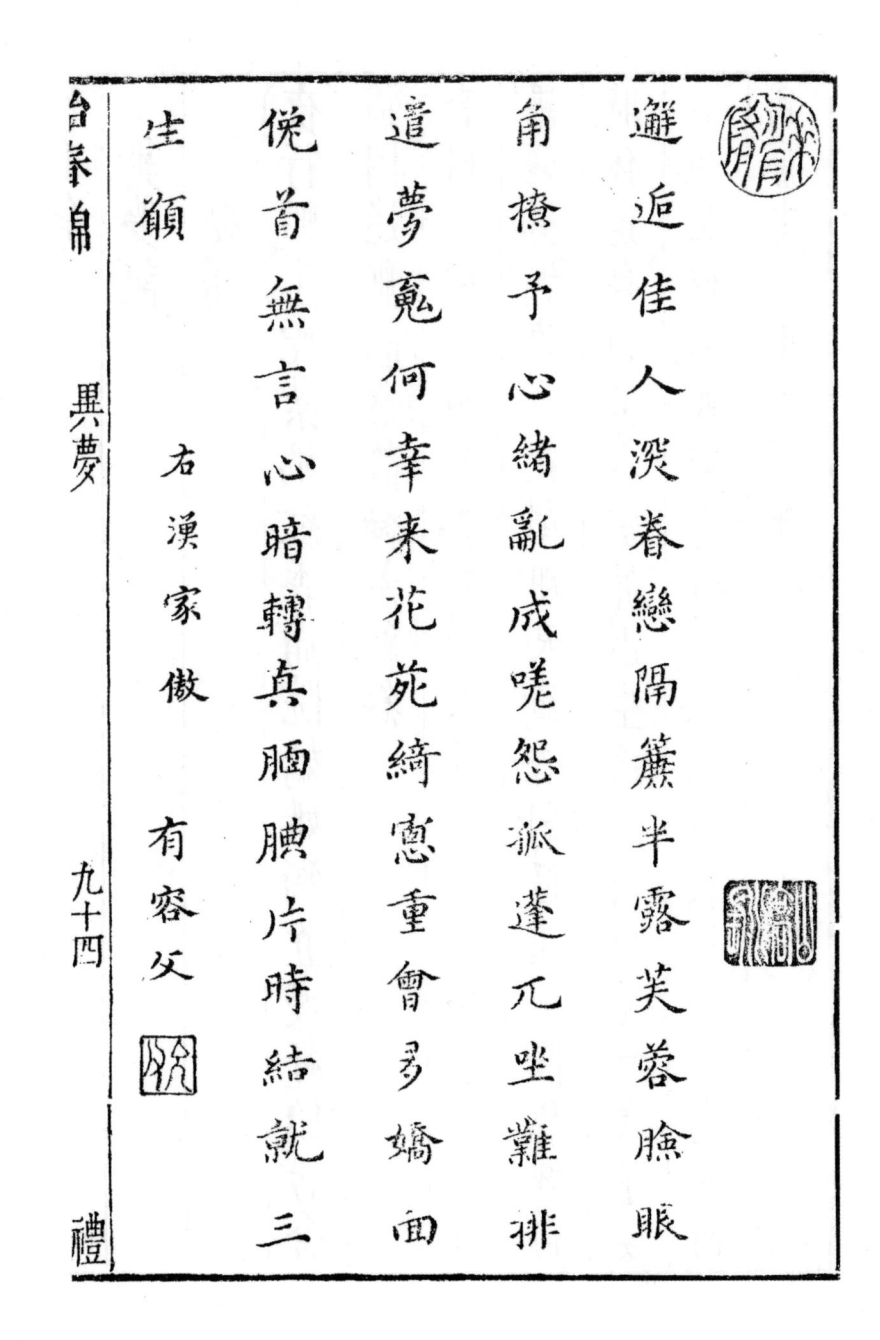

異夢記

夢圓

（夜行船）（生）姹紫嫣紅香滿院。嬌娥獨立瓊軒。顧盼含情。困迷無語。幾許綠羞紅怨。

（杏園芳）嚴粧嫩臉花明。教人見了關情。含羞舉步越羅輕。稱娉婷。○花朝咫尺窺香閣。迢遙似隔層城。何時休遣夢相縈。入雲屏。小生適在園中。見一女子姿容絕世。顧盼傾城。看他目挑心招。教我眉留意亂。同到舟中。好生思想他。

指引王奇俊。到垂雲峯扇中。與他相會夢中。再顯此些奇
蓋有婚姻之分。先託夢裡相逢。向後方得會合。不免
玉上旨。勅吾神掌管人間婚姻。今有王奇俊與顧雲容。
都是夢。何必夢來時。吾神三媒使者的便是。案上帝
扮神見判隨上（小生）天上比翼鳥。地下連理枝。相逢
此時夜已深了。不免捲上蓬窗。假寐片時。（睡介）（小生）
愁怨。
似嫖嫖花枝舞風嬌顫。他後朓把。情傳。教人旅況凄
步步嬌　佳人邂逅情間戀。半露芙蓉面。盈盈態可憐

異。以爲後日應驗。叫小鬼。把王哥傍的睡魔搨起了。

指引他到顧雲容房中去。（鬼應介）（生起合眼隨小生

走介）

忒忒令（生）暫離了、蘭橈畫船、過小橋、再來花苑、見雕

欄幾曲、把簾垂、金蒜悄地到綺窗前、悄地到綺窗前、

見風吹麝蘭香先飄一線、

此處是他房門首了。待我叩門。（叩門介）（鬼引旦上）

尹令（旦）綺窗外、誰來小院、待倫瞧嬌羞滿面、（旦出見

生介）（生進）（旦背立介）（旦）原來是這生。（生）便是小生。（旦

風流俊彦。適向陌頭窺見。（生）閒中見的。正是小生。（旦）

驀地重逢。教我俛首無言。情暗牽。

品令（生）池亭遇伊。儼似降飛仙。閒簫偷覷。瞧得眼兒

穿。小生回去。好生思想小姐。花間乍轉。教人默地相

縈戀。（旦）你又來待怎麼。（生）天台再入。莫負重來劉阮。

生挽旦介（旦）羞不肯介（生）帶綰同心。願效沙邊交頸

鴛。

旦看生介

荳葉黃（旦）何方俊彦。丰度自蹁蹁。蹁蹁却緣何。枉顧瓊軒。

却緣何枉顧瓊軒，頓教人冤驚，臆顫。【生】小生特爲小
姐到此。【旦看生介】他柔情腼腆，我合羞怎前。既蒙枉
顧。妾有彩箋一幅。願求題咏。【生】正要請教。【寫詩介】欲
待把數行詩題贈，欲待把數行詩題贈，權倩做媒。言
這情踪望卿卿鑒憐，
【生】詩已完了。【念介】春風吹花落紅雪。楊柳陰濃啼百
舌。東家蝴蝶西家飛，前歲櫻桃今歲結。鞦韆蹴罷鬢
髮鬆。粉汗凝香沁緑紗。侍女亦知心内事。銀瓶汲水
煑新茶。【旦】好詩，好詩，參駕應徐，齊驅李杜，真高才也。

玉交枝（旦）他拂開冰繭寫幽懷裁成錦篇韜霞繳玉

真堪羨教我意惹情牽（生抱旦看介）（生）看他冰姿膩

粉玉生煙紅香暈臉霞光茜兩相偎流蘇錦韉爲伊

鬆羅裳金釧

生挽旦下介（小生）他兩箇進去了。

月上海棠（小生）兩意堅權娛暫結三生願他兩人會

合還未有期哩。似荷錢擎露珠碎重圓霎時間偎抱

香紅頃刻裡分開雙燕我想人世姻緣。那一箇不是

夢來空繾綣櫻桃穢聚豈是到底姻緣

生旦挽手上介

江兒水〔旦〕鬢亂釵橫、燕香消、鬢墮蟬、〔生〕微微氣喘纖腰倦、暫酧惜玉憐香願、怕添憔悴綠愁紅怨、〔合〕好結百年姻眷、頃刻相逢、何日再來庭院、

〔旦〕妾有紫金碧甸環一箇贈君。願得如環不絕。〔生〕小生有水晶雙魚佩一枚送小姐。更祈魚水同懽。

川撥棹〔生旦〕情深眷、滿青衫珠淚染、願如環宛轉相連、願如環宛轉相連、似魚比目雙遊水邊、怕拆散並蒂蓮、怕分開比翼鴛

（尾聲）綢繆繡帳情非淺，一會兒春生羅薦，相逢回首

各茫然。

（外上）甚麼人。走進我女孩兒房裡來。快拿。快拿。（小生）

鬼引旦同外急下（生睡醒介）好古怪。好古怪。小生方

纔睡去。走入重門。直抵密室。見園中相會那女子。羞

蛾淡掃。玉臉重勻。比初見麗兒。愈覺俊雅。那女子將

彩箋一幅。要小生題詠。小生援筆題詩一首。詩句尚

然記得。小生與他並入羅幃。百般恩愛。臨別時。他以

紫金碧甸環贈我。小生以水晶雙魚佩答他。（看介）呀。

那雙魚佩。怎生不見。碧甸環到在此間。這夢兒好生奇異。

【二犯朝天子】錦帳分明會玉仙。笑倚羅幃裡兩情牽。把雙環寄贈訂良緣。尚依然。誰知夢裡團圓人未圓。覺來依舊孤眠。這淒凉萬千。這淒凉萬千。

（內叫介）風順了（生）這夢兒後來必有應驗。莫非小生與那女有姻緣分。也未可知。欲在此尋任數日。訪問箇消息。爭奈船已開去。且到吳淞。見了李兒。再到北關訪他。

台彖鼎　玉玦

樂

新鐫出像點板怡春錦曲南音獨步樂集

冲和居士選

玉玦記

酖喜

【三臺令】（小旦上）繡幃香閣豪奢。何似中林兎罝。暗裡自傷嗟。又還恐打草驚蛇。

不如意事常八九。可與言人無二三。自從昝喜來倚家中。把家貲蕩盡。此人別無資身之術。趕他不去。情願做了小耶。名喚招財。因被他使酒作鬧。人都怕來

了。媽媽懷恨。要害他性命。是我不肯。雖然如此。終非
久計。怎生是好。正是可人期不來。俗子揮不去。淨破
衣上。此處不留人。那有留人處。大姐。你唧唧噥噥說
些甚麼。小旦。招財。你如今不可使酒。人面前露出本
相來。只說俺家。沒上沒下。淨。你這人家。有甚麼上下。
我如今再不了。小旦。走起去。有客進來了。
吳小四。丑上。風又狂。雪又斜。隣家無酒賒。忽聽絃歌
在那些。望那朱樓近。狹邪何妨駐小車。
彩雲樓宇傍江開。乘興探梅踏雪來。欲解千金供買

笑。（淨）看君明歲做招財。（小旦）見（丑）介（丑）這箇小郎。到有些文才。他說我招財。好利市。好利市。（淨）說我的招財。（丑）怎麼說。（小旦）背扯淨介官人。不要聽他說。姐夫到此。定有賞賜。卻不是招財。（丑）是。（小旦）官人貴姓何處。（丑）我是江西茶商馮五郎。（小旦）莫不是當初馮鬼員外一家麼。（丑）正是。正是。我有十担好茶。送與大姐。（小旦）怎麼用許多。（丑）如今子弟。喫空茶的多了。（淨）我是不喫空茶的。（丑）這奴才。你到是子弟。（淨）俺不是子弟。你便是徒弟。（丑）怎麼徒弟。（淨）要你替頭。（小旦）扯淨

〔分〕快整酒來〔淨〕諢下〔丑〕怎的這小郎沒規矩〔小旦〕云
有些風顛病。〔淨〕有錢鬼可使。無錢身做主。酒在此。小
〔旦〕馮官人。且請一杯。〔丑〕大姐。央你唱一套。馬東籬百
歲光陰。〔小旦〕做北調唱介〔丑〕我不喜北調。要南調唱。
〔小旦〕也罷。
〔集賢賓〕〔小旦〕光陰百歲如夢蝶。回首往事堪嗟。昨日
春來花又謝。急罸盞夜闌燈滅。秦宮漢闕。但衰草牛
羊平野。〔合〕無話說。儘費了漁樵周折。
〔丑〕待我唱。

（前腔）（丑）荒墳廢壠餘斷碣、縱橫不辯龍蛇、投至狐蹤與兎穴、問多少英雄豪傑、魏耶晉耶、恨鼎足三朝分裂、（合前）

（淨）我也唱一箇。

鶯啼序（淨）天教伊富莫太奢、無多好天良夜、富家郎直恁鐵心、空辜錦堂風月、漸眼閒紅輪又西、青鏡裡朝添白雪、（合）鳩計拙、胡蘆提且教糊呆、

（丑）到是招財唱得好、賞酒與他。（做與酒淨背扯小旦同飲丑做見小旦遮掩介）

前腔（小旦）人生迅疾，披走車上牀，與鞋履相別，喜紅
塵不到門前，青山正補墻闕，又屋角偏遮綠陰，雅稱
我竹籬茅舍。（合前）
（丑）招財鬪酒與大姐（净）做鬪酒飲殘與小旦丑做見
小旦遮掩介
琥珀猫兒（丑）曉螢吟罷，一覺市囂帖，萬事雞鳴無罷
歇，爭名奪利幾時徹。（合）差迭，穰穰蜂衙蟻兵，蠅血
净偷酒醉介
前腔（净）裴公綠野，陶令白蓮社，愛殺黃花秋，那此帶

霜紫蠏煮、紅葉、（合）懽悦、幾箇登高酒杯、時節、

淨做醉坐諢介

尾聲（衆）莫教北海來、清夜囑付頑童記、者爲道東籬醉了也、

（丑）怒罵淨鬬介（淨）馮五郎。馮五郎。何必太猖狂。招財有萬貫。盡了怕回鄉。他家無別幹。學得會燒湯。你來定折本。與我賺一雙。（丑）元來這等。去了。去了。夜靜水寒魚不食。滿船空載月明歸。（丑下）（小旦怒介）今日接這箇人。你又赶了去。（淨怒介）你這反面無情。潑賤烟

花。前日怎麼奉承我。今日便這般。（小旦）不識義你自不爭氣。沒了錢。却怨誰來。（貼）將碗上人無害虎心虎無傷人意。昝姐夫。不要惱。再吃這碗酒。教大姐陪你歇罷。（淨）媽媽從來不達時務。今日這等。（外）做飲酒吐（介）（貼）大姐扶他後邊水閣上去。（小旦扶下慌走上）媽媽。扶將去就死了。怎麼好。（貼）不妨。想他在此打攪。不得了時。方纔與他這碗藥酒。就死了他。後邊水閣。正近大江。等到更深。推下水去。昝喜。昝喜。這是你自取之也。你要推我。我這樣人家阿。

〔北〕醋胡蘆〔貼〕饒你有黃金盛、滿車、到得來似湯澆雪、
誰教你有錢見全不想沒時節你貪着鳳、枕鴛、衾錦、
繡疊換得箇鶉衣百結這的是下塲頭受用好豪傑
〔小旦〕你平生只好酒、如今死在酒中。
前腔〔小旦〕你則與荷、鍾劉伶爭較些、毎日價耽圖麯、
蘗誰知道慇懃杯酒有歹魆〔貼〕這樣人。弄得箇死無
葬身之地。〔小旦〕只索向海、藏龍宮尋地穴便是你高
封馬鬣、不枉了風、流浪子自差別
〔貼〕得好休時便好休〔小旦〕風流子弟下塲頭

〔合〕假饒決盡湘江水　難洗今朝一面羞

報捷

折梧桐（旦上）裙染榴花，睡損胭脂皺，鈕結丁香，掩過芙蓉把（紅上）線脫珍珠，淚濕香羅袖，楊柳眉顰，人比黄花瘦。

（旦）紅娘，自張生去京之後，不覺半載餘矣。音書杳然。這幾日神思困倦，好悶殺人也。（紅）姐姐，雖然姐夫别去，終有再會之日，請自寬懷，不必掛念。

集賢賓（旦）眼前悶懷濃似酒，一半在眉頭，離了眉頭又在心上。有惡思量。無了無休。腰肢。似柳。怎當他。又添憔。瘦。新愁。舊愁。斷混了。難分。新舊。

紅娘　姐姐。往常也曾不快。將息便可。不似這一場清減得十分利害。

前腔　旦　曾經憔瘦。擔此憂。奈每偏鬧。由不似今番情最陡。悶來時。獨倚危樓。簾垂玉鈎。空目斷。山明水秀。謾凝眸。見衰草連天。野渡橫舟。

大聖樂　旦　風流惹下相思。爭奈相思無了期。內廂月下聽琴後。離恨。譜斷腸詩。只爲你文章魁首青雲客。

休看我桃李春風牆外枝（合）悶倚闌杆望也空教人
幾回目斷天涯
（紅）小姐這幾日香消玉減。腰不勝衣。越清瘦了。
前腔（旦）自從那日分離廢寢忘食減玉肌（紅）姐姐。請
箇問卦先生。占卜姐夫。幾時回來。（旦）金錢暗卜全無
準（紅）如今去了半年。想歸期不遠了。（旦）空屈指數歸
期（紅）他若中了。必定先寄書回來。（旦）不愁他青鸞有
信頻須寄（紅）只爲甚麼來。（旦）只怕金榜無名誓不歸
（合）前

(旦)紅娘。我想起舊日之事啊。
不是路(旦)暗想當時將欲從軍憔悴死一封書半萬賊兵剪草除(紅)那時是老夫人背盟(旦)負佳期閃得我恩情兩下離(紅)如今又是老夫人。逼他應舉去了。只爲蟾宮折桂枝這相思天涯海角心相似此情難寄
皂角兒(旦)帶圍寬瘦減腰肢(紅)姐姐。做些針指消遣何如。(旦)意懸懸懶拈針指這相思病染懨懨淋漓袖萬千紅淚(紅)姐姐。我今曉得你了。莫不是怕黃昏挨

白晝象床閑、鴛被冷這般滋味（合）寃家一去歸無定
期、嘆分離、天邊月缺也有圓時、
前腔（旦）去時節、黃葉亂飛、到如今、落紅堆砌、要相逢、
千、難萬難、不似俺別時容易、莫不是醉銀箏歌縷袖
戀秦樓、迷楚館、把奴拋棄（合前）
尾聲（旦）離愁萬種千言語（紅）姐姐。待姐夫回來時節。
可備細對他說。（旦）准備歸來訴與、只恐相逢無一句、
（丑上）一心似箭。兩腳走如飛。奉相公命賫書報與
小姐。恰纔前廳上見了老夫人。好生歡喜。着我來見

小姐。早至後堂。（嗽介）（紅）誰在外面。（見介）（紅）琴童。你回了。（丑）我相公中了。着我寄書來。（紅）可知道。昨夜燈花報。今朝喜鵲噪。姐姐正煩惱哩。你在這裡等着。我對姐姐說了。你進來。（紅見旦笑介）（旦）這小妮子怎麼。（紅）姐姐。大喜。大喜。姐夫得了官也。（旦）這妮子見我愁悶。故來哄我。（紅）琴童在門首。見過夫人了。使他進來見姐姐。姐夫有書。（旦）慚愧。謝天地。我也有盼着他的日子。喚他進來。（丑見介）（旦）你幾時離京師。（丑）離京一月多也。我來時。相公去喫遊街棍子去了。（旦）你不省得。

狀元喚做跨馬遊街三月。（丑）夫人說得是。有書在此。

接書介（紅）姐姐。姐夫書上寫着甚麼。可曾念着紅娘哩。

鎖寒窗（旦）因他去減我風流、寄書來又添消瘦、我和他別時節桂子新秋、盼書回又是梅花時候、悶來無語強擡頭、書在手、淚盈眸。

看書介

醉香歸（旦）我這裡開時有淚沾紅袖、他那裡修時未寫淚先流、開時開拆悶時修、淚痕兒都把書濕透、正

是一重愁番做兩重愁寄來書淚點從來有

〈念介〉張珙百拜書奉芳卿可人粧次自暮秋拜違倏爾半載上賴祖宗之蔭下托賢妻之德叨中甲第即日於招賢館寄跡以俟朝廷除授惟恐老夫人與賢妻憂念特令琴童馳報庶幾免慮小生身雖遙而心常邇矣恨不得如鶼鶼比翼卭卭並軀爲功名而薄恩愛誠有淺恩負饕之罪他日面會自當請責後成一絕以奉清教詩云玉京仙府探花郎寄與蒲東窈窕娘指日拜恩歸錦書定須休作倚門粧斷愧探花

郎。乃第三名也。（紅）他中了探花。不日衣錦歸來。妾與

姐姐賀喜。

前腔（旦）當日西廂月底曾相守。今日瓊林宴上恣遨

遊。跳東墻却去占鰲頭。借花心養成折桂手。到如今

晚粧樓改做志公樓。朝陽鳥便是鸞鳳友。

紅娘取紙筆過來。寫書回他去。（寫介）書已寫完。無可

表意。聊奉汗衫一領。裹肚一條。線襪一雙。瑤琴一張。

玉簪一枝。斑管一枝。分付琴童。教他好好收拾。（紅）姐

姐。姐夫如今做了官。豈無這幾件東西。將去何用。（旦）樂

你不知道。

紅兩褸 旦這汗衫兒和他一處宿想着他體溫存貼着他皮肉 紅這褻肚何用。旦常不離了他前後緊守着他左右 紅這瑶琴何用 旦當初五言詩謹趁逐後來七弦琴成配偶 紅這玉簪呵。旦到如今功名成就也只怕撇人在腦背後

紅這斑管怎麼說。

前腔 旦湘江兩岸秋當日娥皇因虞舜愁西廂兩淚滙今日鶯鶯爲君瑞憂琴童你逐宵旅店房中宿休

將包袱兒做枕頭，水浸雨濕休教扭，乾來時熨不開，

摺皺，一椿椿與我仔細收留也，你與相公說，是必休

忘舊。

（丑）小人領命。

書封鴈足此時修　情繫人心早晚休

此去長安千萬里　㑌教夫婿覓封侯

煎茶

（丑上）藍橋今夜好風光。天上羣仙降下方。只恐雲英難見面。裴航空自擣玄霜。小人寒鴻。跟隨官人在驛中。今夜內臣在此。不免伺候則箇。（生上）爲托青童傳信息。深探月窟見姮娥。寒鴻。有一件事。和你商量。（丑）官人。有甚麼事。（生）今夜宮女在此。只怕無雙小姐也在其內。你與我探箇消息。（丑）官人又來了。掖庭內。有三十六宮。七十二院。三千粉黛。八百嬌娥。更沒得差

直差小姐到來。你休痴心。（生）你省得甚麼。凡事不可
意料。大海浮萍。也有相逢之日。倘我與小姐姻緣未
斷。正差了來。也未可知。你與我粧做煎茶童子。在後
堂深處等候。暗地瞧小姐在內。我要見他一面。這顆
明珠。是小姐與俺的。你把與他爲信。只等回報。（丑）恁
的。官人請出去。小人自有分曉。（生）眼望旌捷旗。耳聽
好消息。（下）（丑）我官人是箇失心風的。天下那有這等
事。也罷。我除下帽子。梳箇髻兒。撞入中堂去。看他何
如。（淨上）見家門戶重重閉。春色緣何得入來。你是何

人撞入中堂有何緣故（丑）小人是茶童（淨）呸怕沒有婦人。要你男子漢入去。（丑）你不知驛中常年是俺煮茶。並沒有婦人。（淨）你驛丞的老婆在那里（丑）沒有老婆。（淨笑介）你便是他的老婆了。放你入去不要則聲。老公公法度嚴緊。在他門下過。怎敢不低頭（下）（丑）好了。喫我漏了進來。只在此間煎茶等候。（煎茶介）

長相思（旦上）念奴嬌歸國遥。爲憶王孫。心轉焦。楚江秋色饒。月兒高。燭影遥。爲憶秦娥。夢轉迢。漢宮春信消。

街鼓鼕鼕動戍樓。倚牀無寐數更籌。可憐今夜中庭月。一樣清光兩地愁。奴家在這驛中。看看天氣晚來呀。樵樓上已是二鼓了。獨眠孤館。展轉淒惶。怎生睡得去。欲待與姊妹們閑話。一箇箇都自去睡了。不免剔起殘燈。到中堂去閑步一番。以消長夜。你看

二郎神 良宵杳、爲愁多睡來還覺、手攬寒、衾風、料峭、徘、徊燈側、下階閑步、無聊、只見像淡中庭、新月小、畫屏間餘、香猶、裊、漏聲高、正三更、驛庭人靜、寥寥、

這是中堂。外面是前堂了。待我揭起簾兒看。

前腔偷瞧朱簾輕揭金鈴聲小那一爐宿火。兩箇銅瓶。敢是煎茶之所。一縷茶烟香繚繞（丑）簾兒下有箇內家來也。（旦）驚退介呀。元來有人在外邊（進看介）是箇煎茶童子。那人我好面善呵。青衣執爨分明舊識丰標悄語低聲問分曉寒鴻。寒鴻（丑）呀。簾內莫非無雙小姐麼（旦）你不是塞鴻麼。（丑）小人正是（旦）天呵。果然是萍水相遭（丑）小姐果然在此。（旦）塞鴻你怎的也在這裡。（丑）覆小姐。俺官人見做驛官。着小人假做茶童打探。不想果得相遇。（旦）郎年少自分離孤身何處

飄颻、

丑 告小姐。一言難盡。官人自分散後。賊平到京。逢着小人。正要同來拜見。不想遭這場横禍。如今官人得金吾將軍擡舉。與他奏討得官。見做富平縣尹。權知此驛。

轉林鶯 旦 宦中薄祿、權倚靠、知他未遂雲霄、採蘋如今在那裡。丑 採蘋在王將軍家做義女。官人具禮去贖他爲妾。見今和官人一處。旦 他到强似我。鶺鴒已古枝頭、早孤鸞拘、鎖何日得、歸巢檀郎、安否怕相思

瘦損、潸安貌（丑）官人雖是折磨。却也志氣不衰。容顏
如舊。（旦）志氣好、千般折挫、風月未全消、
（丑）官人有明珠一顆着我送還。説是小姐與他爲表
記的。（旦）明珠何在。（丑）在此。（與珠介）
前腔（旦）雙珠依舊成對好、我兩人還是蓬飄塞鴻。我
今夜要見官人。你喚得來麽。（丑）這箇使不得。敎使老
公公在外。軍士們鐵桶也似守把。官人怎的來得。（旦）
眼前欲見何由到、驛亭咫尺翻做楚天遥、楚天猶小、
着不得一腔煩惱、（丑）小姐有甚説話。説與我。傳與官

人【旦】嘆介枉心焦芳情自解怎訴與伊曹

【丑】小姐修一封書。備細寫下。小人遞與官人看。【旦】也

說得是。我房裏去修書。【丑】小姐快些。霎時便要天明

也。【旦】理會得。

啄木公子舒蠶繭展兔毫敲腳蹁頭隨意揮只怕我

萬恨千愁假饒會面難消寫向鸞箋怎得了我那滿

腔哀怨呵。縱有丹青別樣巧畢竟衷腸事怎描只落

得淚痕交

前腔書裁就燈再挑末袋重封花押巧將書出與丑

介塞鴻。書已寫完了。【丑】有甚言語。【旦】傳示他，好自支持，休爲我長皺眉稍。【丑】別有甚說話。【旦】爲，読漢宮人未老，怨粉愁香憔悴倒，寂寞園陵歲月遥，雲雨隔藍橋，

【丑】告小姐。小人一時思量不到。外面老公公。分付門子。一箇箇出入。都要搜檢。小人把這封書出去。被他們搜出。却不利害。其實拿去不得。【旦】呀。我也不想到此。也罷。我把這封書。藏在錦𢇁子底下。待我去後。教官人取來看。【旦】藏書介

哭相思尾從此兩下分離音信杳無由再見情人了旦倒介丑驚走下净丑上自不整衣毛何須夜夜嘷咱們勞倦正要睡哩不知隔房劉家娘子一夜啾啾唧唧哭哭啼啼做甚麼老身方纔喫他驚覺了不免去瞧一瞧丑呀怎麼倒在地上不好了祖武符孝順簝艸頭天七顛八上天入十死九萊重芥周發殷手清眼南去北净老妮子說甚麼丑劉娘子倒地生薑湯快來净好也人要死哩你兀自打歇後語哩有這等慢心腸的待我叫工你叫净列位好姐姐可憐劉

帽。今朝懶畫眉。忽地玉山頹。渾如醉公子。戶北窗
江紅。面皮豆葉黃。請過七娘子。將些江兒水。打碎生
薑芽。都來玉胞肚。大家醉扶歸。扶去羅帳裏坐〔丑〕好
少話兒〔小旦〕貼上野花不種年年有。煩惱無根日日
生。做甚麼囉唣〔丑〕恰纔來看劉娘子。不知因甚。驟倒
在地〔小旦〕這是受了辛苦。中惡倒了。〔貼〕快把水來。噴
他幾口。姐姐甦醒。

黃鶯兒〔旦〕連日受劬勞。怯風霜。心膽搖。昨宵不睡捱
到曉〔小旦〕小姐爲何不睡〔旦〕思家路遙。思親壽高。因

此上蒼為然愁絕懵騰倒（合）謝多嬌相將救取免死向荒郊

前腔（小旦貼）人世水中泡受皇恩福怎消何須苦憶家鄉好慈幃乍拋相逢不遙寬心莫把閑愁惱（淨丑）曙光高馬嘶人起梳洗上星軺

請列位娘子早梳粧。要趕路程。

愁劇翻成病　寬心免作灾

趲程須及早　月影過花堦

繡襦記

剔目

金瓏璁【旦上】賣金收古典，勸郎希聖希賢，窮理義，坐青氈。倒橐收回萬卷書，明窗淨几借居諸。寒灰餘燼借吹噓，三寸舌爲安國劒，五言詩作上天梯。願郎他日錦衣歸。奴家自與鄭郎沐浴更衣，移一書院另居。且喜數月肌膚稍腴，卒歲平愈如初。奴家勸他斥去百慮，以志于學，俾夜作晝。今已三載，業雖大就，再令精熟以俟百戰。多少是好。謊猶未了。鄭郎已到。

前腔（生）命途遭偃蹇。鴻鵠暫困林間。毛羽長。看孤騫。（旦）官人。妾聞天之將降大任于是人也。必先勞其觔骨。餓其體膚。你貧賤患難。皆已歷過。何不奮志于學。以俟百戰。（生）卑人聲振京闈。名聞天下。海內文籍。莫不該覽。亦可以試。書已讀盡。無可庸功。（旦）官人。自古書囊無底。那有讀得盡的。

沉醉東風 你且對青燈。開着簡編。須勵志。莫辭勞倦。坐待旦。竟忘眠。坐待旦。竟忘眠。乾乾黽勉。如與那聖

[illegible]對面〔合〕鳶飛戾天。魚躍在淵。察乎天地道理兒在
眼前。
前腔〔生〕看詩書。不覺淚漣。〔旦〕爲何哭起來。〔生〕這手澤
非爹批點。〔旦〕若如此不怨父母。方是箇好人。〔生〕想熊
膽苦參丸。想熊膽苦參丸。娘親曾勉。今日呵虧殺你
再三相勸。〔合前〕
〔生〕大姐。夜深了。去睡了罷。〔旦〕官人。豈不聞古之人懸
梁刺股。以志于學。你今懶惰。焉能有成。你且讀書。我
做些鍼指陪你。

江兒水 刺繡拈鍼線工夫自勉旃謾配勻五綵文章炫似補袞高才將雲霞剪皇猷黼黻絲綸展若論裙釵下賤十指無能善逞芙蓉嬌面

生 大姐你聽夜深了

前腔 玉漏催銀箭金猊冷篆烟 旦 你書到不讀敢是要睡 生 奈睡魔障眼精神倦你紅樓猶把笙歌按倒金尊秉燭通宵宴 旦 你還想紅樓翠館怎麼 生 淹倦情懷撩亂聽聲徹禮槽想是曲罷酒闌人散

玉交枝 旦 你文章不看斤支離一剗亂言讀書有

到(生)那二到(旦)心到户到眼到你書到不讀爲何頻

蹙殘模而不思繼美承前(生)見你秋波玉潤使我憐

二雙俊俏含情眼(旦)你不用心玩索聖賢却爲妾又

垂青盼

(生)我的娘誰教你生得這樣好

(前腔)(旦)且把書來收捲罷罷爲妾一身損君百行何

以生爲我拚一命先歸九泉(生)大姐何出此言(旦)你

喜我這一雙眼麼(生)端的一雙俏眼(旦)我把鸞釵剔

損刪鳳眼羞見不肖迍邅(生)呀不好了涓涓血流如

湧泉潸潸。却把衣沾染。今始信望眼果穿。却教人感傷腸斷。

呀大姐甦醒。

〔玉〕胞肚〔旦〕我在冥途。回轉。尚兀自心頭火燃。你還只想鳳友鸞交。焉得造鶯庵鴿班。我好痴這般不肎上的。管他則甚。我向空門落髮。伊家休得再胡纏。紙帳梅花獨自眠。

〔旦〕罷罷。我不免自去落髮爲尼。你若有志讀書做箇好人。尚有相見之日。若只如此。我永不見你了。〔生〕罷罷他婦人家尚然如此立志，我何苦執迷如此，大姐，你不須煩惱，小生聞得上國開科，如今就此拜別，若得官回來見你，若不得官，決不見你之面。（旦）如此却好，我有白金十兩，贈君為盤費。（生）多謝。

川撥棹，明月別朝金殿，把胸中經濟展。（旦）論所學達者為先，論所學達者為先，者為先早成名，吾心始安。（生）不成名誓不還，不成名誓不還。

尾聲（旦）孤幃再把重門掩，不堪離恨寄冰絃，斷雨殘雲思黯然。

（旦）才郎快着祠生覷　鵬鶚飛黃路佔先

（生）從此閙人常側耳　泥金帖子好音傳

怡春錦　浣紗　二十三　樂

浣紗記

行春

遶地遊（生）尊王定霸。不在桓文下。爲兵戈幾年鞍馬。回首功名。一塲虛話。笑孤身空淹歲華。

少小豪雄俠氣聞。飄零仗劍學從軍。何年事了拂衣去。歸卧荆南夢澤雲。下官姓范名蠡。字少伯。楚宛之三戶人也。倜儻負俗。佯狂玩世。幼慕陰符之術。長習權謀之書。先計後戰。善以奇而用兵。向勢兼形。能以正而守國。爭奈數奇不遇。年長無成。因此息情故鄉。

游宦別國。蒙越王拔於衆人之中。厠之大夫之上。志同道合。言聽計從。邇年以來。邦家多故。廟之善策。外有强隣。正君子惕勵之時。人臣幹蠱之日。今日春和景明。椰舒花放。暫解印綬。改換衣裳。潛遊田野。正欲問俗觀風。浪蹟溪山。兼可尋真訪道。逍遥行來。早是山陰道上了。只見千巖競秀。萬壑爭流。雲木週遭。溪山罨畫。家家畊牧。燕雀賀生成。處處歌謡。桑麻深雨露。正是旭日初升。海上紅雲萬國。東風布暖。湖邊細雨千家。其實好遊行也。

〔金井水紅花〕農務村村急、溪流處處斜、迤邐入煙霞、
景堪誇、峰巒如畫、捹把春衣沽、酒沉醉在、山家唱一
聲水、紅花也囉、偶爾閒步。試看世情。奔走侯門。驅馳
塵境、我仔細想將起來。貧賤雖同草芥。富貴終是浮
雲。受福者未必非禍。得禍者未必非禍。與時消息。隨
勢變遷、都是一場春夢也、更衣變服、究古論今、較勝
爭、強不知何年、纔罷、笑你驅馳、榮貴、還是他們是他
笑我奔、波塵土、終是咱、們是咱、追思今古都付漁樵
語、

行遠山蹬°不免到諸暨走一遭°正是爲愛溪山最深

處°令人忘卻利名心°（下）

遶地遊（旦抱衣持竿上）苧蘿山下村舍多瀟洒問鶯

花肯嫌孤寡°一段嬌羞春風無那趁晴明溪邊浣紗

溪路沿流向若耶°春風處處放桃花°山深路僻無人

問°誰道村西是黃家°奴家姓施°名夷光°祖居苧蘿西

村°因此號做西施°居既荒僻°家又寒微°窺醜美而兒

知°年及笄而未嫁°照面盆爲鏡°誰憐雅淡梳粧°盤頭

水作油°只是尋常包裹°甘心荊布°雅志貞堅°年年針

線。爲他人作嫁衣裳。夜夜辟纑。向隣家常借燈火。今
日晴爽。不免到溪邊浣紗去也。只見溪明水凈。沙煖
泥融。宿鳥高飛。游魚深入。飄飄浪蕋流花。鷗來往浮
雲作舞衣。正是日照新粧水底明。風飄素袖空中舉。
就此石上。不免浣紗則箇。
〔金井水紅花〕綠水全開鏡、淸溪獨浣紗、波冷濺芹芽、
濕裙紈、嬌羞誰訝、弄得懨懨春、倦不覺髻兒斜、唱一
聲、水紅花也囉、浣紗已畢。且收。拾回去罷。收竿起身
整衣長嘆〔介〕梅花雖好。浪影溪橋。燕子多情。空巢村

望我仔細想將起來。世間佳人才子。不能成就鳳友
鸞交。我既不能見他。他又不得遇我。一日復一日。年又
一年。不知何時得遂姻緣也。朝朝自出。夜夜空歸。樹
黑山深。恰又夕陽西下。笑我寒門薄命。未審何時配
他笑傍王孫芳草。未知何年配咱。花枝無主。一任東
風嫁。
下(生上)轉遲來那渡。來到苧蘿村。呀小娘子拜揖
旦(云)參官萬福(生揖)云介世間有這等女子。豈非天姿
國色乎。小娘子。我且問你。你何方居住。姓甚名誰。莫

十丂金

非採藥之仙姝。必迴避世之毛女。緣何在此。乞道其詳。【旦】客官。妾就住苧蘿山下。寒家姓施。世居西村。名喚西施。【生】小娘子。你青春幾何。曾嫁人否。【旦】年方二八。尚未適人。【生】小娘子。我不敢容隱。下官就是越國上大夫范蠡。尋春到此。【旦】賤妾不知貴人。失于退避。【生】你是上界神仙。偶謫人世。如此豔質。豈配凡夫。你既無婚。我亦未娶。即圖同展丘督。以結姻盟。但以身常許。君遭時多難。敢冀少延旬月。即當奉遣來人。乞垂鑒親。萬勿他適。【旦】蓬茅陋質。田野村姝。蒙君子不遺葑菲之微。實賤，妾得荷絲蘿之托。雖是年歲，豈敢變移。（生）敢問小娘子。你手中拿的甚麼東西。（旦）家貧無以營生。聊以浣紗爲業。（生）下官微行。失帶禮物。卿是漢女。僕乃鄭生。敢借溪水之紗。權作江皋之佩。持此爲定。勿背深盟。（旦遞紗與生接介）（旦）小物輕微。不足留贈。

（玉胞肚）（生）行春到此，趁東風花枝柳枝，忽然間遇着嬌娃，問名兒與作西施，感卿贈我一縑絲，欲報慚無明月珠，前腔（旦）何方國士，看堂堂風流俊姿，謝伊家不棄寒微，却教人惹下相思。勸君不必贈明珠，猶喜相逢未嫁時。

（旦）日暮途黑。就此告歸。（生）多謝娘行。前途保重。

（生）芙蓉腊肉綠雲鬟（旦）一番畵樓臺青黛山

（生）千樹桃花萬年藥（旦）不知何事憶人間

浣紗記

採蓮

醜奴兒令（淨丑上）（淨）秋來勝事知多少別殿風涼夾岸荷香挤取今朝醉一場（丑）姑蘇自古繁華地臣服遐方貢獻相將誰似江東國勢強

（淨丑相見介）（丑）臣遭聖恩畧無一報。今進薄物。少伸寸忠。見在宮門。未敢擅入。（淨）老太宰。怎麼生受你。是甚麼東西。（丑）文箭一百枚。（淨）怎麼要許多。（丑）狐皮五十雙。（淨）一發多了。（丑）還有自織的葛布十萬疋。（淨）太宰調謊。你家裡有多少人。纔得許多。（丑）臣有一禮帖。求主公一看。（淨）謹具文笥一百枚。狐皮五十雙。葛布十萬疋。東海寡君勾踐。遣下大夫泄庸。敬進上吳國大王引意。伏乞鑒納。（淨）太宰。我道你沒有。你就有。平日慳吝。怎麽肯。（丑）伯嚭爲主公後宮甚多。夏間腥臊。特遣人與越王說。他令合國婦女。連夜織就送來的。這就是我送的一般。我若不說。他怎麽有。（淨）你常把別人的東西。作自己人事。（丑）主公平日曉得伯嚭做人的。是這等風自己之流。慷他人之慨的。（淨）休取笑

越王如此孝順。要作一書贈他。封地東至句甬。西至
檇李。南至姑末。北至平原。聊伸謝意。你道何如。（丑）極
好極好。我出去對泄庸說。教他再拿東西進貢。（下）（净）
自從西施入宮。妙舞清歌。朝懽暮樂。不多日。美不得
盡了上千遭雲雨之情。記不起喫了上萬鍾合懽之
酒。不但姿容嬌媚。更兼性格溫柔。我這幾根老骨頭。
必定斷送在他手裡。兩日覓靈。不知飛在那裡去了。
昨日分付諸女侍到湖上採蓮。想是我的覓靈去在
湖上。待我今日去尋了他同來。內侍們。後宮請娘娘

出來。到湖上採蓮去。〔衆應介〕

〔念奴嬌〕〔旦上〕丹楓葉染作湖光清淺。凉生商素。拜淨

〔介〕〔淨〕西帝宸遊飛翠蓋。擁出三千宮女。〔衆〕絳綵嬌春

鉛華炫晝。占斷鴛鴦浦。〔旦〕若耶縹緲。浣紗溪在何處

〔淨〕美人你方纔梳洗。〔旦〕大王爺。晚來乘凉困倦。不覺

起來遲了。〔淨〕美人。你記得夜來乘凉的景象麽。〔旦〕記

得。〔洞仙歌〕氷肌玉骨。自清凉無汗。水殿風來暗香滿

一點明月窺人。人未寢。攲枕釵橫鬢亂。〔淨〕起來庭戶

悄無聲。時見疎星。渡河漢。試問夜如何。夜已三更。金

波渡王繩低轉。（衆）但凡指西風幾時來。又不道添年暗中偷換。（淨）美人。非已分付畫船簫鼓。同往湖上採蓮去。（衆）畫船整備多時。專待大王爺娘娘登舟。（衆）起鼓發舟介（旦）妾家越溪有採蓮二曲。試爲大王歌之。

（淨）美人生受你。

古歌（旦）秋江岸邊蓮子多。採蓮女兒棹船歌。花房蓮實齊戢戢爭前窺。折歌綠波恨逢長莖不得藕。斷處絲多刺傷手。何時尋伴歸去來。水遠山長莫回首。

（淨）絕妙。拿酒來。我飲一大觥。

怡春錦

古歌二 亘 採蓮採、蓮芙蓉衣、秋風起、浪晃鳧飛、桂棹

蘭橈下、極浦羅裙、玉腕輕搖櫓、葉嶼花潭一望平吳

歌越吹、相思苦、相思苦、不可攀、江南採蓮今已暮、海

上、征夫猶未還、

淨 更好。更好。我再飲一大觥。

念奴嬌序 澄湖萬頃、見花攢錦繡、平鋪十里紅粧、夾

岸、風來宛轉處、微度衣袂、生涼、搖颺百隊蘭舟、千羣

畫槳、中流爭放、採蓮舫、合 惟願取、雙雙繾綣、長學鴛

鴦、

前腔【旦】堪賞、波平似掌、見深處繚繞、歌聲隱隱、齊唱
秀、向羅裙認不出綠葉紅花、一樣空想、藕斷難聯
圓、邦、碎無端新刺故牽縈、【合前】
【净】美人。我把荷花比你容貌。那花怎麼到得你。
前腔相傍、較玉論香、將花方貌、恐花兒慚愧、欲深藏
身共、影身共、影誰似、根共、心雙想像、嬌面偎霞芳心
吸、露清波、濺處濕裙襠、【合前】
【净】作醉介
前腔【旦】堪傷、斜日啣山寒、鴉歸渡淹留、猶滯水雲鄉

風露冷風露冷怎耐摧殘蓮房凄涼共簇心多分開
絲掛浣紗溪伴在何方（淨）我為你又醉了。（合前）
（旦）大王。滿口風回。山頭日落。回船去罷。（淨）內侍們傳
令去。教各船宮女。盡執蓮花。送娘娘歸館娃宮去。（衆）
宮女執花（介）
（古輪臺）（衆）日暮黃蘭橈歸去遍船香秋風吹急寒潮
漲蓮歌爭唱況十里迴塘正值月兒初上（淨）對旦（介）
冷眼端相可憎模樣紅裙宜嫁綠衣郎頓然心癢恨
不得就上牙床（淨）作醉（介）（旦）背淨（介）顛鸞倒鳳隨蜂

趁嬰怎生攔擋（衆）歸路暮雲長聽空中響館娃高處

奏笙簧

旦到館娃宮了。請大王爺娘娘入宮（淨）內侍們。連忙

引花燭。到洞房中去。（衆應介）

（前腔）千行宛轉燈燭輝煌夾道神羅綺盤旋笙歌嘹

喨香霧氤氳處處麝蘭飄蕩（淨）今夜權娛忙撥羅帳

看雙雙被底效鸞凰肯教輕放趁良宵恣意顛狂（做

醉衆扶介（旦）殘香破玉蹂紅踐翠只得支吾勉强（衆

鴛鴦散飛霜銀河朗娟娟殘月下迴廊

尾聲（淨）昏沉醉入洞房（旦）聽野外數聲鷄唱（衆）但願

萬歲千秋樂未央

（淨）銀箭銅壺漏水多（旦）試看涼月墮江波

（衆）吳歌楚舞懽未畢（合）東方漸高奈樂何

琵琶記

旅思

喜遷鶯（生）終朝思想但恨在眉頭人在心上鳳侶添愁魚書絕寄空勞兩處相望青鏡瘦顏羞照寶瑟青音絕響歸夢杳繞屏山烟樹那是家鄉

踏莎行（生）愁極愁多歌慵笑懶只因添箇鴛鴦伴他鄉遊子不能歸高堂父母無人管○湘浦魚沉衡陽鴈斷音書要寄無方便人生光景幾多時蹉跎負却平生願

（鴈過聲）思量那日離故鄉、記臨期送別多惆悵、携手共那人、不厮放、教他好看承我爹娘、料他每應不會遺忘、聞知饑與荒、只怕捱不過歲月難存養、若望不見我音信、却把誰倚仗、

（二犯漁家傲）思量幼讀文章、論事親爲子也須要成模樣、眞情未講、怎知道喫盡多魔障、被親强來赴選場、被君强官爲議郎、被婚强效鸞凰、三被强衷腸說與誰行、埋寃難禁這兩廂、這壁廂道咱是箇不撑達害羞喬相識、那壁廂道咱是箇不覩親負心的薄倖

二犯漁家燈悲傷鷺序鴛行怎如慈烏返哺能終養
謾把金章綰着紫綬試問斑衣今在何方斑衣罷想
總然歸去又恐帶麻執杖只爲那雲梯月殿多勞攘
落得淚雨如珠兩鬢霜
喜漁燈幾回夢裏忽聞鷄唱忙驚覺錯呼舊婦同問
寢堂上待朦朧覺來依然新人鳳衾和象牀怎不怨
香愁玉無心緒更思想被他攔擋教我怎不悲傷俺
這裡歡娛夜宿芙蓉帳他那裡寂寞偏嫌更漏長

〔錦纏道犯〕謾悒怏、把歡娛、翻成悶腸、菽水、既清涼、我何心貪着美酒、肥羊、悶殺人、花燭洞房、愁殺我、掛名金榜、魁地裡、自思量、正是歸家、不敢高聲哭、只恐猿聞也斷腸、

院子何在。〔末〕有問卽對。無問不答。相公有何指揮。〔生〕院子。你是我心腹之人。有一件事。和你商量。你休要走了我的消息。〔末〕小人安敢。〔生〕我自從離了父母妻室。來此赴選。不擬一擢高科。拜授當職。將謂數月之後。可作歸計。誰知又被牛太師招爲門婿。一向逗留

在此。不得還家見父母一面。故此要和你商量箇計策。（末）相公。自古道。不鑽不穴。不道不知。小人每當時見相公憂悶不樂。豈知這般就裡。相公何不說與夫人知道。（生）院子。我夫人雖則賢慧。爭奈老相公之勢。炙手可熱。待說與夫人知道。一霎時老相公得知。只道我去了不來。如何肯放我去。不如姑且隱忍。那夫人都瞞了。待任滿尋箇歸計。（末）這的都是老相公若還知道。如何肯放相公回去。（生）院子。我如今要寄一封書家去。沒箇方便的人。欲待使人逕去。又怕老相公知道。你與我出街坊上體探。倘有我鄉里人來此做買賣，待我寄一封家書回去。（末）小人謹領，便去。

（生）終朝長相憶，（末）尋便寄書尺。

（合）眼望旌捷旗，耳聽好消息。

合錦　拜月　三十六　樂

拜月亭記

分凰

〔三登樂〕〔旦扶生上〕世亂人荒。幸脫離天羅地網。不隄防病染這壙。事不寧。身未穩。天降灾殃。淹留旅邸。望河南怎往。

〔旦〕官人。你今日病體如何。〔生〕娘子。十分沉重。〔旦〕待我叫店主人出來。請箇太醫。看你一看。店主人有請。〔末上〕貧無達士將金贈。病有良醫說藥方。小姐拜揖。〔旦〕店主人萬福。〔末〕小姐。官人貴體若何。〔旦〕官人病體。十分沉重。我要煩你。請箇太醫來。看一看。(末)這箇當得。我就去。不爭三五步。咫尺是他家。太醫先生在家麼。(净)是那箇。(末)請你看病的。(净)幾箇在外面。(末)只我一箇。(净)得兩箇。拿扇夜門來。撞了去便好。(末)爲甚麼要撞。(净)生一身天疱瘡。走不動。(末)何不自醫好他。(净)自古盧醫不自醫。(末)不要閑說。收拾藥包。快些而來。(净)你請先步。我分付就來。我家裡老媽。分付丁香奴。劉寄奴。好生與我看着家裡。我去探人參官桂便當香。倘有盧參取藥。你把香白芷。包與他去。前者有箇浪蕩子。上山去採柴胡。也當歸去了也。都是薄杏仁。

前春因你不細辛。被木賊上我金線重樓。盜去冊砂

襖子。栗砂帽子。桂皮靴子。今又起不良姜之心。可牽

我海馬到常山坳內。喫些草菓。宿砂灘上。飲些水銀

至晚看天南星起。將紅紗燈籠。到芍藥欄邊。荳蔻家

來接我。你若來遲。我將玄胡索。吊你在桑白皮樹上。

打你四十甘草棒。打得你屁孛孛出。不饒你半夏。

〈水底魚〉〔淨〕三世行醫。四方人盡知。不論貴賤。請着的

即便醫。盧醫扁鵲。料他直甚的。人人道我。道我是個

催命鬼
我做郎中真久慣。下藥且是不懶慢。熱病與他柴胡湯。冷病與他五靈散。醫得東邊纔出喪。醫得西邊已入殮。醫得南邊買棺材。北邊打點又氣斷。若論我每做郎中。十箇醫死九箇半。你若今日請我醫。想來也是該死漢。小子姓翁。祖居山東。藥病醫書看遍。難經脉訣皆通。燒人的是我娘舅。賣棺材的是我外公。我若不醫死了些人。叫我外婆妗母。都在家裡嗑北風。你先前來我家中請我。是你這裡（末）便是我這裡（淨）

尊處何人得病。末小店中有箇秀才。得了些病。請你看覷何如。淨你是甚麼病。末你去看脈便知。怎麼問我。淨你不曉得。明醫暗卜。問得明白。去把脈方纔對科。那時下藥也對病症。末也說得有理。我說便說。你不要對那秀才說。淨你是好意幫襯我趂錢。我怎麼就說。末那秀才。離亂時世得的病勞碌上成的。淨這等。便是憂疑驚慄上來的。不打緊。一帖藥就好。末先生略等着。待我進去說了。來請你進去。大娘子。醫人到了。旦公公。他是箇病虛之人。叫他悄悄的進來。不

要驚嚇了病人。不當穩便。(末)咄。先生。那秀才是病虛
的人。你可悄悄裏進去。(淨)我曉得。醫人自有方法。(淨)
進看將桌大打響一聲。諢介(旦)這箇先生。他病虛的
人。教你悄悄的。為何倒反大驚小怪。(淨)娘子。你不曉
得。這是我醫人的入門訣。(旦)怎麼說。(淨)驚一驚驚出
他一身冷汗。或者好了也不定。(旦)倘或不好。(淨)驚死
了也罷了。這箇叫道活驚殺。(末)先生且看脈。(淨)閉口說。
這等一箇病人。放這一點蒲藥在身邊。怎麼得好。(末)
又取笑。(淨)伸出腳來。待我看脈。(末)脈在手上。怎麼伸

出脚來。(净)你不曉得。病從跟脚起。(净)看脉介(旦)先生用心看一看。這是甚麼症候。(净)這箇病症。是亂軍中不見了親人。憂疑驚恐。七情所傷。得成這症候。(旦)好。這先生就如神見。(净)我自不曾見。是王公公方纔說與我知道。(末)呀。我教你不要說。(净)我不說。不表你的好意思。(旦)先生你替我仔細斟酌。診其根源起發。方好下藥。

奈子花(净)他犯着產後驚風(旦)不是(净)莫不是月經不通

（旦）這太醫胡說。（末）他是男子漢。怎麼到說了女人的病症。（浄）你一發不明白。我手便拿着官人的脉。眼却看着娘子。心却想他。故此說到女科上去。待我再看。呀。不好了。

（駐馬聽）這脉息昏沉、兩手如氷、駭死人、教幾箇尼姑和尚、做些功果、出南門、教些木匠、叮叮𠜎𠜎、把這棺材釘、（末）你怎麼打我。（浄）打你這腦葢骨、（旦哭介）（浄）這箇大娘子。我的人兒阿、連哭兩三聲、呀。你不曾動。（旦）他不曾動。（浄）這等不妨。還有救。是我差拿了手、背你

惜春錄

慌則甚

末旦如今怎麽。净如今要下針。旦怎麽這等大針。净待我換一箇。旦一發大了。净這等。我有藥在此。末甚麽藥。净是飛龍奪命丹。拿去與秀士喫。生喫吐介旦怎麽喫了又吐。净虛弱得緊。胃口倒了。娘子也喫一服。旦我没有病。喫他則甚。净你伏侍他喫此一夜閒好睡。不遺精。不白濁。旦喫作吐介末你這箇先生。女人家説這箇話。净老官兒。你也喫一服。末我没有甚麽病。不要他喫。净你喫。髮白再黑。牙落重生。末有這樣

妙處。拿來，我喫。（作吐介）（淨）二三十兩銀子合的藥材

吐了。待我喫看。（吐介）（末）是甚藥喫的便吐。（淨看介）連

我也差了。這是醫痔瘡的藥。（末）怎麼好。（淨）不打緊。事

剔銀燈待我猜一猜。他渾身上如湯似火燒。（旦）他身

子不熱。（淨）頭猜就猜不着。再猜一猜。口兒裏常常乾

燥。（旦）也不乾燥。（淨）終朝飲食都不要。（旦）也喫得些粥

湯。（淨）耳聞得蟬鳴聲噪。（旦）也不响。（淨）心焦。（旦）也不。（淨）

莫不是害勞。（旦）這先生口裡一些也不是。（淨）都不是

不醫便了。（下）

【末】小姐。這先生去了、勸官人且自寧耐些。老夫去了又來看。正是藥醫不死病。果然佛度有緣人。【下】【生】娘子。太醫說我病體如何。【旦】官人。太醫說沒事。小心寧耐就好。

【山坡羊】【生】娘子我病體難醫難治、你這苦如何存濟、【旦】願流恩降福降福、災星退、【生】勢漸危、料應我不久矣、若還我死必選箇高門配、我便死向黃泉、一心只念你、【旦】休提、不由人淚暗垂、傷悲、何時得歸故里、

三棒鼓【外】【丑】上君臣遷徙去、如星只怕土產凋零

人不見影一程兩程長亭短亭不住行如今海晏河清也重逢太平重樂太平

[外]六兒這是那里[丑]是廣陽鎮了[外]可有駐節的所在[丑]這裡沒有[外]我要寫箇報子打到孟津驛去那裡好暫歇[丑]這裡有箇招商客店到潔淨好暫歇[外]好潔淨房兒看一間我進去坐[丑]叫一箇皂隸隨我進來咄有甚麼人在這裡[末上]是誰呀牌子買飯喫的[丑]這箇獃子孩兒人也不識買飯喫的[衆]這是六爺[末]是六爺小人不曉得[丑]你去打掃一間乾淨店

房。我每老爺要進來。快些。〔末〕小店中窄狹住不得。〔丑〕
不要在此住。只要暫時間在此寫箇報子就行。〔末〕既
如此。請六爺去看。中意便請老爺進來。〔丑〕也罷夫看。
〔末〕這一間。〔丑〕不好。〔末〕那一間。〔丑〕不潔淨。〔末〕只有裏面
一間。且是潔淨。一箇秀才。染病在裏頭。〔丑〕教他出去
一會兒。待老爺寫了報。再進去。〔旦〕呀。到像我家六兒。
待我叫他一聲。六兒。〔丑〕誰叫六兒。〔旦〕六兒。〔丑〕呀。姐姐
爹爹。爹爹。姐姐。爹爹姐姐在此。姐姐爹爹在此。〔旦〕爹
爹在那裡。〔外〕女孩兒在那裡。〔見介〕

孟供養（旦）呀。爹爹。別來久矣自離朝尊體無恙骨肉
重再覩喜非常（外）孩兒屈指數月折倒盡昔時模樣
思故里念家鄉多少鬢邊霜
（旦）鷓鴣天）爹爹。目斷魂消信息沉。沿途窮跡問踪尋
（外）孩兒。親情再見誠無意。子父重逢豈有心（丑）言往
昔。話如今。店中歡歌問家音。（合）正是着意種花花不
發。等閑插柳柳成陰。（外）孩兒。你怎麼在這裡。快說備
細與我知
園林好（旦）纔說起遷都汴梁鬧炒炒哀聲四方不忍

訴淒涼情況（外）家中所有產業（旦）家所有盡撇漾（外）家使奴僕等。都在那裡去。不來伏侍你（旦）家使奴盡逃亡

嘉慶子（外）你一雙子母何所傍（旦）更雨驟風寒勢怎當心急行程不上人亂亂世荒荒愁慽慽淚汪汪

尹令（旦）那時又無倚仗當時有親難傍其時有家難向他東我西地亂天荒事怎防

（外）各自逃生你毋親不知何處

品令（旦）逃生士民在官道驛程傍天色漸晚陰雲黯

兮蒼匆匆正、往賊聲如雷響、各各奔走、都向樹林

伏、偷生苟免、尾解星飛、子離了娘、

豆葉黃〔外〕我兒你一身見在誰行、〔旦〕我隨着箇秀〔介〕

我兒。你怎麼半吞不吐。話不說全。說什麼秀。〔旦〕我隨

着箇秀才棲身〔外〕呀。他是甚麼人。可跟隨着他。〔旦〕他

是我的家長、〔外〕發怒〔介〕誰爲媒妁、甚人主張、〔旦〕爹爹。

亂軍中逃命不及。那箇爲媒主張。人在那亂、人在那

亂、離時節、怎選得高門廝對、廝當、

〔外〕六兒。那秀才在那裏。〔丑〕在這裏。還不走過來見老

爺。（生）見介（外）這箇就是。（旦）爹爹。他身染病故是這般

形狀

月上海棠（外）你自想甚年發跡窮形狀、（生）南山大豹。

東海巨鰲。怎把人輕逆相海水斗升量、（旦）爹爹非獎、

陋巷十年黃卷苦那時禹門三月桃花浪一躍龍門

便把名揚管取姓字標金榜、

（外）孩兒不必多言。我爲父的。不見你。也只得罷了。今

既在此見了你。難道肯放你在這裡。與他同受苦楚

不成

五韻美【旦】意兒裡想眼兒裡望望救取東君艷陽與
花柳增芳【外】他是何人我是誰。怎麼救他。【生】全沒些些
可傷身凛凛如雪上加霜【外】孩兒休得胡説。快隨我
去。【生】更沒些些和氣一味莽【旦】鐵膽銅心打開鳳凰
二犯么令【外】怒介你是娘生父養逆親言心向情郎
【生】我向地我向地獄相救你到天堂娘子怎下得撇
我在沒人的店房【旦】合若是兩分張管取潑殘生命
囚
【外】作急去作急去【旦】官人。我和你同去告稟一聲。

玉交枝【生】哀告慈悲岳丈。【外】唗。誰是你的岳丈。【生】你令愛在亂軍中。因尋珠子。我爲名兒厮類。苦逸相隨至此。今者小生染病在身。舉目無親。只靠令愛看顧。老先生若要他回去。也須念此人病患之際。豈可置之于死地。是可忍也。孰不可忍也。可憐我伏枕在牀。【外】我的女兒伏侍你。就死也得。【生】煎藥煑粥無人管等待我三五日時光。【外】去。去。去。一時也等不得。【生】全沒些好言勞。向搶惡狠狠怒發三下丈。【外】六兒。把小姐扯上馬去。【生】只倚着官高勢强。只倚着官高勢强。

〔丑〕扯介

江兒水〔旦〕眼見得今朝去、直恁忙相隨、百步尚且情悽怏、何況我夫妻、月餘上、怎下得霎時間如天樣、〔外〕

〔丑〕若要成、雙休指望〔生旦〕一對鴛鴦、生被、跌天風浪

〔外〕六兒。快扯去。

川撥棹〔生〕心相、誑、更不將恩義想、他全無惻隱之心。

〔旦〕無奈何、事無奈何、事有參商、父逼女、夫言婦傷〔合〕

苦別、離愁斷腸、兩分離愁斷腸

前腔〔旦〕男兒、贖藥、把衣衫、典、當、償我不能勾、覷我不

能勾覷得你身體康、（生）娘子我和你再、我和你再、得成雙、怕死、後一靈兒到你行、（合前）

前腔（旦）休爲我相思損天、常縈攻書臨選場、（生）我不道再、我不道再、娶重、婚你焉肯終、身守孀、（合前）

哭相思（生旦）怎下得將人生離別愁萬縷腸千結（外）六兒。快扯小姐上馬去。（丑扯介）

（丑扯旦下）（生奪旦外推倒生介）（外）早知今日事如此、何不當初莫用心。（下）（生）世間有這等狠毒惡心的人呵

下箄子病弱身着地末上扶起生介生氣咽魂離體
拆散鴛鴦兩處飛天那多少含寃氣
店主人。待我趕他轉來。
金井梧桐生這廝忒倚官忒挾勢末勸介生便死待
何如欺侮俺是窮儒輩俺這裏病愈深他那裏愁無
際旅店郵亭兩下裏人應憔悴我那妻怎教我忍得
住悽惶淚
末秀才官人。休要煩惱。且自將息身體好了。奮志功
名要緊。

〔生〕天涯海角有窮時　人豈終無相見日
〔末〕但願身安病患除　免教心下[illegible]

贈袍

霜天曉角（生）雨巾風帽，零淚知多少。家國身讐辦報，漫勞轆轉通宵。

山月曉仍在。山風涼不絕。殷勤如有情。惆悵令人別。我王立在此。今日也是灌園。明日也是灌園。不知何日是了。

太師引（生）困蓬蒿這磨折何時了，歸期杳愁添太刀，驚鴈斷竟無音耗，歎巢林翻做鷦鷯，千縷愁苦縈懷抱，

受饑寒、一身難保、倘我不能報復而死、埋沒了龍泉
豹韜、枉蹉跎歲月、一死鴻毛、
前日老夫人引小姐出來看花。那小姐到有見憐之
意。他在毋親跟前。添許多好言語。我也不指望甚麼
另眼看覷。只是小姐這一段好意思。不免掛在心上。
前腔無端邂逅情牽繞、沒來由心旌動搖、我若是富
貴的時節呵。怕不會好逑窈窕、愁甚麼琴瑟和調、到
如今寂寥、枯槁、怎比得五陵年少、料難諧鸞鳳交、
枉教人孤悼夢斷魂勞、

旦引小旦持衣上

霜天曉角［旦］菱花慵照、別有閒煩惱［小旦］眉黛不堪重掃、那堪敗葉蕭蕭、

旦朝英。此間已是園上了。不知王立在何處。［小旦］王立哥。小姐來了

桂枝香［旦］看他魁梧相貌、軒昂儀表、只合去奮翮扶搖、爲甚似敗翎孤鳥、淹留草茅、淹留草茅、行藏難料、多管是迷邦懷寶、［遞衣介］這綈袍且禦寒、威早還須奪錦標、

中來錢

前腔（生）清霜嶛峭，號寒颿曉，正砧聲白帝城高，奈羈旅玉關人老，途窮敝貂，途窮敝貂，朔風盈抱，有誰知道這綈袍恰稱腰圍小，想含情寄剪刀，

大迓鼓（小旦）多嬌為爾曹，鍼鍼線線，手自勤勞，從今不必燒衩廟，管取銀河渡鵲橋，（生合）這段良緣如漆似膠，

前腔（生）妖嬈，觧珮要蘭心蕙性，嫩蕋柔條，瑶池已報三青鳥，緱嶺應須夭玉簫，（小旦合前）

內高聲叫（介）王立在那裡。老相公與客同來園中飲

酒。可上槊收拾打掃（丑）小旦驚下

乇聲生吊場客來三徑須頻掃今夜寒蛩伴寂寥怕

夢飛不到楚館迢遥

笑語匆匆已月成　綈袍戀戀感傾城

相思相見知何日　此時此夜難爲情

荆釵記

送親

番馬兒（貼）株守窮居，事桑麻，形憔悴，鬢藍鬖。（生）家寒世薄精神減，凄涼一擔，母憂愁，子羞慚。

（貼）孩兒。姻緣之事非偶然。前番許將仕來說親事。我因將荆釵爲定。此人一去。久不回報。敢是不成了。（生）母親。姻緣前生分定。苦苦掛懷則甚。

鎖寒窓（貼）這門親非是我貪婪，無奈人來說，再三送荆釵，只愁富室褒談，良媒竟沒一言回，俺反教娘掛

腸懸膽【合】早間只聞得鵲聲噪窗南有何親舊相探

前腔【生】嘆連年貧苦多諳尤在凄涼一擔擔事萱親朝夕愧缺魚甘劬勞未答常懷悽慘議姻親斷然不敢【合前】

前腔【末淨上】論人生嫁女婚男不是姻緣怎妄貪謾誇他豪門首飾衣衫嬌娥志潔甘居清淡那聽他巧言啜賺這姑姑因此臉羞慚此來必定喃喃

此間已是。有人麼。【貼】有人在外。出去看來。【生】待孩兒去看【末】老夫要見令堂。【生】母親。許將仕。【貼】請見【末】老

安人賀喜（貼）寒門似水。喜從何來。（末）錢老員外送小
姐過門。以此賀喜。（貼）倉卒之間。諸事不曾整備。怎生
是好。（末）不費老安人的心。錢宅也沒有人來。止有張
姑媽送親。他却有些絮聒。不要聽他。（净）只要出了新
官人。諸事不要管。張老安人出轎。華堂今夜喜筵開。
拂拂香風次第來。畫鼓頻敲龍笛响。新人那步出庭
階。
賓鬥見（丑）親送姪女臨門。管取今朝沉醉。
（净）請老安人。迎接姑婆。（貼）姑婆請。（丑）親家請。（净）請行

禮。再行禮。（貼丑）行禮介（丑）此間是那箇。（末）就是新官
人。（丑）你不曉得。這是瓊林之瓊親家面上。爲何能黃。
（貼）生成的。（丑）這房子。爲何都是曲的。（貼）這是舊房（丑）
不是舊房。正是喬木之家（末淨）這話纔說得好。（丑）親
家。裏面有甚麽氷窨。（貼）沒有什麽氷窨。（丑）沒有氷窨。
爲何冷氣直冲。親家。夜來我哥哥嫂嫂分顏。如今送
姪女臨門。首飾房奩。諸事不曾完備。望親家包荒（貼）
家下倉卒之間。諸事不曾整備。望姑婆包荒。（丑）實不
相瞞。親家說沒有喜娘。還要我一身充兩役。扶我姪

文出轎。酒是好歹兩桌。都是我的了。（末）且不要多說。
扶持新人出轎。（淨）伏以身騎白馬。搖金凳。曾向歌樓
列管絃。醉後不知明月上。笙歌引入畫堂前。
花心動（旦）適遣匆匆。奈眉峰慵畫。髩雲羞籠
（淨）一對新人。請上花毯。齊眉並立。一派笙歌列綺羅。
女郎今夜渡銀河。羞聞織女笑呵呵。今夜斷然饒不
過。（貼）請受禮。（丑）同受禮。（淨）老安人。請訓事。（貼）姑婆。請
訓事。（丑）親家請。（貼）占了。夫妻交拜。相敬如賓。務要上
和下睦。夫唱婦隨。常如鸞鳳之和鳴。早叶麒麟之應

瑞。姑婆請。（丑）勤事桑麻。織紬做布。莫學自己。嫁了這箇窮酸餓醋。喜筵獨桌。擺在那裏。（貼）姑婆。倉卒之間。諸事不曾整備。

【惜奴嬌】只爲家道貧窮、守荊釵裙布、謹身節用、今爲姻眷、惟恐玷辱親家門風、（旦）空空、愧乏房奩來陪奉、望高堂垂憐寵、（合）喜氣濃、俏似仙、郎仙女會合仙宮、

【前腔】（丑）忻逢、夫婿寬洪、可留心遵守四德三從、（末）勤攻、詩賦休得要效學飄蓬、（生）重重、命蹇時乖長如夢、（貼）謝良言開愚懵、（合）前

訓愚府旦家中雖忝儒宗論蘋蘩箕箒尚未諳通慣
無、能豈、宜適、事英、雄、貼融融、非獨外、有容必然、內有
工、合前
前腔生愚懞、欲步、蟾宮、奈才疎學、淺未得、蜚冲、愧無
能豈、宜先自、乘龍、丑雍雍、才郎但顯功、嬌妻擬、贈封、
合前
錦衣香末夫、性聰、才堪、重、婦有容、德堪重、天生美質
奇、才彩、鸞丹鳳生自、慚非是、漢梁鴻、何當富室、配着
孤窮旦念、妾非孟、光奉親命、遣侍明公、今日同歡共

想也曾修種夫和婦睦琴調瑟弄

漿水令（貼）怨貧無香醪泛鍾怨貧無美食獻供（丑）又無些湯水飲喉嚨粧甚麼大媒做甚麼親送（末）休相笑莫娭衝惟恐外人相譏諷（貼）非鈌禮非鈌禮只爲窘中凡百事凡百事望乞包籠

尾聲佳人才子德堪重更人才又兼出衆夫妻到老和同

（小生）合卺交歡喜頗濃（貼）琴調瑟弄兩和同

（小生）今宵賸把銀缸照（合）猶恐相逢在夢中

祝髮記

入禪

浪淘沙〔末扮達摩上〕色相本來空。何異何同。寶珠辨
後法皆通。六十七年相待也。暫住江東。
自家南天竺國達摩的便是。我智超十地。行圓四等。
顯証一乘。宣揚三慧。荷持象法。汲引人倫。甘露滌五
欲之泥。智光解六情之網。俯心潛跡。逐物重輕。苦語
軟言。隨方弘訓。妙門關鍵。不闢而能開。法海波瀾。無
航而自渡。置須彌於芥蔕。納世界於微塵。始自苦空。

終於常樂。福沾行鴈。道洽游魚。建寶蓋而未踰。布金
沙而弗受。華夷俱慕。顯晦同歸。特至建康。皆因梁王。
漢皇受道。欒大不臣。魏祖優賢。楊叟如客。河上之老。
輕舉臨於孝文。臺下之人。高尚加於光武。爭奈他慈
悲尚少。殺戮太多。緣澤未開。枉麵犧牲之祭。業塵猶
擁。空如同泰之身。雖功等檀林。施踰寶鉢。只恐漂淪
慾海。游建水而忘歸。顛墜邪巖。登塗山而不返。因此
中原之夢。試彼貪嗔。臺城之厄。戀其空礙。直待臨崖
思險。方纔絕路開迷。這也不在話下。目今有孝子徐

[illegible]方鬻妻養母。其妻臧氏。舍身存姑。我當銷以慧忍
破彼自重之罪。濯以慈水。明茲一切之汚。使將死者
復生。令旣離者再合。乃篤示眞實相。纔是開方便門。
道猶未了。那徐克孝早到。（坐念佛介）
菊花新（生上）爲臣何必祿千鍾。一命由來道義同。朝
謁路難通。雙闕妖氛猶重。
我徐克孝。奉母命探聽王上消息。聞得李景隆集百
僚。僞署官職。有不從者。卽時殺戮。這明明是濁亂朝
政。點汚縉紳。我若從賊。則臣節有虧。若死節。又無人

奉母。如今奉而不曾入朝。他雖是要一網打盡。我卻
做箇漏網之魚。他是寸分饒倖了。只是我如今。不敢
公然在大街上走。恐有巡邏賊兵撞着。不當穩便。須
是尋箇僻靜小巷回去。遠看前面。坐着一箇和尚。想
他到認得路。待我上前問他一聲。首座。那裡是路。〔末〕
回頭是路。徐博士。你這時節。往那裡去。〔生〕你為何認
得我。〔末〕你便不認得我。我卻認得你。你不如跟我出
家罷。

〔啄木兒〕〔生〕你西來意。吾道東。儒釋從來道不同。你那

觀世音是水月浮蹤，釋迦佛是幻出形容，我平生誦法。問和孔，持身要把彝倫重，怎教我削髮披緇學苦空。

（前腔）（末）溝中瘠，塞上翁，反袂何須泣道窮。我且問你，何者爲彝倫。（生）君臣、父子、夫婦、昆弟、朋友，這就是彝倫。（末）你既知這五樣是彝倫，也須知缺一不可。既不能正室宜家，那些箇子孝臣忠。迷津苦海波濤湧，慈航寶筏須持控，這是一法通時萬法通。

（前腔）（生）遭國難，避虜鋒，身世飄搖類轉蓬，既不能快

覰雲龍也須索訪道崆峒折衝尊俎君門壅周旋俎豆親恩重怎能彀全節全身患難中

前腔【末】你且辭雙闕別九重何必羈身在澤宮不思量婦哭遺簪也難憑人得亾弓鷄班豹尾須旋踵龍宮鴈塔當持捧須强似混跡銅駝荆棘中

【生】請問師父我如今回家去可躲得過侯景麼【末】那侯景在朝黜陟百官若有不到的一定要追尋不如你我出了家去了髮誰尋着你也不强你做官了【生】師父之教甚妙只是身體髮膚受之父母未得母命

豈敢祝髮。我如今先拜了師父。待回去稟過母親。然後祝髮何如。(末)這也隨你。我且問你。你可是身出家心出家。(生)爲何是身出家。爲何是心出家。(末)若身出家。就要隨我去。若心出家。你自住在家裏。(生)弟子有母不能隨師父去。只在家裏罷。(末)這箇但憑你。你旣受教。我就取你一箇法名喚做法整。今後只叫法整。不要叫徐克孝了。(生拜介)

三段子(生)七覺怎弘。賴師慈雙林聽鐘。三昧怎通。賴師慈四禪步風。(末)埋名晦跡在蓮花洞。澡身浴德金

池共管取彼岸先登跨鉢龍
（生）請問師父尊名（末）我喚做達摩（生）請問師父幾時
再相會（末）我如今要往攝山等處一遊直待九月二
十日可在招提寺前等我相會我就不來也少不得
捎箇信來與你
休言相會太匆匆　一語投機萬象空
今日得君提掇起　免教人在淤泥中

雙珠　五十

樂

雙珠記

投崖

【西地錦】小外上北極玄機周遍功多金闕調元齊光
日月神通顯萬靈普濟無邊

善哉善哉。天地大公。鬼神陰鑒。福善禍淫。昭昭如雷。吾乃玉虛師相。玄天上帝是也。北辰合德。春川同仁。贊化玉清。道生天而至妙。調元金闕。功裨帝以難名拜真宰于東皇。對長生之南極。乾坤比壽。永覆載于萬靈。日月齊光。常照臨于六合。馬趙溫關四將何在。

衆紛四將立定介（小外）汝等聽吾法旨。今有原薦節婦郭氏。因夫受害含寃求死。照得本婦陽數未盡。尚有夫榮子貴之日。況他婆婆盛氏。飄流懷慶地方。離此千里。汝等當加保護。移送至彼。明日使他姑婦相逢。同往京都。毋得違悞。枉害生靈。（衆應介）

【傳言玉女】（旦行上）事勢顛連。誰識衷腸哀怨。寃攝心戰。爭奈他淚血紛紛如霰。紅顔薄命。古今常見。

【醉花間】休思省。怕思省。思省心如梗。怨氣徹重霄。失却陽烏影。竊嘆我生初。浮軀成畫餅。自歸對蒼蒼。江澄山月念（悲介）奴家前日棄了孩兒。昨日別了丈夫。心事已完。只欲求箇捨生之所。以明我從一而終之義。迤邐行來。此處是太和山了。你看盤道縈迴。峭岩蒼鬱。山上有真武廟。金殿壓雲。玉壇和月。誠是岳宗靈宅。素聞此神感應。不免上去禮拜一番。多少是好。（行介）呀。你看廟貌巍峩。神威赫奕。瞻仰之間。不覺身世兩忘。形神俱化。奴家生雖不遇其時。死則實得其地矣。（拜介）

香羅帶 神靈在旻天陰垂鑒憐良人受冤將喪元自

知羿重、急求全也、丈夫既死。奴家義不獨生。故於夫
夫未死之前。先來求箇自盡。矽志定、此身捐伏祈禱
道明彰、報應嚴、雷電務、須曲直分明也、稽顙皈依在
九泉、
（行香介）呀。此處是箇淵泉。上空下洞。深昧不測。只見
瘦藤老栢派秋色。古壁蒼崖倚太虛。正是我託身之
所也。
（前腔）（旦）齋明陟、此巔、中心了然、前峰後、峰中、險淵紫
煙翠、霧互繾綿也、我在此阿神、已適意、相便歸根復

命運無玷、悲介我婆婆小姑在家懸望。丈夫在監懸
望。孩兒在路。不知如何。總上心來。顧不得這許多了。
要求骨肉相逢也、更覓輪迴轉世緣、
授淵介四將救起移行介小外郭氏。聽我分付。你陽
數未盡。不可輕生。欲全夫命。急往京都。尋問袁天綱。
自有好處。我已施神力。送你在千里之外了。明日就
有親人相見。數年之後。夫榮子貴。骨肉團圓。四將過
來。傳吾法旨。鄖縣頑民。李克成。張有德同惡相濟。誣
害賢良。罪貫既盈。刑條罔赦。着火部先焚其家。雷部

延其命。以昭善惡之報。（衆應介）正是從空伸出拿
雲手。提起天羅地網人。（下）（旦唱介）怖哉怖哉。鬼神感
應。提于影響。奴家方纔投淵之時。只見紅光滿目。黑
氣漫天。若有神將護持。不曾傷命。吾聞古之寡婦哭
城。城爲之崩。匹士嘆市。市爲之罷。誠信發内。感動城
市。況我夫妻危迫存亡之際。皇天豈不垂憫。適在廟
中禱告致誠。感格玄天上帝。特施神力。救灾卹患。未
可知也。
好姐姐（旦）空中、果有聖、靈、猛、可、地威、靈宜、現、雲霄、旋、

轉推移路、一千、又聽得神道呵將言勸、欲救夫危何
自殄、急往京、尋術士袁
向年袁天綱。曾斷丈夫。先凶後吉。目下凶事已見。但
未知吉事如何。又不知袁天綱是何等人。
前腔想伊必是大仙、休咎、事曾經明辯論避凶趨吉
惟人當、自先、神道分付。急往京都。既是這等。事不宜
遲。須黽勉、步窄弓鞋、徒偃蹇、進退無門、意兩懸
身既不死。丈夫在監。放心不下。欲尋歸路。已是移送
千里。欲赴京都。又慮孤身遠路。一時躊躇不定。進退

兩難。神道又説明日就有親人想見鬼神之事。既靈于前。其言必驗于後。但不知此處是甚地方。須索趱行前去則箇。

誠心怨氣動神明　和靄慈雲護聊生

大抵乾坤都一照　免教人在暗中行

綵樓記

別試

【金瓏璁】（生扮呂蒙正上）衣单寒似水。使我饑餓難言。風凛冽。奈何天。堪悲無所倚。到家妻子泣。這苦有誰憐。

我在木蘭寺中。受了衆僧之氣。只得冒冷歸家。你看風雪滿頭。肚中饑餓。怎生是好。（跌介）甚麼東西。把我絆這一跌。

【步難行】呀。却元來是塊柴。就往袖兒揣。免得妻兒來

惜春錄

問埋怨我空手回（內叫介）打窮人。我家的柴。怎麽拾了去。（生）唗。罵你這小喬才把雪塊胡揣亂歸

天色寒冷。不免回窰去罷。

（步步嬌）（生）冒雪衝寒街頭轉、雪緊風如箭、朱門九不開、素手空回、怎不哀怨、撥盡地爐灰、羞覩妻兒面、

此間巳是窰門首了。呀。爲何有男人腳蹤。又有女人鞋印。我那妻。寧可清貧。不可濁富。我且未可進窰、且在此聞看裏面有甚麽動靜。（坐介）

（前腔旦上）踏雪歸來多勞倦、撲簌簌心驚戰、我官人

這時節未回呵。想他柴無米又無。我在窑中呵。苦不
是梅香教我怎生支遣。不免往窑門首探望一回。（旦見）
生扶介官人薄粥兩三匙。略與你供飱膳。
（生）娘子。你在窑中。上無親。下無戚。這粥從何而來。（旦）
官人。你不要問。且請喫一口。（生怒介）
汀兒水謁盡朱門遍。空手回。漫空中瑞雪紛紛。隆寂
寞孤村無隣里。這些粥食。從何至問取。娘行來歷說
與因依。也知詳細。
前腔（旦）我夫聽奴語。不用疑。我曉得你了。你是男兒

不喫嗟來食在此饑寒無依倚衝寒驀見梅香至【生】
他來怎麼【旦】毋親着他來。探取奴家端的送些柴米
與奴相濟
【生】爲何當門首。到有男子漢的脚踪。【旦】那梅香與院
子同來。【生】原來是你毋親着梅香送來的。我到錯埋
寃了你。卑人多罪了。既是岳毋好情。正是饑時得一
飡。勝似飽時得一斗。【旦】官人。胡亂喫些。充饑則箇【生】
接碗介
香柳娘【生】奈緣慳分淺奈緣慳分淺有許多不遂思

量飲食非容易苦肝腸寸斷苦肝腸寸斷欲待悄悄地
餓誰知又不濟想蒼天困我想蒼天困我直是恁的
空流珠淚
賽紅娘〔旦〕我夫休憂慮莫慘戚原來都傾在裙兒裏
勸你略略請些兒權充饑餧
哭相思〔生〕兩人直恁命孤貧門外張羅說有塵何是
蒼天相困厄幾回腸斷淚沾襟
〔生〕娘子。多蒙岳母着梅香送銀米在此。你早晚間可
以用度。我如今別你進京。求取功名。倘得身榮。庶不

貧乎生所學。只是娘子獨守孤村。教我怎生放心得
下。【旦】官人說那裡話。夫妻之情雖則難捨。功名之事。
不敢強留。但恐你時運乖屯。不能稱意。【生】娘子。尺蠖
之屈。以求伸也。我此行若不登高第。寧甘死在科場
內。【旦】官人。但願馬前喝道狀元來。這回好箇風流壻。
漁家傲【生】聞知道上國招賢展試闈。功名事怎肯遲
遲。恩情且暫離。【旦】但願你此去登高第。早一朝榮貴
【生】伊休慮。村館蕭條。多只是旬月後便回。却不道金
榜無名誓不歸。

别銀燈（旦）慌慌的奔馳帝畿、願此去榮攀仙桂、另兒得

遂平生志、更下筆文章無比（旦）他時荷衣掛體、休教

我在破窑中眼巴巴望你、

（生）單人倘得成名呵。

麻錦花（生）那其間窮不了咱、和你天下盡知登高第、

報着名兒不枉了十載寒窓、苦心勞志（旦）步雲梯一

朝身到鳳凰池、

麻婆子（旦）怕有怕有朱門女求親向此時（生）記取記取

離鞍上絲鞭向後垂（旦）難忘昔日綵毬兒（生）團圓百

歲永無虧共你共你同諧老教人作話兒題

哭相思（生）暫把鴛幃分兩下赴科場三戰文闈管教

金榜姓名題一朝身顯蓮方表是男兒（下）

前腔（旦）愁似織淚如珠話別臨期添慘悽願郎此去

誇先捷一舉成名晝錦歸

訓子

（踈影）（旦）愁雲障海頭月冷空閨裏生離死别兩處傷悲夢人歸應嫌是沙場鬼空留遺腹讀詩書願取儒風不墜

獨學無友。孤陋寡聞。想我孩兒在學讀書。敢勝似前番了。若得他成人。也不枉了。正是黄金滿籯。不如教子一經。

（臨江仙）（小生）上蒙娘嚴命去攻書受盡萬千羞耻

哭跌介我那娘。旦呀。我那兒。為何不在學中讀書。怎
麼就回來了。
紅衫兒小生母親教孩兒從義學早被人欺旦那箇
欺你。小生是那同窗朋友、搬喋是非、旦他怎麼欺你。
小生怎受他打、罵禁持、這寃屈訴誰、旦怎不去稟知
先生小生那先生呵。憐他是富室之兒、又何曾問取、
前腔旦莫惟人欺你、自恨家無主、父身亡、娘獨自林
公子阿便打死我、的孩兒有誰來救取、小生母親好
傷悲。旦雖只是好傷悲、且寧耐到義館中去攻書休

得耍懶痴若得你一舉成名那時呵誰不來敬你
獅子序〔小生〕他頑劣娘怎知況終朝他飽食煖衣不
似我守着幾甕黃虀又怕我楊修捷對班馬勤讀琢
磨不就反生疾忌他罵我窮酸寒賤管封侯萬里索
甚毛錐
前腔〔旦〕家貧窘難度時況娘身力薄勢單只愁我旦
夕喪在溝渠〔小生〕連娘親也不護孩兒了〔旦〕非是娘
不護也有些兒意爭奈我家不如力不如勢不如與
他們爭不得閑氣〔小生〕學堂中朋友都是向他的〔旦〕

正是世情看冷煖、人面逐高低、

孩兒起來。我送你到學裡去。先生不打你。（小生）我死也不到他家裏去讀書。（旦）還不去。（小生）我决不去。（旦）打介

（東甌令）娘言語、兀自不遵、依可知朋友中、間生是非、一、番打、罵不成器、虧娘受十、餘年喫、遭際他、年若、得錦衣歸、端的是、男兒、

（前腔）小生、男文墨、女鍼、指教子讀書、爹所爲、可憐不得趨庭訓、斷機將兒論、他年便做、錦衣歸早難道身

舞老萊衣

休得與人爭是非　從今學內去攻書

龍逢淺水遭蝦戲　鳳入深林被鵲欺

金印記

逼叙

遠地風〔旦扮周氏上〕榮華富貴總是前緣前世〔生扮蘇秦上〕風雲際會正是化龍之日

一家輕賤笑寒儒。道你滿腹文章不療饑〔生〕月下秦朝黄榜掛。管教有日姓名題。〔旦〕官人。雖是四方男兒之志。恐你時運未通。不得稱意。〔生〕好教娘子知道。三叔説秦國掛榜招賢。教我去求取功名。倘得一官半職回來。免被一家恥笑。〔旦〕官人。雖然説得好。天若可憐見。功名得遂。也不枉了平日之志。倘你功名不遂。
回家怎生見你父母兄嫂。何不休去罷。(生)昨日三叔
與小生算一命。發一課。道有公卿之分。因此與娘子
說。休要阻我。非是蘇秦誇口。不慮學疎才淺。只恐盤
纏缺少。(旦)官人。我與你寒素之家。那得盤纏。(生)昨日
多蒙三叔道。你若去時。我相助一半。與娘子商議。暫
借釵梳首飾。典當一半奏去。若得功名成就。那時夫
榮妻貴。却不是好。(旦)官人。你見識差了。叔公是富豪
之家。譬如太倉一粒。九牛一毛。你將我釵梳擲了。倘

不得功名。那時怎生過活。（生）娘子休說此話。此去功名。准有望也。

集賢賓（旦）君身恨不能插翅飛、要上雲路天梯、休憑的心高不務實、未來事暗如漆、求名奪利、那趲得銅手家計、須勸你（旦）且安分守己、別尋活計、

前腔（生）詞源倒流三峽水、論文章才學無敵、（旦）官人。世態炎涼。輕文重武。只怕傍人恥笑、（生）休管傍人講、是非、我只愁缺少盤纏你把釵梳賣取、（旦）奴家將釵梳賣了。倘不得功名怎麼好。（生）管教你博得金冠霞

皺、（旦）奴家怎能勾。（生）休、笑、恥、這骨頭有時發跡、

（前腔）（旦）前、程萬、里全靠你、豈不願、榮貴、只怕不得功名。家私又廢了。這的是漾了甜、桃、尋苦李、只恐怕外人談恥（生）談謊、我甚麼。（旦）你全、不記得、道你滿腹文、章不療饑、須勸你、把心猿意馬、拴繫、

（前腔）（生怒介）你是裙、釵女流有甚見識、我一似龍被鰕欺、激得人怒從、心上起、將咱做蕩、家夫婿、我便不要你的釵梳。便怎麼。也值得甚、的男子漢自、當成器沒些情、真、意美、有何顏與、伊完聚、

猫兒墜（旦）官人息怒妾身敢不依便賣了釵梳與你
爲盤費嫁鷄怎不逐鷄飛須知教世態炎凉莫輕寒
儒
前腔（生）自思厚意兀的不是有賢妻倘得成名須報
取管教夫婦受榮貴男兒好和歹皆由這番命裏
（旦）既然如此。你去打點行李。我自教人去賣便了。
釵梳典當且開懷　　願你功名唾手諧
（生）天生我才必有用　　黄金散盡復還來

怡春錦

新鐫出像點板怡春錦曲名流新劇射集

冲和居士選

曇花記

度迷

外末生扮僧道上介（外）西來。我三人雲遊。次第乞食。前面高門大宅就是郭汾陽家。我們進去。一化齋何如。（生）師父。弟子與汾陽舊僚相善。或者不好去得。（外）不妨不妨。他如今也不認得你面龐了。（生）如此同行。同到郭府介（淨扮守門將上）二條戟廣王第沙堤宰相

家。你這三箇僧道。到此何幹。外要見郭老爺化齋。淨
老爺在待我替你們稟過。小外扮汾陽上大將三朝
老。中書二十秋。見孫俱尚主。子壻盡封侯。把門將吏。
門外何人。淨稟上老爺。門外有三箇僧道化齋。求見
老爺。小外僧道化齋。不須見我。也罷。叫進來相見。外
末生相公拜揖。小外好不知禮。從何方來。外貧道們
是從西方來的。只如世法。大將軍原有揖客。若論佛
法。沙門不拜王者。小外這和尚不凡。看坐。外上坐介
小外和尚。看你氣貌。必是有道高僧。請問佛法。外佛

法者。無佛可做。無法可說。若云有佛可做。是名謗佛。若云有法可說。是名謗法。無佛無法。是爲佛法。（小外）講得有理。果是高僧。道者。請問仙道。（末）仙道長生。對彼短命。凡夫學仙。須學長生。及至成仙。生亦不用。生既不用。長短何爲。豈往玄門。終趣覺路。（小外）也講得好。這一位道者。像似新出家的。我且借問我有一條友。是與王本清泰。辭家入道。蹤跡杳然。你三位既在雲水。可曾相遇麼。（外）曾相遇來。他如今從師往西川去了。（小外）他是蓋世英雄。破浪乘風。怎能迴棹。我只

暮年衰朽。臨崖勒馬。尚未收韁。可嘆可嘆。（外）他能迴
棹須云早。公便收韁也未遲。（小外）這又說得好。叫左
右看齋來。葷素各備還將酒來。惟三位師父所用。（左）
右設酒席（介）（小外）三位師父。用素用葷。（外）葷素都用
只不戒酒。（小外）送酒與三師（介）
入聲北州逢場對景倚畫屏把酒何妨乘興朱門香
逕達人看做紫荊今朝喜無軒冕迎雲水相逢分外
清（介）寫情甏相將綺席瑶京
外末飲酒啖肉（介）（生）不用（介）（小外）這一位道者。何獨

不用酒肉。（生）貪道有戒。（小外）難道這二位師父。是不

戒的。（生笑介）此非公所知。

（前腔）（外末生）玉門偶然掉臂行。看金屏綉褥不礙壺

冰。涉泥清水香發蓮花。瑩淨流風。徐度歌管聲殘。雪

袮迴舞袖輕。（合前）

（小外）叫左右。後堂喚侍姬。紅綃白紵。帶領一班女樂

侑酒。（衆扮侍姬上）

（不是路）鸞鏡翠眠輕。亸鬢玉釵橫朱蘚。翾風歌舞分

行逐隊行。緩袮整。玉人指冷怯銀箏。喚卿卿花壇繝

毯安排定羅襪香塵莫蹔停嬝、婷婷紅綃白紵舊句
名爲誰承應、
左右今日老爺宴三箇雲水僧道。喚你們承應哩。衆
姬笑介僧道出家人。怎麼要看我們歌舞。稟上老爺。
侍姬紅綃白紵。帶領一班女樂叩頭。小外見了三位
師父、衆姬三位師父萬福。小外衆姬歌舞。替三位師
父送酒。衆姬送酒末外接介送生不接介生貧道不
敢。
解三醒衆姬雪花飛、光搖金鏡、梅英綻香飄銀瓶箸

[illegible]

候彈傍疎簾、冷雲水、士烟霞性、誰令來聽、弦上聲、又

只見玻、瓈、盞、盡傾雕欄凭、雕欄凭蕩春心似不轉雙

睛、

（前腔）（小外）是高人、玉壺相、朗暎、他自對景解忘情、未

可許將看做、行雲流水都、不定、歌宛、轉舞、輕盈歌宛

轉舞、輕盈、歌舞場中、邀得仙人、下、玉京、真僥倖、真僥

倖小可的疑是天、樂蓬瀛、

（黃龍滾）（外末生）你看步搖輕條、脫冷、步搖輕條脫

冷簾、蒜屏綃幌、障生、蘭麝餘、金猊、蘭麝餘、金猊、又聽

響一派、別院簫聲斷、送晚天將暝、
前腔調鳳管炙鸞笙、調鳳管炙鸞笙、又見銀臺絳蠟
明、御被雪風吹酒醒、雪風吹酒醒最喜良會未央、清
宵正、永怕的是斗轉參横、
滚遍梟姬繡閫瑚楹、雪色、燈光相映、只聽得城上譙
樓角、聲嗚嗚、初報嚴更、主人分付、舞衫休冷、歌喉重
整、合華堂添許多風景、華堂添許多風景、
前腔銀蟾耿耿、素手亭亭、一片寒香疎影、夜深何處
落梅聲、夜深何處落梅聲、江上飄來鐵笛横、合前

（前腔）雪銷殘嶺、鷓鴣寒、汀鶩孤棲、烏不定、（指外介）山
僧布衲、冷如冰、山僧布衲、冷如冰、宿火琉璃映膽瓶、
（合前）
（前腔）嬌痴不醒、女觸金屏、臺上銀釭半暝、（指末介）道
人倦、枕葉珠經、道人倦、枕葉珠經、縱有青鸞跨未成、
（合前）
鵝鴨滿渡船、（外末生）只見歌殘、玉樹傾、粉褪胭脂冷、
風入燈、霜侵鏡、漏盡聞鐘聲、可惜好花枝、春去也、誰
管領、無多良宵好、光景、從古歌樓舞榭、皆荒徑、

（尾聲）眼前盡詫豪華盛流霞飛電真俄頃不如回首
尋清淨
（侍姬）稟上老爺。那僧道臨了的說話。儘有道理。只是
他們既爲僧道。如何不持戒行。飲酒食肉。（小外笑介）
師父。這是那妮子說得是。（外末）相公說不食。不食的
就是。貧道們奉還。（外末吐介）（衆驚介）老爺。大怪事。這
二位師父。吐出魚兒。變做活的。肉轉鮮美。酒卻噴香。
（小外）可知二位師父。不是凡人。下官適聞收韁之論。
心頗有省。雖不能如木公離家學道。從此以後。當稍

滅聲妓。在舍修行也。左不整三處館舍。留三位師父宿了。明日還要請教。

（外）歌罷筵收夜色闌（外末）（生）天厨香積一般餐

（貼）瑚梓吐出渾無恙（合）始信江南有膽殘

尋夢

夜遊宮〔貼上〕膩臉朝雲罷盥。倒犀簪斜插雙鬟。侍香閨起早睡意闌珊。衣桁前粧閣畔。畫屏閒

丫鬟一位春香。伏侍了金小娘。請過猫兒師父。不許老鼠放光。僥倖毛詩感動。小姐吉日時良。拖帶春香遣悶。後花園裡遊芳。誰知小姐瞌睡。恰遇着夫人問當。絮了小姐一會。要與春香一場。春香無言知罪。以後勸止娘行。夫人還是不放。少不得發咒禁當。內聞

[illegible]

春香姐。燄箇甚咒來。（貼）敢再跟娘胡撞。教春香那世

裏不見兒郎。雖然一時抵對。烏鴉管的鳳凰。一夜小

姐忙燥。起、來促水朝粧。由他自言自語。日高花影紗

窗（內）快請小姐早膳（貼）報道官廚飯熟。且去傳遞茶

湯。（下）

月兒高（旦上）幾曲屏山展、殘眉黛深淺、爲甚衾兒裏、

不住的柔腸轉、這憔悴非關愛、月賬遲倦、可爲惜花、

朝輭迷痴、覷庭院、

艷艷花間起夢情。女兒心性未分明。無眠一夜燈明

減。俺煞梅香。與不鬪。昨日偶爾春遊。何期見夢。綢繆
顧盼。如遇平生。獨坐思量。情殊悵怳。眞箇可憐人也。
〔閨介〕〔貼〕奉茶食上。〔上〕香飯盛來鸚鵡粒。清茶擎出鷓鴣
班。小姐早膳哩。〔旦〕咱有甚心情也。
〔前腔〕梳洗了纔勻面。照臺兒未收展。睡起無滋味。茶
飯怎生嚥。〔貼〕夫人分付。早飯要早。〔旦〕你猛說夫人則
待把餓人勸。你說爲人在世。怎生叫做喫飯。〔貼〕一日
三餐。〔旦〕咳。甚麼兒氣力與擎拳。生生的了前件。你自
拿去喫了罷。〔貼〕受用餘杯冷炙。勝如賸粉殘膏。〔下〕〔旦〕

春香已去。天阿。昨日所夢。池亭儼然。只圖舊夢重來。
其奈新愁一段。尋思展轉。竟夜無眠。咱待乘此空閑。
背却春香。悄向花園尋看。（悲介）哎也。似咱這般。正是
身無彩鳳雙飛翼。心有靈犀一點通。（行介）一徑行來。
喜得園門洞開。守花的都不在。則這殘紅滿地呵。

【懶畫眉】最撩人春色是今年、少甚麼低就高來粉畫
垣、元來春心無處不飛懸、（絆介）哎。睡荼蘼抓住裙衩
線、恰便似花似人心好處牽、這一灣流水呵

【前腔】爲甚呵玉真重遡武陵源、也則爲水點花飛在

眼前是天公不費買花錢則咱心中自有啼紅怨單
孤負了春三二月天
貼上喫飯去。不見了小姐。一徑尋來。呀。你却在這裡
不是路何意嬋娟小立在垂垂花樹邊纔朝饍箇人
無伴怎遊園旦畫廊前深深驀見啣泥燕隨步名園
是偶然貼娘回轉幽閨窣地教人見那些兒閑串重
前腔旦惱介咗偶爾來前道的咱偷閑學少年貼咳
不偷閑偷淡旦春香斯奴善把護春臺都猜做謊桃
源貼敢胡言這是夫人命道春多刺繡宜添綫潤逼

鑪香好膩箋（旦）還説甚來。（貼）這荒園塹、怕花妖木客
尋常見、去小庭深院（重）
（旦）知道了。好生答應夫人。俺隨後便來。（貼）閒花傍砌
如依主。嬌鳥嫌籠會罵人。（下）（旦）他去了。正好尋夢哩。
武武（令）那一答可是湖山石邊、這一答似牡丹亭畔
園嵌雕闌芍藥芽兒淺、看楊柳正垂絲看楊柳正垂
絲一丟丟榆莢錢線兒春甚金錢弔轉
呀。昨日那書生。將柳枝要我題咏。强我歡會之時。好
不話長。

嘉慶子 是誰家少、俊來、近、遠、敢迤逗這香閨去沁園、
便話到其間、腼腆、他捏這眼、奈煩也天、咱歇這口待、
酧言、
尹令 那書生可意呵。咱不是前生愛眷、又素乏平生、
半面、則道來生出現、怎便今生夢見、生就箇書生、哈
哈生生抱去眠、
那些好不動人春意也、
品令 他倚太湖石立着咱玉嬋娟、待把俺玉山推倒
便日暖玉生烟、輕捱藥砌轉過鞦韆、畔揹着裙花展、

席着地怕天瞧見、好一會分明、美滿幽香不可言、

夢到正好時節。甚花片兒弔下來了。

〔荳葉黃〕他興心的緊、嚥嚥鳴着、咱香肩、俺可也慢掂掂做、意兒周旋、慢掂掂做、意兒周旋、等閒閒把一箇照人兒、昏善、那般形現、那般軟綿、怎一片撒花心的紅葉、怎一片撒花心的紅葉、捽將來半天、敢是咱香寃兒亂纏、

咳。尋來尋去、都不見了。牡丹亭。芍藥闌。怎生這般淒凉冷落。杳無人跡。好不傷心也、

玉交枝是這等荒凉地面沒多半庭臺崇邊、好是咱

睒睒色、眼尋難見、明放着白日青天、猛教人抓不到

惡夢前、霎時間恍惚如活現、打旋、再得俄延、呀是

這答兒壓黃金鋤匾、

要再見那書生呵。

月上海棠怎賺騙、依稀想像人、兒見那來時花再去、

也遷延、纔一轉、那雨跡雲蹤、還重會、敢花園、柳轉旋、

睛看陽臺一、處霎時更變、

再消停一會(望介)呀。忽然大梅樹一株。梅子磊磊可

台綠帛　還遷贏　十一　射

愛。

【麼令】偏則他暗香清遠、傘兒般蓋的周全、趣芳菲細雨斜飛、翠葉兒容連、惹暖黃暗風、慢擺著仁兒撒圓、愛煞這晝陰便、再得到羅浮夢邊、

罷了、這梅樹依依可人。我杜麗娘若死後。得葬于此奉矣。

【江兒水】驀地心縈繾、梅樹邊、這般花花草草由人戀、生生死死隨人願、便悽悽楚楚無人怨、待打并香魂一片、陰雨梅天、守的箇梅根相見、

倦坐（介）（貼上）佳人拾翠春亭遠，侍女添香午院清，咳。
小姐走乏了。梅樹下打盹。
川撥棹，你遊花院，怎靠着梅樹偃。（旦）一時間望眼連天，一時間望眼連天，忽忽地傷心自憐，（淚介）（合）知怎生情悵然，知怎生淚暗懸。
（貼）小姐甚意兒。
前腔（旦）春，迎囘整相看無一言，我待要折柳枝問那蒼天，折柳枝問那蒼天，俺悔當初總題素箋，（貼）這句話，怎麼說。春香却猜不來。（合前）

情春録

貼去罷旦作行又住介

前腔我幾度徘徊口懶言內鳥啼介試聽啼聲春暮

天難道我再到這亭閣難道我再到這亭園則掙的

箇長眠和短眠合前

貼到了和小姐看奶奶去旦罷了

意不盡軟咍咍剛扶到畫闌偏報堂上夫人穩便咱

杜麗娘呵少不得樓上花枝也則是照獨眠

武陵何處訪仙郎　只怪遊人思易忘

從此時時春夢裡　一生遺恨繫心腸

還魂記

幽媾

夜行船（生上）瞥下天仙何處也。影空濛似月籠沙。有恨徘徊。無言窨約。早是夕陽西下。

一片紅雲下太清。如花巧笑玉娉婷。憑誰畫出生香面。對俺偏含不語情。小生自遇春容。日夜想念。這更闌時節。破些工夫。吟其珠玉。玩其精神。倘然夢裏相親。也當春風一度。（展畫玩介）呀。你看美人啊。神含欲雨。眼注微波。真乃落霞與孤鷔齊飛。秋水共長天一色。

香遍滿晚風吹下武陵溪邊一縷霞出托箇人兒風韻殺光輝沒點瑕明窗新絳紗丹青小畫又把一幅肝腸掛

小姐。小姐。則被你想殺俺也

懶畫眉輕輕怯怯一箇女嬌娃楚楚臻臻像箇宰相衙想他春心無那對菱花含情自把春容畫可想到有箇拾翠人兒也逗着他

梧桐樹他飛來似月華俺拾的愁天大常時夜夜對

月而眠。這幾夜呵。幽雅嬋娟掩映的清光殺教俺迷

留没亂的心嘈雜、無夜無明快着他若不爲擎奇怕

涴的丹青啞待抱着你影兒横榻、

想來小生定是有緣也。再將他詩句。朗誦一番。念詩

介

浣溪沙拈詩話對會家、掷和梅有分兒些他春心迸、

出湖山鏵飛上烟綃蔓綠華則是禮拜他便了。拈香

拜介傒倖殺對他臉暈眉痕心上指有情人不在天

涯、

小生客居。怎勾姐姐。風月中片時相會也。

【劉潑帽】恨單條不惹的雙鴛化。做箇畫屏中倚玉兼葭。小姐呵你耳朶兒雲鬢月侵芽。可知道一些些都聽的俺傷情話。

【秋夜月】堪笑咱。說來的如戲耍。他海天秋月雲端掛。烟空翠影遙山抹。只許他伴人清暇。怎教人挑達。

【東甌令】俺如念咒。似說法。石也要點頭天雨花。怎虔誠不降的仙娥下。是不肯輕行踏。內作風起生按住畫介 待習仙。怕殺冷風刮。粘嵌着錦邊牙。

悄訶損他。再尋箇高手。臨他一幅兒

金蓮子開嚫牙怎能勾他威光水月生臨榻悄有處

相逢他自家則問他許多情與春風畫意再無差

再把燈。細看他一會。照介

隔尾敢人世上似這天真多則假內作風吹燈介好

一陣冷風襲人也。險些兒誤丹青風影落燈花罷則

索睡掩紗窗去夢他睡介

蒐旦上泉戶長眠夢不成。一生餘得許多情。蒐隨月

下丹青影。人在風前嘆息聲。妾身杜麗娘鬼蒐是也。

爲花園一夢。想念而終。嘗將自畫春容。埋于太湖石下。題有他年得傍蟾宮客。不是梅邊是柳邊。誰想魂遊觀中。幾晚聽見東房之內。一箇書生。高聲低叫俺的姐姐。俺的美人。那聲音哀楚。動俺心魂。悄然驀入他房中。則見高掛起一軸小畫細玩之。便是奴家遺下春容。後面有詩一首。觀其名字。則嶺南柳夢梅也。梅邊柳邊。豈非前定乎。因而告過了冥府判君。趂此良宵。完其前夢。想起來好苦也。

【朝天懶】怕的是粉冷香銷泣絳紗。又到的高唐館玩

月華猛回頭羞颯髻兒鬆自擎拿呀前面是他房頭
了。悄桃源路逕行來詫再得俄旋試認他
生睡中念詩介他年若傍蟾宮客。不是梅邊是柳邊。
我的姐姐呵。旦聽作悲介
前腔是他叫喚的傷情咱淚雨麻把我殘詩句沒爭
差難道還未睡呵。瞧介生又叫介旦他原來睡屏中
作念猛嗟呀省諠譁我待敲彈翠竹窗櫳下旦作驚
生醒叫姐姐介旦悲介待展香魂去近他
生呀。戶外敲竹之聲。是風是人。旦有人。生這些時節

有人。敢是老姑姑送茶。免勞了。〔旦〕不是。〔生〕敢是遊方

的小姑姑麼。〔旦〕不是。〔生〕好惟。好惟。又不是小姑姑。再

有誰。待我啟門而看。〔生〕開門看〔介〕

〔玩仙燈〕呀何處一嬌娃。艷非常使人驚詫。

〔旦〕作笑閃入生急掩門旦斂袵整容見〔介〕秀才萬福。

〔生〕小娘子到來。敢問尊前何處。因何黃夜至此。〔旦〕秀

才你猜來。

〔紅衲襖〕〔生〕莫不是莽張騫犯了你星漢槎。莫不是小

梁清夜走天曹罰。〔旦〕這都是天上仙人。怎得到此。〔生〕

是人家彩鳳暗隨鴉（旦搖頭介）（生）敢甚處裡綠楊曾
繫馬（旦）不曾一面。（生）若不是認陶潛眼挫的花敢則
是走臨卭道數兒差（旦）非差（生）想是求燈的可是你
夜行無燭也因此上待要紅袖分燈向碧紗
前腔（旦）俺不為度仙香空散花也不為讀書燈閃濡
蠟俺不似趙飛卿舊有瑕也不是卓文君新守寡秀
才阿你也曾隨蝶夢迷花下（生想介）是當初曾夢來。
（旦）俺因此上弄鶯黃赴柳衙若問俺妝臺何處也不
遠哩剛則在宋玉東鄰第幾家

（生想介）是了。曾後花園轉西。夕陽時節。見小娘子走
動哩。（旦）便是了。
【宜春令】斜陽外、芳草涯、濇秋波、掩花陰是咱、（生）家下
有誰（旦）奴年二八、伶仃只有爹和媽、爲春歸惹動嗟
呀、瞥見你風流、俊雅、無他、待和你翦燭、燃香小窗閑
話、
（生背介）奇哉。奇哉。人間有此艷色。夜半無故而遇。明
月之珠。怎生發付。
【前腔】他鶯人艷、絕世佳、下星橋、盈盈翠華、月明如乍、

漫迎風一笑流銀燭金釵冷寒夜來家玉天仙人間
下榻（背介）知他知他是甚宅眷的孩兒這搕門兒搭
待小生再問他（回介）小娘子夤夜下顧小生敢是夢
也（旦笑介）不是夢當真哩還怕秀才未肯容納（生）則
怕未真果然美人見愛小生喜出望外何敢却乎（旦）
這等真箇盼着你了
要鮑老幽谷寒涯你爲俺催花連夜發俺全然未嫁
你箇中知察拘惜的好人家牡丹亭嬌恰恰湖山畔
羞答答讀書窗淅剌剌良夜省嘈茶清風明月知無

價

滴金兒（生）俺驚魂化，睡醒時涼月些些，陡地榮華，敢則是夢中巫峽，虧殺你走花陰不害些兒怕，點蒼苔不溜些兒滑，背萱親不受些兒嚇，認書生不着些兒差，你看斗兒斜，花兒亞，如此夜深花睡罷，笑咖咖，吟哈哈，風月無加，把他艷軟香嬌做意兒耍，下的虧他便虧他則半霎。

（旦）妾有一言相懇，望郎恕責。（生笑介）賢卿有話，但說無妨。（旦）妾千金之軀，一旦付與郎矣，勿負奴心。每夜

得共枕席，平生之願足矣。（生笑介）賢卿有此[illegible]幸未
室。小生豈敢怠于賢卿乎。（旦）還有一言。未至鷄鳴，放
奴回去。秀才休送，以避曉風。（生）這都領命。只問姐姐
貴姓芳名。（旦嘆介）

意不盡，必不得花有根元玉有芽，待說時惹的風聲
大。（生）以後准望賢卿逐夜而來。（旦）秀才，且和俺點勘
春風這第一花。

浩態狂香昔未逢　月斜樓上五更鐘
朝雲夜入無雲處　神女知來第幾峰

錦箋記

重晤

逍遥樂〔旦上〕殘暑日炎炎。一雨凉風盈枕簟渾如千里故人旋〔小旦〕莎蛩唧唧絡緯嘶嘶梧葉翩翩

〔旦〕紅藕香殘玉簟秋。〔小旦〕眼穿腸斷爲牽牛。〔旦〕常疑好事成虛事。〔小旦〕兩點春山滿鏡愁。〔旦〕芳春。梅哥一去兩月。音信杳然。如今天氣漸凉。不知他尚想來否。〔小旦〕昨宵夢見他來。小姐今恰說起。敢是來也。〔旦〕我宵夢見。那裡得來。正是夢好偏無准。情多慣惹愁。

〔二郎神〕愁無限，嘆別離更沉魚雁，笑語分明頻夢感，覺來依舊人兒遠，隔吳天我金釧潛鬆，羅帶緩，害相思怎能排遣，〔小旦〕他便不來。一定遣人來求親。〔旦背介〕〔合〕這姻緣未知此生信否，團圓，他別時有甚話來。

〔前腔〕〔小旦〕他曾言蕭條旅邸，有誰相念，在自驅馳成底幹，〔旦〕這般說。敢還恨我。〔小旦〕鄉園久滯，應知此恨猶然，花柳心情偏易染，怕如今迷春別院，〔旦〕親也未人來求了。〔小旦背介〕〔合前〕

（淨上）珍簟迴須暑，廚軒引早涼。一向酷熱，不曾走動。
今日晝涼，且往柳陰裡走一遭。（進見介）因暑失候。（旦）
請坐。看茶。（小旦應下）（坐介）（淨）奶奶不在。（旦）莊上去了。
（淨附近低介）梅相公有信麼。（旦）沒有。（淨）咯。我要到他
家。缺些盤費，不得去。怎好。（旦）去做甚麼。（淨）做媒。（旦）那
遲。好少做媒的。（淨）他前日說我不曾有親。教我走得
芒。如今斷了線。這媒倘不是我做。（旦）還是那家。（淨）笑
（介）遠不遠千里。近只在目前。（旦）轉頭。不應介（淨）呼。能
長大了。還害羞。古人說得好。得意一人。是謂永畢。失

意一人。是謂永訖。天日在上。我爲小姐這親。日夜掛心。小姐如何到不罣念。〔旦〕教我怎生罣念。〔淨〕女大須嫁。奶奶少不得把小姐許一家。如梅相公這們一箇官人。實是千中選一的。小姐若肯放些溫存與他。他定抵死相求。難道奶奶不許。〔旦〕他也未必來了。〔內〕打鑼介〔淨〕外廂賣卦的過。待我問一卦。不來只得到他家裡去。〔旦〕茶來了。〔淨〕去又來。行人斷消息。訪卜就君平。〔下〕〔小旦上〕別後無限情。相逢一晌話。小姐梅相公來了。〔旦〕何老娘還在麼。〔小旦〕往後門去了。

桃李爭放(生)風月一腔圖書幾卷重向錢塘尋玩
見介(旦)哥哥無端一別又經兩月(生)妹子我秣馬車
羈百周干折(生介)
集賢賓(旦)你匆匆聞訃歸故苑臥病失佳離筵(生)好
說(旦)別來呵落月屋梁空自感望江樹暮雲遮遍(生)
有勞掛懷(旦)哥哥你鸞膠應得早續了誰家姻眷(生)
呀芳春妲難道不曾對賢妹說來妹子你要知我心
跡且看我容顏(旦)你容瘦減這敢是蓬窗勞倦
前腔(生)別來蓂莢知再換一霄何啻三年(旦)這們怎

不來（生）霑雨驕陽車馬限恨不能離覓繾綣（旦）悄不
能常似今日（生）我兼金比志任百煉怎能更變（旦）兒
果如此。妾亦非有胸無心者（生）小生豈不知你。容瘦
減、難道是繡窓勞倦、

丑扮尼外扮道挑擔隨上（丑）濾泉調葛粉。洗手摘藤
花。在此等罷（外）嗄（丑）進見介（丑）地藏生辰。修齋禮誦。
山肴小奉。伏乞笑區。（旦）多謝。收了。小旦收介（丑）還要
陳宅去。不坐了。（旦）上覆佛太（丑）承上覆（旦）芳春送師
伯。小旦應介（旦）瞻指生介（旦）道是何人（小旦）梅舉人相

公。與小姐嫡表姊妹。〔丑〕雖云姊妹，恰似夫妻。〔小旦〕說
那裡話。〔丑搖頭介〕不要口硬。連你踮蹊。〔諢下〕〔生〕遍看
〔介〕這紗廚。想是賢妹的臥所了。〔旦〕便是。〔生〕看一看。〔同
進生掩門介〕

猫兒墜〔生〕紗廚輕掩、凝望碧於烟、茉莉香浮枕簟前、
幽尋到此恍遊仙、〔揖介〕矜憐、得遂歡娛、鏤脯銘肝、

〔前腔〕〔旦〕四知堪畏、六禮尚空言、造次如何擬合歡、奇
花休作等閒看、〔旦欲下生攔介〕〔旦〕矜憐、得惠完名、鏤
脯銘肝、

（生摟介）（旦）丫鬟們那裡。（內應）（生放介）（旦整衣介）（淨上）不須愁未濟。早巳演同人。梅相公來了。纔去問卦。說目下就到。果然好卦。好卦。呀。小姐如何有些怒意。我曉得。梅相公一定有些不尊重了。小姐罷了。

（尾聲）少年情性多無檢、看花枝蜂迷蝶戀、相公你也休性急。有日裡。花燭迎仙入洞天

（丑）老娘。外廂說一聲。收拾園亭。安頓行李。（淨）小姐。我道你惟他不盡。

（生）楊柳風多不自持　（淨）和鳴雙鳳喜來儀

〔旦〕由來人事何常定〔生浄〕意氣相傾山可移

西樓記

緘誤

金瓏璁【旦上】朝朝珠淚漉那堪復受波查平白地起喧譁一家如破瓦飄流信逐煙花無計策枉嗟呀花正開時遭雨打。月當明處被雲遮。奴家穆素徽。病時許香。䏺往寺中酬愿。兼禱于郎與奴家終身之事。歸來家破人離。原來是趙伯將。銜恨不曾接他。竟向于郎父親前譖譖。率領于家狼僕。打毀牆壁。索詐銀兩。即刻驅逐母親再三求懇姑緩。今日把西樓典與劉家姐姐了。收拾行囊。欲往杭州府母族寄居。咳此番脫了池公子也好。只是那于郎叔夜。我既以終身許之。隨你到天涯海角。决無他志。不要說原在烟花。就是一馬一鞍。也决不成了。咳。于郎于郎。空有兩年之神慕。從無一夕之面談。忽起風波。無端間阻。那放得你下。

桂花徧南枝桂枝香他是多情何買高才班馬讀書太乙分輝揆賦長安騰價鎖南枝憐他錦帆新製佳只恁的搬弄才情總是相思畵奴家呵傾慕他他也

知愛咱、一箇慕風流、一箇愛開雅、
江頭金桂五馬江兒水記前日垂、楊停馬、留他一、試
茶爲他輕、綵白苧、漫響紅牙看他聽、歌時丰韻加、柳
摇金秋水、明霞、盈盈堪把、奴家阿遂以、百年相訂、願
做倚、樹兼葭、他約暇、時來看咱、桂枝香誰想綵成話
靶風、波驚、詫好教我淚、如麻紅顏自古、多薄命、莫向
東風、慫落花、
咳。今日匆匆東裝。別也不得一別。那放得下。不免背
了母親。修書一封。約他明夜。瞞了父親。出來舟次一

會。永决終身之事。死亦瞑目。便是他踰垣鑿壁。衝風冒雨。也說不得了。【取筆硯寫書介】你看一泓秋水金星硯。半幅寒雲玉版箋。我有許多情話。怎寫得盡也。

【海棠醉東風】月上海棠【草】、素剖訂、他中夜偷來、話把山盟海誓再四申、罰這封書、若解相思、竟向我于郎撥下、【沉醉東風】寒温細加、字畫又差、癡心想念、筆兒又倒拿、

還有所截之髮。綮做髮子。等于郎。贈他。不免封去。【做

解髮封（介）周旺在那裡。（外）扮周旺（上）（云）正爾東行裝。又
有何差使。（旦）你把我這封書。送與于相公。（外）前日晋
了幾杯茶。惹出這場大禍。還要去纏他。況門上嚴禁
就插翅也難進。（旦）哭（介）我那于郎阿。你狠心。隔得
我好苦也。周旺過來。今有白金一兩。與你買酒喫。干
萬要傳與他。必要親手遞書。（外）周旺那敢受姑娘的
銀子。待我持去。送與他門上人及書童。或者可得引
見。（旦）如此就去。須要的當。討得一件東西來回我。方
好信你。（外）曉得。

玉枝帶六幺〔玉交枝〕〔旦〕此書、非要、而交他休得送差、

六幺令〔外〕侯門如海、怕難達〔旦〕疾、忙去、快來家、這回

休得將人註、這回休得將人註、

〔外〕此去呵。一心忙似箭。兩脚走如飛。〔旦〕眼望旌捷旗。

耳聽好消息。〔淨〕大聲叫〔上〕素嶽可在家裡。〔旦〕是池公

子聲音。這箇可厭東西又來了。我自托病進房去了。

你的書。不要露與他看。〔外〕曉得曉得。〔下〕〔旦〕見淨急奔

書案奔下〔淨〕怒看介

發棹入江水〔川撥棹〕〔生與堪評〕正在這裡寫書發人。一

見我來。便拋弃筆硯。急走進去了。這冤家怎心遲唱爲

他、行、嘆盡精、神加厲 他、行、嘆、盡精、神加拔、絕、箇留、頭、蹬瓜、

看他卓兒上殘箋剛猜。不免翻閱。〔看作驚笑介〕〔江兒

水〕繡字花押一幅原、書遺下、

嗄。剛爲何一封原書。倒遺在這裏。哎。待我先看寫些甚

那箇的。麼寫著穆麗華。斂衽並拜于叔夜夫君足下、

〔笑介〕這箇癡婦人。原來寫與于叔夜。那廝的。我未識

其面。曾聞其名。難道就是夫君。囑咐書中難字甚多。

淚濕一句也念不斷的。但是中間一二行可辨。無非

是約于生話別。咦。可笑。可惟。如今慌慌張張封去的
書。一定倒是空函了。媽媽何在。（丑上）自不整衣毛。何
須夜夜號。（見介）（淨）媽媽。你一向風雲得我好。只管說
俺素徽有病。不得如三爺意。教我坐不共几。食不同
器。做小娘的這樣作喬。我還道你是好人。今日素徽
親筆所約之事。難道你不曉得。（丑驚介）什麼親筆。又
是一出。（淨做氣介）（出書與丑看。隨哀介）不要說起。我
便不意間。撞來見素徽在房內封書。響與周旺低聲
說話。囑付綢繆。我待他封完了。步進去。一見時。如避

箭一般去了。這是什麼模樣。及至看他桌上殘簡中竟遺下原書一幅。書中云。今日母親買舟。將寄居錢塘母族。明晚發舟矣。子丑二時內。君可踰垣破壁到舟中一會。以決生死之盟。云云。後寫辱愛妾穆麗華。歛衽泣拜于叔夜夫君足下。如此緣故。原是你一人巳許了于生。所以將我奚落。（丑）呀。果是寫來。三爺不要錯怪我。我每素嫌是癡心小娘。不知什麼緣故。與于相公。從無一面。見他歌曲。緣要跟他終身。前日來。我巳回去。他連忙叫人追轉。扶病而歌。携手哭別。不在話下。不意昨日。趙伯將相公。領着于家大叔。說老爺曉得哄騙大相公。託我解驅逐到遠處去。老身只得搬去。明日發舟。不道女兒又要去虎頭上做窠。天那。我那裡曉得風縫。(淨)如此說。難道素徽自嫁了于郎。你也不知。(丑)咳。他便是這等痴。若要嫁他。我不肯。那箇做主。不要說虛言。就排了天平。寫了婚書還好。伴箇腰哩。痴女兒可不是做夢。(淨)假如我情願出銀子。你便怎麼。(丑)這便是真正于生了。(淨)只是令愛那肯到我家去。(丑)我肯了。怕他不肯。(淨)有計在此。方纔

書上。說你要到什麼錢塘。不知那裏叫做錢塘。(丑)笑
(介)呀。三爺又來耍我了。難道錢塘也不曉得。(淨)你又
來作難了。我那裏曉得錢塘。(丑)就是杭州府錢塘縣。
我老身有親眷在彼處。今往寄居。再作計較。(淨)笑介
既是這等。我又怕老婆的。就討素徽。少不得另置一
宅。何不就在杭州買了別院。你來時。只騙素徽是親
眷家。待進門後。硬做他成親便了。(丑)妙計。我如今還
要罵他一場。如何又要寫書去惹禍。(淨)這便淺見了。
我每只做不知。待他等而不至。明知相棄。念頭就沒

了幾分也。丑有理。有理。

閨林帶僥僥閨林好、淨這空函多應送差等不來教

他巫山夢還僥僥、令但是悄截扁舟錢塘去只説向

娘行親眷家

丑既如此明日我只催開船待他要等于郎。我便决

他不至。果應吾言、再冷淡他他自然丢下念頭、好一

心隨三爺也。淨妙妙。我先去收拾房子。今日就送財

禮五百兩與媽媽。差小僮速速隨行正是

無緣對面不相會　有緣千里定相逢

合紗記

投紗

憶鶯兒（生上小丑扮船家做搖船上）（生）烟樹迷風柳稀水濺蓬窓去路遲月小山高日已西人家浦堤斜懸酒旗呼人夜泊聲如沸景淒其破帆一片相逐鳥同飛

駕長風不順了指了船罷（小丑）相公這裏不是泊船所在還搖到采石磯去

前腔采石磯只是這一回休要心焦只管催便順水

[illegible]

橫風也去不疾前船好追後船又隨泊船先要平安
地討便宜人烟湊集又好買東西
相公已到采石磯了我每泊了船罷（生）前面已有一
隻官船停泊我們就幇在他梢兒倒也安穩（小丑）這
箇恰好只是一件不知他還是往東還是往西若是
往東同我在此守風若是往西他就要開船去了還
須問他一聲纔是（做向內問介）大船上阿哥問一聲
你們船往那裡去的（內應介）這箇狗娘養的做一箇
船家泊船的方向也不曉得我們是往山東之任姚

爺的船你們須帮到後梢去些休得在此囉唣（小丑）曉得（對生介）相公你在此管船我到崖上去沽一壺酒兒就來（生）你自去（小丑暫下）（生）呀斜陽已墜明月又來遠客孤舟怎生消遣不免把携來綠綺傍水一彈有何不可陸地無根客江村有髪僧携琴不相賞辜負月如燈（做取琴彈介）

（漁燈兒）整綠綺對春江且效鍾期悄不覺月如燈向我追隨彈一曲雙調梅花帶別鶴棲再彈幽客應秋意不由人對景总饑

漁家燈〔旦上丑隨上〕〔旦〕這月亮透牕櫺冷上春衣恍若是帶雪和霜麤我肌冴又聽得琴聲哽咽隨風墜想是那潯船兒客有秋悲了頭這彈琴的想就是隔船上的人兒不知是怎麽一箇模樣你試把馬門開着待我偷瞧一瞧〔丑〕人便是一箇人瞧他怎的〔旦〕了頭你不知道這琴彈得好必定是箇讀書君子你還把馬門開了瞧他一瞧纔好〔丑〕小姐這牕是開不得的上面却有老爺的封皮〔旦〕封皮上怎麽樣寫〔丑〕上寫着兖州府正堂姚封〔旦〕呆了頭要窺人管甚麽太

守封皮、
丑做開隱介（生）呀。怎麼有一陣脂粉香到來。
錦漁燈分明是姚太守隣船氣息。比胭脂氣更多些
茉莉茶蘼（丑）小姐。他知道我船上有茉莉花。我便送
他一朶兒何如。（旦）這箇怎麼使得。（丑）啊。這又不好送
得。（生）他對了鬟唧唧噥噥、却為誰這鶯喉怎倩得箇
順風吹、
（丑）小姐去睡罷。不要在這裡惹是非。
錦上拍（旦）你休云惹是非、（丑）是非雖沒有。只怕有人

要知道。（旦）你休云人要知、不過是兩船各自訴、凄其、

（丑）小姐弄得他性子發動。鑽箇倉兒。怎麼處。（旦笑介）

他呵是讀書人肯胡亂爲、便貪花鑽穴窺、只是離鸞、

別鶴、曾今夕容易動、歡欲、

（生）聽那小姐說話。分明一句句都爲着小生。崔裒崔

裒。你今日怎麼有此造化也。

（錦中拍）只是相思債從今借起、趕甚麼行期、倘若得

時間笑喜、倘若得長隨船尾、便風狂浪打相隨不離、

旦莫說姻緣簿裏、與崔裒曾無一筆、半晌綢繆百日、

滋味、采石磯做銀河會、
我有道理。不免將銀紗一方。題詩一首。向船窗投送
與他。他若有意于我。他自然悄悄的收拾。倘若有些
兒差錯。我自開船去了。怕他怎麽。（做取紗題詩介）（旦
了頭。你把茉莉花摘一朶來。（丑應介）曉得。（做摘花與
旦介）小姐花在此。（旦接花欲投又止介）
錦後梭（旦）本待要把茉莉花做箇媒、不覺欲送又徘
徊。倘那人兒不理、那人兒不理是癡織女預拋梭求
他作對、那時節有便宜倒、做失便宜這田地、反添些

閑氣丫頭。你把船窗關上。收拾了罷。（丑應介）（旦）任梅花張王管甚麼月沉西

（生起看介）呀。我詩正寫完。他窗又閉上。却怎麼好。不免且向那窗隙中。投將進去。看他還是怎麼。（投紗介）（旦拾介內叫介）小姐。夫人叫收拾了罷。（旦）來了。（同丑急下）（小丑上）相公。我們行船辛苦的人。正要睡覺。你獨自一箇人。怎麼有這許多話說。相公待我去點箇亮來。（生）要他怎麼。（小丑）不然。相公是沒燈閑話了。（生）你要閑說。篙長。這時不知是甚麼時候了。你可到船

頭上去聽一聽更鼓。〔小丑〕出聽介〕相公。當塗縣遠。更
鼓却聽不見。風色倒是順的。我們不如開了船罷。〔生〕
只怕夜行不便。〔小丑〕相公。這箇倒不勞費心。你的些
須行李。料想他不來照顧。〔生背介〕且住。我方纔窓隙
投去的銀紗。小姐收拾得便好。倘若明早待他父親
瞧見。却不是一場禍了。不免趁此順風。開着船去。倒
也得箇潔淨。〔轉身介〕〔驚科〕我就依你說。開船去罷。〔小
丑應介〕〔開船介〕
〔北罵玉郎帶過上小樓〕〔生〕半夜停風采石磯。做了遊

仙夢身姓裴一、時歡喜一時悲、這香閨怎肯做露水
夫妻、當空花過眉當空花過眉、伯勞東燕子西飛、似
浮雲望泥、似浮雲望泥、明知道無緣匹配、却怎生又
庬心懸繫、分明是海底珊瑚、分明是海底珊瑚、誰能
撈起、空費心機、且張帆快開船、免却嫌疑、苦只苦那
人兒一片情、做了半途而廢、（下）

鴛鴦破

繡被

似娘兒〔旦〕〔丑〕隨上畫閣曉寒生眠未醒金篆烟輕悶

來倦把紗窗凭〔丑〕慵枕綠鬢閒丢繡帖甚事愁增

畫堂春〔旦〕東風吹雨破花慳客殢曉夢生寒〔丑〕有人

斜倚小屏山蹙損眉彎〔旦〕合是一釵雙燕却成兩鏡

孤鸞〔丑〕暮雲修竹淚流殘〔旦〕翠袖凝珽〔丑〕小姐幾日

來你懨懨春睡未醒疊疊新愁〔丑〕冗閑庭散步慵拈

樂上之瑶華繡榻停針怕聽窗前之翠羽却有甚麽

心事。（旦）你看花信生寒。取次摧殘春色。柳烟迷霏濛。
濛濕盡瓊枝。這般惱人天氣。教人有甚好情懷。（丑）昨
日朱公子在廳上。我去張他。秀如椰果之安仁。白似
傳粉之何晏。生得十分美貌。配着小姐。正是一雙白
璧。果然兩顆明珠。（旦）誰教你去看他。老爺夫人知道。
怎生是好。（丑）老爺十分歡喜。與他講今說古。朱公子
應對如流。老爺說賢壻人家有此快壻。豈不光耀門
楣。做打躬介。那朱公子把身一曲。說道不敢。我問院
子說朱公子寓在招提寺中。（旦）你問他怎麼。你去燒

些沉水香爇些雀古茶來待我做些針指【丑】香焚金篆煖茶沸竹爐紅【下】【旦】我想起來我在破瓜之年未賦摽梅之咏鎮日靜居繡閣終宵獨對孤衾好難消受昨日朱公子到來惹起我許多心事這幾日春寒甚緊我在繡幃中尚然寒氣迫人那公子他在南邊此時天氣融和怎受得這般寒冷我欲繡條鴛鴦被兒與他禦寒怎好教人送去我且繡成再與雪香商議繡介

四時花【旦】春色上窓櫺正花兒動風兒橫繡幕寒生

關情他梅花帳裡春夢醒芙蓉被底霜氣凝因此繡
鴛鴦甚錦綾接翎交頸雙雙並停沙頭水草繡添幾
莖美他宿煖兩心傾羞殺我香閨孤另伴着花影樹
影燈影月影香影
丑鳳閣三百片龍腦一爐烟小姐香與茶俱在此你
做甚麽針指旦繡條被兒丑小姐你那少這條被繡
他何用旦我自有用他去處丑小姐這條被兒送一
箇人罷旦我自要用的送與甚麽人丑就是那朱公
子旦你好痴我怎麽好拿去送他丑小姐你看這幾

日風寒甚緊。他是南方人。天氣和煖。怕受不得這般
寒冷。送這條被兒與他夜間禦寒。也是夫妻之情。他
葢着被兒。就如與你同睡一般。（旦）這是甚麼話。這被
我繡來自用的。
集賢賓（丑）錦圍繡褥春自生。蹁躚鴛被寒輕。緣何催
繡把金鍼。還倒認那朱公子呵。擁孤衾愁聽殘更夜
闌寂靜。多半是霜侵月冷。湏急贈。好慰他客愁孤影。
簇林鶯（旦）吹銀霰冷畫屏。碎寒扉。爐未生。他燈昏香
斷吟難穩。我是室中之女。若把被兒送他外人知道

要議論我。（丑）誰敢議論小姐。（旦）道我疊濃情幾層[illegible]

春愁幾星、把巫山枕、障私投贈、（丑）送去的好。（旦）且留

停千絲萬縷誰見綺羅情、

（丑）你着我送了他。倘客中捱不過寒冷有些三病四

痛那時怎生區處。（旦）這他說得是。只是沒人送去。（丑）

我親自送去。（旦）你悄不認得招提寺裡。（丑）寺中和尚。

我箇箇認得的。怎麼不認得寺裡。（旦）和尚你怎麼認

得他。又說瘋話了。便教你送去罷。只說夫人教你送

來不可說我送的。（丑）若說夫人送的。他倘差人來謝

夫人怎麼好說小姐送的正見夫妻之情（旦）憑你說罷。
琥珀貓兒墜（丑）錦鴛鴦繡襭纖手自裁成宿燧平蕪彩
暈停有日雙雙衾底自生春（旦）背介牽情甚日銀屏
燭彩翠被平分
（丑）小姐。你還有甚麼分付麼（旦）我有甚話來你去不
要送差了（丑）朱公子我張見認得的一定不差。
尾聲（旦）到招提須尋認莫教漏洩惹閑情（丑）只怕惱
得梅花攧不成

春來空帶辟寒金　坐卧閒房春草深

好似和鍼吞却線　刺人腸肚繫人心

弄珠樓記

盟約

一剪梅（小旦上）新粧宜面下珠樓。欲會蕭樓暫離粧樓。雙鬟慵整玉搔頭。事在心頭。意寫眉頭。

如夢令 幽夢匆匆破後。粧粉亂痕沾袖。心緒幾曾慵。羸得鏡中消瘦。生受生受。更被養娘催繡。奴家祢枝。身列青衣。胸藏黃卷。吟風弄月。果然爾雅襟懷。品管調絃。不似尋常技藝。只是塵埋在此。那討得箇出頭日子。昨見阮郎。風流俊雅。雖有附喬之意。柰無繫足

之因。曾續新詩。聊當紅葉。不知阮郎。可曾見這詩也
未曾。又聞得他。今日就要起身。不免假以灌花爲由。
到他書房門首灌花。料阮郎見了奴家。必有話說。那
時乘機覓便。討箇因緣便了。（行介）
【香遍滿】一時邂逅薰香荀令、最風流、教我心、感中來、
不自由、紅粧鎖翠樓、青春伴、白頭塘擲年光、似水流、
那討得姻緣偶、
我早已來到書房門首。你看房門還掩上在此。我且
向亭前灌花。等待一回。（作灌花介）

（梧桐樹）（生上）清陰罨畫樓、紅日窺紗牖晏臥初醒夢、
到陽臺久、小生睡起無聊。不免到亭前閒步一回。（作
開門見小旦介）呀。恰好柳枝如在此。待我上前去。（揖
小旦背介）小娘子。在此做甚麼。（小旦）在此灌花。（生）這
是梅花了。這是甚麼花蕋。（小旦）這是杏蕋。（生）蓓蕾杏
蕋稠、馥郁梅香透、你時時護、惜只怕風、雨催花驟、勸
花神早趂青、春候、
（小旦微笑介）相公此行。正要觀花上苑。何不折取杏
蕋。以爲瓊林之兆。（生微笑介）小生愛的是梅。杏這區

區杏蘤。何足繫念。（小旦折梅介）這等。聊將一枝。以共清玩。（生）只恐凌霄之姿。不屑供人耳目之玩。（小旦）相公。東皇故自有主。借你一枝。已爲過分。何必求多。（生）小生惟恐小娘子不肯相借。小生若幸竊一枝。便當終身呵護。豈敢輕棄。（小旦背微笑介）

浣溪沙他訕、暗攪、言微逗、會知音心自夷猶、怕花枝相折、權生受花蒂輕拋不到頭、（轉介）相公你是攀花手須信道花光、終不久、那時棄置、堪憂、

（生）小生有言在前。小娘子若肯見憐。當中心藏之。何

口忌之。（小旦）呵呀。奴家與相公就花論花。相公怎麼到説在奴家身上來。（生笑出詩介）請問小娘子。這兩句詩。可是小娘子續的麼。（小旦微笑介）偶爾續貂。妾是貽笑大方。（生）小娘子。你說美人千里思何窮。小生今日與小娘子覿面花亭。便是有緣千里能相會。（小旦）拙句出于無心。（生）小娘子。情見乎詞。何必又把話來說遠了。

（劉潑帽）你風流不落東隣後。我是賦高唐宋玉傷秋惺惺肯惜惺惺否。况且你續那兩句詩呵。效唱酬比

似紅葉傳情偶、

小旦 相公。草木尚且知春。奴家豈不解人意。只是青衣下賤。怎敢仰侍衾裯。今日相公乘興而來。草草相諧。異日興盡而返。終遭奚落。故此逡巡。非敢峻拒。生 小生豈是薄倖的人。小旦 相公。你聽我道。

秋夜月 我是爨下傷薄命紅顏。受山鷄敢與鸞鳳偶、青衣怕汚騎鯨友、你既不擇細流、我敢不協好逑、

生 這等小娘子。我實對你說。小生禀過姑娘。與你相諧伉儷。事亦不難。但公車多遽。歡會無多。今日暫設

鄂舟之珮。日後再締月下之盟。何如。生樓小旦介小旦外觀不雅。不要是這等。我且問你。這詩爲何只得兩句。生這詩那裡是小生做的。前日泊船在楓橋月下。適然有箇女郎。在河邊樓上玩月。墜將下來。小生拾得來的。因此次日。去訪問這遺詩的女郎下落。聽得說那樓子。是曠家的。曠家住在閶門城內。要訪他消息。便道來候姑娘。一見小娘子。便自留情。故此寬住這幾日。今朝相會。可謂三生有幸。

三橈頭舟依畫樓。詩遺紅袖似紅葉拾也在湘潭渡

頭無端輻輳這其間爲你結鸞儔把姻盟錯就眞箇
是千里緣非偶三生契適酬只是纔得相逢又可惜
須臾逐去舟
生摟小旦將下老旦內叫介柳枝那裡小旦應介在
亭子上灌花老旦這等就到書房裡請阮相公出來
生怎麽了小旦我既有心你亦評意便從容到得第
回來也未爲遲何必性急老旦上離別幾宵兎耿耿
相思一夜鬢星星生任兒就此告別老旦試期已迫
不敢屈留了有一盃淡酒奉餞行驂柳枝看酒過來

送酒介

東甌令（老旦）人南去、水北流、聊共芳樽話唱酬、（小旦背介）聽蕭蕭、匹馬鳴、征柳淚落沾紅袖、（老旦）侄兒。你此行。但願禹門三汲浪花浮、一躍占鰲頭、

金蓮子（生）黑貂裘、怕長安季子蒙塵舊、（老旦）說這等的話、（生）倘一捷把泥金便報、（背介）只恨緣未偶、眼睜睜明河織女阻牽牛、

（生）侄兒拜別。（老旦）不要拜了。千里酸辛離別地、（生）半生牢落短長亭。（下）（老旦）柳枝。你收拾了。進去罷（末上）

將命離潭府。傳言到畫堂。裡面有人麽。【老旦】出見介【末】小人是曠員外差來的。員外說老相公在日。曾借員外千金。如今相公已歿。這千金。難道叫老安人還不成。故此特着小人。送這文契。還了老安人罷。【老旦】員外盛德。何以爲報。【末】小人到有句不識進退的話我小姐雅好文墨。身伴侍女。再沒箇當意的。聞得柳枝姐。能詩善寫。頗有相求之心。只是不好啟齒。若老安人見允。待小人與員外說知。把兩箇精細的侍女相換。【老旦】柳枝。你意下何如。【小旦】奴家願侍安人。不

聽到曠家去〔老旦〕哎。我也不捨得你的。只是曠員外
不惜千金。我怎敢吝一女子。管家。你去對員外說。任
憑員外。幾時來喚他去便是。
尾聲痛昔日千金負感焚券馮驩德厚敢惜裙釵一
女流
節概猶誇似古人　情深應不厭家貧
明朝別後門還掩　修竹千竿一老身

南柯夢記

就徵

【駐雲飛】〔生作懶態上〕伶俐癡呆、萬事難消一字乖、有的是年華大、沒的是心情奈、咳、獨自倚庭槐、把日遮天矮、聽他唧嚠、勁嘮絮的我無聊賴、死向揚州不醉咍、記得誰家金鳳叙、

我淳于棼。人才本領。不讓於人。到今三十前後。名不成。婚不就。家徒四壁。守着這一株槐樹。冷冷清清。淹淹悶悶。想人生如此。不如死休。前在孝感寺。聽了禪

師講經回來。一發無情無緒。我可甚打起頭腦來。止有一醉而已。古人說的好。事大如山醉亦休。罷了。獨言獨語。撇下了山鷓兒。我儒意街方遊去。但有高酒店舖。顛倒沉醉一盞。正是。不消阮籍窮途哭。但學劉伶死便埋〔下〕丑扮山鷓〔上〕好笑。好笑。沒煩惱。趣煩惱。我東人百般武藝。做了箇淮楊裡將。使酒去了這官。鬱鬱不樂。那酒友周弁。田子華。又散歸六合去了。不禁蕭索。請的箇酒二沙三。陪話解悶罷了。被那酒二沙三。勸我東人去孝感寺聽講甚麼經自那聽經回來。一發痴了。不是醉便是睡。沒張致的。恰纔我溪邊擅樹下歇憩來。不知東人就在那裡去了。怕他愚迷一般。或是醉倒在街。切不雅相。待去尋他。又無人看家。怎生是好。（望介）好了。好了。溜二沙三官正來哩。（外淨扮溜沙上）酒見酒。好朋友。酒見茶。是冤家。山鷓哥。主人在麼。（丑）正來央你二位看家。我尋主人去。（外淨）恰好。恰好。你迎接主人去。待將可憐意看取眼前人。（下）

前腔（丑一手提酒壺肩扶生醉上）（丑）落托摩陀爛醉

如泥、可奈何、你噇的喉兒控、俺悶的肩兒那、（內笑介）

好醉也。（丑）哥醒、眼看人多、恁般低桀、半落殘尊又帶

去回家嗑、萬事無過、一醉魔、萬事無過、打睡魔、

（外淨上）哎喲。這是怎的來。（丑）好笑。好笑。兩寺不見。可

憐醉倒在禪智橋邊。酒樓上。扶的下樓。又捨不的這

半瓶酒。可為甚來。東人到家了。醉忪些。

（前腔）（生）這幾日迷、癡做趺（介）眼似矇瞪、腳似趄、有箇

青兒背、少箇紅兒攙、（淨叫介）淳于兒。你何處來。醉的

不尋常也。（生作不知介）誰道、俺去何來、尋常沸醉、醉

影柴門亂踏的斜陽碎、老向霜紅葉上催

（丑介）（外淨）吠也。一肚子都倒在我兩人腿脚上來。好酒。好酒。山鷓哥。快取茶來。

（前腔）（淨）你氾濫流瓊倒玉山囚一、盞傾待把你衣冠正、你好把蹺兒定、（取茶進介）兄靠着小圍屏一、杯清茗、瀟灑西風醒、後留清興、和你待月乘凉看小螢、

（生倦介）扶俺東廡下睡去。那瓶酒好放着。（丑）東人。你醉的這般。還記得這瓶酒。

（前腔）你好不惺憁、似太白驢、馱壓繡驄、醉的那軀勞

事、沈、席無人奉、東江、冷、玉芙蓉、水、天秋、弄、門院蕭、條
做不出繁華夢、（扶醒介）只落得枕上深、蛩、訴晚風
（丑再煎茶去。）（外淨）我們洗脚去。隨他睡覺。這是人家
堂上堪飲酒。自家房裏好安眠。（下）（末貼）扮二黑巾紫
衣衆引牛車上）爲蟻王。姬館。吩乘使者車。俺兩人大
槐安國使者便是。奉國王命。召請淳于公爲附馬。他
正睡在東廊。直入則箇。（叫）淳于公。（生驚介）是誰。（末貼
跪介
（鎖南枝）槐安國、王者都、吾王遣臣來奉書、（生）因何而

（末）王命有些須微臣敢輕露（生）睡得正甜（末）扶生
起（介）請下榻俺紅袖扶俺那裡有東床坦君腹
前腔（生）從空下甚意兒正秋窗風剪槐葉初一枕黑
甜餘雙星使臨戶咱朦朧醒申欠舒整衣行懶移步
車牛上（介）
前腔（末）有青油幛小壁車駕車白牛當步趨請生上
車（介）左右有人俱扶君出門去（生）向那裡去。（末）此古
槐樹穴下而去。（生）怎生去得（末）古槐穴國所居若暹
疑請前驅（貼）先下（生）問（末）（介）槐樹小穴中。何因得有

國都平。〔末〕淳于公。不記漢朝。有箇寶廣國。他國土廣

大也。只在寶見裡。又有箇孔安國。他國土安頓也。只

在孔見裡。怎生槐穴中沒有國土。古槐穴國所居莫

遲疑。但前去〔下〕

〔小生扮右相上〕秋光滿槐葉。春色候桃天。自家槐安

國。右相武成侯段功便是。吾王傳令。請東平淳于生

爲駙馬。請到時。東華館中。少待俺相見過。後朝見。

只駙馬初到此中。精神恍惚。恐其不安。他平生有箇

酒友周弁。有箇文友田子華。已奏過吾王。擢取他來。

將周弁補司隸之官。領軍吏數百。迎衛官殿。請田子
子華。替他賓館中更衣贊禮。這不在話下。又國母懿
旨。着上真姑。和靈芝夫人。瓊英郡主。同去賓館中探
望駙馬。調熟其心。方纔請去修儀宮。與金枝公主成
禮。我如今且待駙馬到東華館。拜望去。正是仙郎高
館下。丞相小車來。（下）（末同生車上介）
【前腔】（生）車箱路古穴隅。豁然見山川風候殊。怎生有
這一箇所在。不斷的起城郭車輿和人物奇怪。奇怪。
一路來。但是見我的。都廻避赴立。何也。附車者儘傳

呼爲甚阿着行人都避路

末跪介已到國門。生好一座大城。城上重樓朱戶。中間金牌四箇字。念介大槐安國。雜扮一旗卒上傳令旨。傳令旨。王以貴客遠臨。令且就東華館。暫停車駕。卒叩頭起向前道行介生城樓門東。有道座下馬牌。怎左邊廂朱門洞開。末到東華館了。請下車。生下車入門背笑介道東華館內。綠欄雕檻。花木珍果。列植於庭下。几案茵褥。簾幃肴膳。陳設於庭上。俺心裏好不懽悅也。内唱道介末右相到。右相見介寡君不以敝國遠僻。奉迎君子。托以姻親。（生）勢以賤劣之軀。豈敢是望。（小生）有紫衣官在此演禮。五鼓漏盡。相引見朝。

且就東華館　通宵習禮儀
雞鳴傳漏曉　駙馬入朝時

南柯夢記

玩月

雜扮錄事官上官居錄事尊崇。放支帳曆僉通。再不

遇缺官看印。教我錄事衙門嗑風。新近一場詑事。公

主生長深宮。二十年南柯地方怕熱。訪知瀴江城西

有凉風。築一座瑶臺城子。單單一箇公主避暑其中。

周田二公督造。果然不日成功。怎生喚做瑶臺城子。

四門有高臺玉不玲瓏。駙馬公主新來便待賞月。那

頭行的。正是周田二公。

遶地遊（外扮周淨扮田上）人間怎麼地下爲參佐乘
公暇得從深座玉鏡臺移絳橋星度下秦樓雙鳴玉
珂
（外）下官司憲周丸（淨）下官司農田子華（外）蒙太老先
生提挈。賛相有年。近因公主避暑于灕江西畔。築了
座瑶臺城。今夕駙馬公主駕臨。正當明月三五。良可
賀也。（淨）以下官所言。瑶臺雖則壯麗。江外切近檀蘿。
公主移居。深所未便。（外）有灕江城一衛兵馬。可保無
危。（內唱道介）（淨）駙馬公主早來。我們且須迴避。

齊破陣【生旦】引衆上蓬境全低玉宇當窗半落銀河月影霊娟天臨貴婿清夜暫迴參佐同移燕寢幽香遠並起鸞驂暮藹多何處似南柯

【外淨上】雜扮吏進稟介司憲司農稟見【生】吽該吏稟知。公主在此。不便請見。請二位老爺先回吏應稟外淨下【生】我爲公主造此一城。都是白玉砌褁。五門十二樓。眞乃神仙境界也。今夜月明如洗。偃倒一杯。老賦酒上金屋人雙美。瑤臺月一輪。酒到。

【普天樂犯】【生】碾光華城一座把澑太眞裝砌的嵯峨

自王姬寶殿生來配太守玉堂深坐瑞烟微香百和
紅雲慶花千朶有甚的不朱顏笑呵眼見的眉峰皺
破對清光滿斟一杯香糯
旦嘆介恁般好景苦沒心情奈何奈何生是了你飲
典欠佳叫孩子們勸你請王孫貴女出來雜扮二小
男小女上月見光月見光娑婆樹下好燒香老爺親
娘奠杯酒兒麽遞旦酒旦笑介我哭我哭
爲過沙犯旦姮娥自在爭多養孩兒恁箇那些見不
病過廿載光陰一擲梭大的見攻書課次的見致聰

明似哥小丫頭也會梳裹婁兒間眼前提着又梭得
心頭活
傾杯犯（生）嬌波倚瑶臺新鏡磨嵌青天人負荷（雜）消
多幾陣微風一莖清露半縷殘霞淡寫明抹稱道你
洞府仙人清凉無暑愛弄娑婆（合）好大槐安團圓桂
影今夜滿南柯
（旦）夫妻兒女。眞是團圞只爲哥兒們長成。親事未定。
熱我心懷。（雜）娘住這瑶臺之上。怕忒寒些些兒。
山桃紅犯（旦）一些些思量過悶喲喲怎題破看這座

瑶臺是、不比其他界、斷銀河、今澹些兒箇、便是背見
夫竊藥、向寒宮、縣念瑶芳、怎學的姮娥、
（內介）報報報。令旨到。（末上宣旨介）令旨到。跪聽宣讀。
制曰。寡人聞之。治國之法。一曰賢賢。二曰親親。恩禮
之施。用此爲準。咨汝公主瑶芳。厥配南柯郡太守駙
馬都尉淳于棼。自下車以來。將二十載。仁風廣被。比
屋歌謠。寡人心甚重之。玆特進封食邑三千戶。爵上
柱國。集議院大學士。開府儀同三司。仍行南柯郡事
二男二女。俱以門蔭授官。許聘王族。與國咸休。欽哉

謝恩。（生）旦叩頭千歲千歲千千歲。（末）叩頭見生旦介
恭喜。公主駙馬高陞。（生）扯末介勞了。（末）娘娘還有懿
旨。請下血盆經千卷。送與公主。供養流傳。消灾長福。
（主）齊家治國。只用孔夫子之道。這佛教全然不用。（旦）
奴家一向不知。怎生是孔夫子之道。（生）孔子之道。君
臣有義。父子有親。夫婦有別。長幼有序。朋友有信。（旦）
依你說。俺國裡從來沒有孔子之道。一般立了君臣
之義。俺和駙馬。一般夫婦有別。孩子們。一樣與你父
子有親。他兄妹們依然行走有序。這却因何。（生）笑介

惜者録

説是這等説。便與公主流傳這經卷罷了。

公主瑶臺養病身　一天恩詔滿門新

但願福隨長命女　相依佛度有縁人

靈犀佩

情鍾

擣練子【小旦上】年弱小態娉婷鴉青衫子茜紅裙斜托香腮春筍嫩，腰肢曾試楚宮塵

如夢令幽夢匆匆破後。粧粉亂痕沾袖。心緒幾曾歡，贏得鏡中消瘦。生受生受。玉腕不勝金斗。奴家小字湘靈。只因八歲被人拐出，賣在賈家。酒店是他本行，教坊是他祖籍。父親在外賣酒，母親在裡面行奸。因此投寓者甚多。托宿者不少。母親自從以過店內，甚

是蕭條。如今奴家漸漸長成。姿容頗頗窈窕。父親也要奴家、照依母親。獻笑倚門。行奸賣俏。父親你那知道奴家心事來。（嘆介）

【惜奴嬌】鼓瑟湘靈。到做了樓頭關盼。爐畔文君。朝朝暮暮、浪逐燕燕鶯鶯、哀矜蒲柳幽姿、桃花運斷梅魂、含蘭恨悶殺人、是這臨邛酒熟、燕子樓成、

（中淨扮賓二上）店招千里客。戶納四方財。自家賓二的便是。在這昭慶寺前。開了酒肆。自幼撫養得箇女孩兒。靠他支撑店面。但是他年紀幼小。有些害羞。不

肯接客。只得與他說箇洒亮。（見介）（中净）我的兒。你看這店中生意甚是冷落。比前大不同了。只因毋親在日。會得勾引客商。如今店中只靠着你。有了你這等姿色。那怕來往的客商不動情。店中不興旺。我的兒。你不要害羞。好好在店中當壚。隨你意兒。要接的客。招接一兩箇何如。（小旦）父親命。只得勉強順從。（中净）這等纔是。

（前腔）盈盈、二八佳、人。憑着這舞腰多、致笑、眼含情、豈讓他絕、殊離、俗。昔日絳樹、青琴傾城、絲袴兒郎爭馳

聘定把玉環分明珠贈你及今趂着秦樓引鳳楚館行雲

小旦奴家理會得了。中淨這等。你在店門首坐着。如今大比之年。待我寫箇安寓秋元的招牌出去。下

玉井連生同雜挑行李上入洛儒生舍館匆匆未定

生小生蕭鳳侶。爲着考試遺才。來到杭城。要在西湖上尋箇寓所。且喜這酒肆安寓秋元。不免逕入。進介

小旦介娘子。可安歇客商麼。小旦爻親有客在此。中

淨上相公。可是科舉的。生正是。我要一間上房。房金

隨你箕。中淨指介隨相公揀一間就是。生這間到也

潔淨。就是他罷。中淨相公用飯麼。生飯也用得了。中

淨向小旦介你先去看些酒來。小旦回顧生介下生

方纔那女子。是你什麼人。中淨是我的女兒。生到也

生得聰俊。中淨相公若肯擡舉他。就叫他陪飲何如。

生如此甚妙。小旦捧酒上酒伴來相命。開樽共解酲。

中淨我見。你在此陪相公。寬飲幾杯。待我去收拾下

飯。下小旦送酒介

鬬寶蟾欽承八座詞人覺氣騰鉛槧光動弓旌幸停

觴圭竇解貂蓬徑（生）樽傾喜雙成自煖笙使壺觴不記春（背旦介）欲待動琴心除是熱腸一寸冷語三分

（生）小娘子高姓（小旦）奴家姓竇小字湘靈相公高姓仙鄉何處（生）小生蕭鳳侶信安人氏爲因喪偶尚未續絃（小旦笑介）相公奴家又不是月老怎麼對我說這話（生）小娘子雖不在月下卻在壚頭這話不對小娘子說對那一箇說（小旦笑勸生酒介）相公不要閑講且請這一杯（生飲介）

前腔私省酒把青城似把瓊漿留客愧之玉杵邀盟

致隔河牛女，翻遇無媒，路徑，【旦】懸懸，我題橋識長卿。
料有佳人在，茂陵，【生】茂陵到有佳人，只怕未必屬意
於小生。【小旦背介】女，懷，春得把白，茆包吉郢雪，窺隣
【生】作醉傍小旦介【小生醉了。】【小旦】相公，你喫得幾杯
酒就會醉。【生】小生不是醉酒，却是醉心。【小旦】好說。
不是路【淨】盛服衆擁上，蘇小湖濱，一帶茆簷倚梵林。
繁華境，解裝此際卜居停。【雜】大相公，這店內到安歇
秋元。【淨】就在他店中去。【雜】店小二那裡。【中淨上】店如
星布，味不雷同。【見介】【淨】我要借寓，可有潔淨房麼。【中

（淨）店房儘有。憑相公揀就是（淨作遍看介）這些三房都不好。這間到像潔淨的。（中淨）那間果然精緻。只是先有一位相公借住了。（淨）不要管他。我們要他讓便了。進見生介（淨）原來是小蕭。訝鯫生到有箇吳姬對酒供歡飲（小旦見介）（淨）我見秦女留人眼轉明（淨近小旦小旦避介）（淨）饒丰韻真箇西湖西子遜相嬛（恍是武陵仙境（中淨）這是武林人境

淨背向中淨介）我與你說。那小蕭不是來科舉的。是來考遺才的。我是文宗取首名。進場定然中的。（旦

他是箇窮秀才。我是尤尚書公子。房錢定比他多些。你叫他把這間房讓了我。（中淨）向生介相公。這間房。原是尤公子定下的。他如今到了。求相公讓一讓。（生）既如此。我就讓與他。（小旦）待奴家同相公。收拾到那廂去。水流心不競。雲在意俱遲。（同生下）（淨）這是你的女兒。（中淨）是（淨）咳。可惜陪着這窮酸。到叫我氣不過。（中淨）公子不消氣得。待我喚他出來。奉陪就是。（淨）妙妙。快喚他出來。（中淨）女孩兒快來。（小旦）內應介我在這裡。與蕭相公收拾行李。（中淨）尤相公在此喚你。怎

麼不來。待我進去喚他。（下）（淨）院子。你道這女子。比前
日文昌庵遇着的梅小姐何如。（雜）兩箇也差不多。（中
淨扯小旦上）白雲本是無心物。又被清風引出來。（中
淨）你只在這裡。陪着尤相公。（中淨雜下）（小旦背坐介）
（淨）小娘子。我適纔遇着你的時節。見你
賽紅娘風流有餘。韻非凡品。如今對着這宜嗔宜喜
面偏嬌靚。越媚生。（舉杯向小旦介）小娘子你也請一
杯。（小旦）天性不飲。（淨）杯浮綠蟻。把朱唇潤。你圖遜。小
娘子。唱支曲兒我聽。（小旦）不會唱。（淨）歌翻白苧把香

睺嘖休太吝

小旦起身淨扯介小娘子到那裡去小旦蕭相公獨自在那邊。我要去陪他。淨這樣窮酸。不要睬他。我的肉。我的心肝。我有靈犀佩在此送與你做表記。淨摟小旦介與你同去睡了罷。小旦哭倒介中淨急上介呀。我見爲何倒在地下。淨我要與他同睡。他就放潑起來。中淨公子。小女還是不曾梳攏的。怎麽輕意要他同睡。淨笑介可知道做這樣腔兒。過來。你女兒與我睡了。明日我賞你一兩銀子。中淨一兩銀子。好箇

怡春錦
大出手的。公子。〔淨〕哇。這老花子。不知世事。如今的公
子。歇了人家娼婦。還要紮他火囤。我肯出一兩銀子
與你。也是極撒漫的了。還要做腔。〔中淨向小旦介〕女
孩兒。你看這勢頭來得狠。你便與他同睡了罷。只當
救了我的性命。
好姐姐〔小旦〕鴉羣與鸞鳳迥分。肯雙雙向碧梧棲穩。
任蜂喧蝶鬧花心。只自擎。〔中淨〕你可聽得他發的話
兒。便從了他罷。〔小旦〕你空相倩。高唐止許襄王幸。叫
他夢斷巫山一片雲。

中淨扯小旦近淨小旦推（介）中淨怒（介）我爲你受了多少懊惱。正沒出氣處。你到還要來惱我。我打死了你罷。（打小旦淨攔介）（淨）不要打壞了他。（生急上）自不整衣毛。何須夜夜號。爲甚麼在此廝打。（中淨）公子要强他同睡。他執意不肯。公子又着惱。要難爲小人。不如打死了他罷。（生）尤兄。你就不知趣了。（淨怒介）我不知趣。你到知趣。（中淨）相公。這不干你事。你自請到房中睡罷。（生）正是。熱心閑管是非多。冷眼觀人煩惱少。（下小旦携燈介）蕭相公慢走。待我拿燈來照你。（中淨

攧介【净】氣死我。氣死我。怎麼到看上了這酸丁。【小旦】你也淡得緊。誰要你管。須信道自古

【尾聲】佳人每抱沙吒恨【净】那箇是沙吒利。【小旦】我心折今宵無一寸【合】唯餘一盞殘燈

【小旦急走下】【净】你看他竟自進去了。可惱。可惱。【中净】公子。你不須惱。他今日不肯。還有明日。明日不肯。還有後日。請安歇了。再處【净】這等。你且去着【中净下】【净】有這等的事。我尤生。難道桃花星不照命。前日那梅小姐。見了我甚是無情。如今這妮子。又劣𣲙起了。我

自看自家。何等俊俏。何等風流。他們怎麼偏看我不上眼。可惱。可惱。

飛花入戶笑床空　似隔芙蓉無路通

情到不堪回首處　一齊分付與東風

靈犀佩

寄訂

【太師引】生行上逐蘧廬捧腹供長嘯、笑孤身憑誰解、

嘲、小生蕭鳳侶。適聞尤效那厮與寶湘靈作炒。特去

勸解。不料受了他一場訶譴。咳。只恨我。待避當門蘭、

芬偏嬝、待持作柱荷弱難撓、只得任輕肥子弟相顛

倒、怎顧得蹴蓮臺零落長條、心如擣黃昏寂寥頻捱

剩枕、客魂消、

作聽介咳。這一會。不知他們怎生區處。不聽得做聲。

情表錄

想是就寢了。

三段子〔小旦持燭上〕旅容悴、憔寒相、逢飛來、鸞鷗、旅顏寂寥、慰相思、潛移步橋、〔作敲門介〕蕭相公開門〔生〕作開門〔小旦抱哭介〕同心花蒂、纔如笑、便把斷腸草、亂王孫草、暫執手三更、雷連漏杳、

〔生〕小娘子。你怎能勾脫身。得到這裡來。〔小旦〕他們閑耍了半夜。俱以睡熟。奴家悄悄出來的。〔生〕小生飄泊寒儒。他是豪華公子。小娘子。你怎麼到有緇衣之好。不爲逐禮之流。〔小旦〕相公。說那裡話

三換頭愁深玉簫只爲韋郎風調便李娃當日也是輸心俊豪他們在風塵表表我今朝投轄遇擲果車天緣湊巧只怕你眇視閑花草羞稱鸞鳳交我敢面逐高低使你客裡西風伴寂寥

劉潑帽（生）劉郎誤入天台棹累仙姝幾觥鮫綃此情此夜因緣巧我没齒難消忍轉眼輕推調

（中淨上）諸般俱有藥。骨賤最難醫。我道你在這裡。我且問你。貴公子不肯招接。到要件着這窮酸。豈不是自討賤喫。相公。你好没趣。哄得我女兒七顛八倒。是何道理。（小旦）父親。你怎麽這等說。（中淨）不是。相公。我毋不肯燒冷竈的。你若中了官。慢慢送女兒與你。也未爲遲。（向小旦介）你還不進去。（生）小娘子。你看這等光景。不如進去罷。（小旦）相公。你怎忍說進去兩字。我思量明早。未知他們。做甚勾當出來。我的生死。且不可料。如今與你聚首一刻。也是一刻之緣。（中淨推小旦介）不要閑講快些進去萬一尤公子得知。只道我們故意奚落他。（淨上）落花有意隨流水。流水無心戀落花。（見小旦怒介）哦。原來你這老花子。你到來哄。我

中（淨）公子。這箇不干小人事。我女兒私自走出這裡
來的我正在此罵他。（淨）是你的女兒。難道管他不下。
不是你哄我是誰。（向小旦介）小娘子。你怎麼到戀着
這箇酸丁。（生）尤兄。何苦只管把我來奚落。終不然。這
女子是你的。（淨）不是我的。到是你的。
撲燈蛾（生）我停驂遇阿嬌（小旦）我傾蓋憐同調（生小
旦向淨介）你何事不知機苦苦強逑雎鳥也徒增煩
惱（淨）放你的屁。才人自古在風騷況生平千金買笑
襟懷好肯將風月讓兒曹

生　你旣不肯讓人。有何難處。你適纔説千金買笑。如今拿了千金出來。討了他就是。淨　若要拿銀子出來。就不見我尤公子的手段。有本事。白白裡要這女子。

生大笑介　這樣。纔是公子的本色。淨　也罷。我如今也不好在此住了。院子。快收拾行李。隨我到昭慶寺去仰天大笑出門去。我輩豈是蓬蒿人。下　中淨　相公。這都是你害我。我靠這女兒養老的。萬一被他奪了去。怎麽好。我思量你左右看上了我的女兒。只要二百兩銀子。就把女兒嫁與你罷。小旦　父親。你果有此意。

（丑）店小　一你么日恐怕尤公子。奪了女兒去。就謊嫁
與我。你不過謊賺了我的銀子到手。便被他奪了去。
與你無干。只怕日後他奪不去時節。你又要變卦。（小
旦）相公。這箇有奴家在此。既已許了相公。我生是你
的人。死是你的鬼了。就是被他奪了去。我唯有一死。
斷不相負。（生）小生蒙小娘子見愛。就是此身。尚且不
顧何況區區阿堵。小二你先拿了這一百兩。待我考
過遺才。着人到家。再取二百兩來。與你就是。（出銀與
中淨介）

忖孝録

【尾聲】〔生〕我丘山義重雲天薄，肯讓季布千金一諾。〔合〕試看明月當空心共皎。

〔生〕我笑入胡姬酒肆中，只見花光不減上陽紅。

〔旦〕我身無綵鳳雙飛翼，心有靈犀一點通。

〔雜上〕相公，文宗明日考遺才了。〔生〕這等，我今日就要進城。怎麼處。〔小旦〕相公，你自放心進城去，行李有奴家照管。不消記念得。〔生〕多謝小娘子。

霞箋記

尚主

外扮賛禮官上淡月疎星遶建章。仙風吹下御爐香。侍臣鵠立通明殿。一朶紅雲捧玉皇。下官。禮部賛禮官是也。今日花花宮主招几都尉馬成親。公主在金亭館驛內。道言未了。駙馬早到。

惜奴嬌衆鼓吹迎小生上玉洞金池喜覩迎天女成就婚期香車內粧點許多珍異希奇曉日初昇樓臺聳處紅雲端裏瑠璃翠歎人生裡若無緣怎有這般

怡君金　一
遭際、
（外）請公主升輿、
闘寶蟾、二旦扮宮女隨　小旦上（上）升輿、拂拂香霏（外）公
主娘娘。已升輿、請貴人　垂簾。（小生垂介）把珠簾垂下
帶金拖地、羨紅披白象、又且紫騑乘馭、偏宜車前錦
帶吹、馬前擁繡旗、看須臾、不覺的香塵滾滾、已到玉
清宮裏、
（外）請公主升座。請駙馬上前行君臣禮（小生拜介）外
君臣禮畢。請娘娘下堂行夫婦禮（小生與小旦對拜

介婚禮已畢。公主命排花燭，送歸洞房。

錦衣香（衆）年正宜，時方利，月建輝，日無忌。從此諧和團圓到底，象牙床上捧合巹，雙雙合巹共效于飛。似廣寒宮裏，把嫦娥謫來人世。一對天緣美，已成姻契，鸞顛鳳倒，如魚得水。

尾聲 洞房佳趣真無比，神女襄王入繡幃，任取冰輪掛柳西。

玉清宮裏喜相逢，魚水和諧樂正濃。

今夕牛郎逢織女，明年王母產金童。